KB240447

드나드는 인생,
넘나드는 인생

드나드는 인생, 넘나드는 인생

발행일   2026년 1월 16일

지은이   이진용
펴낸이   손형국
펴낸곳   (주)북랩

출판등록   2004. 12. 1(제2012-000051호)
주소   서울특별시 금천구 가산디지털 1로 168, 우림라이온스밸리 B동 B111호, B113~115호
홈페이지   www.book.co.kr
전화번호   (02)2026-5777   팩스   (02)3159-9637

ISBN   979-11-7598-084-6 03810 (종이책)   979-11-7598-085-3 05810 (전자책)

잘못된 책은 구입한 곳에서 교환해드립니다.
이 책은 저작권법에 따라 보호받는 저작물이므로 무단 전재와 복제를 금합니다.
본 도서는 (주)북랩이 보유한 리코 인쇄 장비 등 자체 생산 인프라를 통해 제작되었습니다.

작가 연락처 문의 ▸ ask.book.co.kr

전용 게시판에 문의를 남기시면 저자에게 직접 전달됩니다.

(주)북랩 성공출판의 파트너

북랩 홈페이지와 SNS에서 다양한 출판 솔루션을 만나 보세요!

홈페이지 book.co.kr   •   **블로그** blog.naver.com/essaybook   •   **출판문의** text@book.co.kr
카톡채널 북랩

어머니가 떠난 뒤에 시작된 아들의 사랑

드나드는 인생,
넘나드는 인생

이진용 지음

필요할 때만 드나들었던 아들의 인생 앞에서,
어머니는 끝내 한 번도 등을 돌리지 않았다.

이 글은 불효를 용서받고 싶은
한 아들의 늦은 고백이다

북랩

머리말

어머니의 장례를 치르면서 극심하게 불효했던 일들이 생각나 눈물 콧물을 쏟아 내며 며칠을 펑펑 울었다.

살면서 불효하는 일은 다반사였다. 하지만 나 스스로 용서할 수 없는 그날 을지로 지하 통로에서의 사건은 그 이후 어떠한 효도를 해도 상쇄되지 않았다. 어머니는 한평생 내 인생을 넘나들며 사랑과 희생을 아끼지 않았지만, 나는 어머니의 인생에 드나들며 불효와 패륜으로 일관했다. 어머니는 돌아가시고 없지만 그 불효를 조금이라도 용서받고 싶은 마음에 이 글을 쓰게 되었다.

내 어머니는 독립운동을 하거나 독재에 항거하는 열사는 아니었지만 가족을 위해 온갖 고난과 역경을 견뎌 낸 누구보다 치열하게 살다 간 투사였다. 어머니에게 가족은 때로는 든든한 울타리가 되는 조국이었고, 때로는 벗어나기 힘든 창살 없는 감옥이었다. 존경하는 나의 투사는 해방이 되자 그 기쁨도 잠시, 병이 들어 병마와 치열하게 싸우다 가셨다. 그 희생 덕에 어머니의 자식들과 손자들은 해방의 기쁨을 누리며 살고 있지만, 투사의 존재를 점차 잊어 가며 살아가고 있다.

한때 나는 소설가나 시인이 되는 것이 꿈이었다. 하지만 글솜씨가 미천해 내 이름으로 책을 내는 건 언감생심이라 생각되어 그 꿈을 접은 지 오래다. 더러 국민학교 시절 글짓기 대회에서 장원을 하거나 대학 신문사의 신춘문예에 입선을 하고 대학 시절 졸업논문상을 탄 것이 고작이다. 그 후로 글을 쓰기보다는 읽는 것이 좋아져 고전 소설이나 그때그때의 베스트셀러를 섭렵했고, 많은 양의 책은 이사할 때마다 큰 짐이 되었다.

그 짐 속에는 늘 어머니가 돌아가시고 내 마음속에 파고든 더 큰 짐이 남아 있었다. 그 큰 짐을 조금이라도 덜어 낼 수 있으면 하는 마음에 뒤늦게 글을 쓰기로 작정하고 시작했지만 쓰다 말다를 수없이 반복해야 했다. 열 쪽 정도를 쓰다가 휴식 겸 한강 작가의 소설이나 명작 전집을 집어 들고 읽다 보면 자신감이 사라져 더 이상 쓸 수 없게 된다. 반면 술술 읽히는 최근의 가벼운 베스트셀러를 읽다 보면 다시 용기를 내 써 내려갈 수 있었다. 그러기를 수없이 반복했다. 고민 끝에 나 자신만을 위한 책으로 일단 써 보기로 작정했고 고집스럽게 본업과 병행해 끝을 보기로 했다.

이런 내 고민을 친구, 동료와의 술자리에서 토로하곤 했다. 뒤이어 그들 제각각 털어놓는 사연들 또한 다사다난한 한 편의 드라마였다.

한 가족의 역사란 대체로 그런 것인가 보다. 그때 나는 결심했다. 친구들은 마음에만 남겨 둔 그 사연들을, 그 드라마를, 우리 가족의 역사를, 나는 글로 남기겠다고.

이 글은 내 가족의 짧은 실제 역사가 주를 이루지만 때로는 인물이나 배경을 임의로 가감해 가족 간의 불편함을 피하려 했고, 재미의 요소를 덧붙이기도 했다. 독자 모두가 한 편의 드라마, 한 편의 소설이 될 만한 각자의 소중한 가족사를 추억하며 읽기를 바란다.

이 책이 소중한 어머니의 존재를 깊이 새기는 계기가 되기를 빈다.

2026년 1월
이진용

머리말

차례

나의 독백

정월 대보름

　정월 대보름날. 집으로 돌아가는 버스가 모두 끊긴 새벽 1시경 부럼 장사를 마친 어머니와 나는 집을 향해 걸어가고 있었다. 오랜만에 어머니와 단둘이 시원한 바람을 쐬며 밤길을 걸으니 상쾌하고 바람도 따스하게 느껴졌다. 경동 가구 골목을 지나 도원동 고개를 넘는데 눈발이 날리기 시작했다. 새벽바람이 제법 세차게 불어 추워졌다.

　어머니는 구멍 뚫린 장갑을 벗어 건네셨다.

　"손 시린데 이거 껴. 엄마는 여태 끼고 와서 괜찮아."

　하지만 어머니의 얼굴도 추위에 새파랗게 얼어 있는 것을 본 나는 못 들은 척 앞질러 걸음을 재촉했다. 어머니는 지쳤는지 잘 따라오지 못하셨다.

　구름 사이로 환한 보름달이 우리의 길을 밝혀 주었고 포근한 눈발이 어머니와의 동행을 위로해 주었지만 밤늦은 시간에 갈 길이 멀어

드나드는 인생, 넘나드는 인생

초조한 마음이 앞섰다. 이미 통행 금지 시간이 된 터라 마음은 더욱 초조해졌다. 우리는 통금에 걸릴까 봐 밤도둑처럼 가급적 큰길은 피하고 골목길을 이리저리 드나들며 가야만 했다. 동인천역과 배다리 등 대로변을 피해 경동 고개, 창영동 책방 골목으로 가고 있었다.

도원동 고개를 넘어 파출소를 우회해 좁은 골목길로 숨을 죽이며 가던 중 갑자기 호루라기 소리가 멀리서 들려왔다. 그 소리는 점점 더 가까이 다가오고 있었다. 어머니와 나는 마치 도둑질하다가 들킨 범인이라도 된 양 가슴을 졸였다. 우리는 구석진 좁은 골목에 숨었지만 이내 발각되고 말았다. 순찰을 돌던 순경과 야경꾼은 마치 흉악범이라도 잡은 듯 호들갑을 떨었다.

"아니, 이 시간에 돌아다니면 어떻게 합니까? 통금 시간이 된 지 한참 지났는데!"

나는 어머니와 보름날 부럼 장사를 하느라 늦었노라고 사정을 해 보았지만 통할 리가 만무했다.

나와 어머니는 그렇게 창살은 없지만 조명이 어두운 파출소 구석에서 취객 무리와 함께 통금이 해제되는 시각까지 갇혀 있어야만 했다. 어머니는 보름 대목에 장사를 돕겠다고 학교 공부를 마치고 온 어린 아들을 새벽 시간 파출소에 갇히게 한 자책감으로 미안한 얼굴을 하고 계셨다. 하지만 새벽부터 깡시장에서 물건을 떼어 오고 온종일 손님들과 실랑이하느라 지쳐서 그런지 어머니는 얼마 안 돼 긴 의자에 기대 꾸벅꾸벅 졸기 시작하셨다.

통금이 해제되자 피로에 지쳐 주무시던 어머니를 깨워 밖으로 나왔다. 눈발은 그치고 보름달이 환하게 따스한 빛을 비추어 주고 있었다. 세 시간 후면 어머니나 나나 이른 아침부터 또 하루의 일과를 시작해야 했다. 어머니는 시간도 늦었으니 택시를 타고 가자고 하셨다. 어머니도 오랜만에 누려보는 택시라는 호사 때문인지 두둑한 전대 때문인지 기분이 좋아 보였다. 새벽 차창 밖 청량한 공기가 우리를 위로해 주는 듯했다.

명절이 다가오면 어른, 아이 할 것 없이 막연한 기대감에 설레기 마련이지만 중학교 시절 나에게 명절은 비장한 각오를 해야 하는 시기였다. 정신없이 바쁜 어머니의 시장 과일 가게 일을 도와야만 했기 때문이다. 명절 전 일주일 정도는 학교 가는 일 외에는 다른 계획을 세워서는 안 되었다. 판매는 물론 진열, 포장, 배달까지 어머니 가게에서 내가 해야 할 일은 제법 어른 한 사람 정도의 몫이라 대체할 수 없는 중요한 임무였다.

늘 그렇듯 어머니는 대목 때마다 욕심을 내 너무 많은 양의 과일을 매입하셨다. 구정, 추석에는 사과, 배 등을 300상자나 구매해 가게에 발 디딜 틈이 없을 정도로 쌓아 놓으셨다. 잘 팔리면 다행이지만 그렇지 못하면 대목장이 끝나고도 남은 재고를 두고두고 팔아야 한다. 과일은 기간이 지날수록 시들해지거나 썩기 마련이어서 제때 팔지 못하면 손해를 보기 십상이다. 어머니의 예측이 적중하는 때가 많았지만 늘 그런 건 아니었다.

　내가 중학교 2학년이 되던 해 보름날, 그날도 어머니는 욕심을 부려 부럼을 잔뜩 구입하셨다. 걱정이 된 나는 학교가 파하자마자 시장에 들렀다. 여지없이 땅콩, 호두, 잣, 바나나, 멜론, 파인애플 등 재고가 가게에 가득했다. 부럼은 보름날이 지나고 나면 헐값에 팔거나 오랜 시간을 두고 팔아야 하기에 남은 재고가 너무 많아 걱정이 태산이었다. 저녁 6시가 되자 날은 어둑어둑해졌고 남은 재고가 걱정되었다. 비상 대책이 필요하다고 생각한 나는 어디서 그런 용기가 났는지 어머니께 부럼의 일부를 덜어 큰길가 버스 정류장 앞에 가서 팔아 보겠다고 했다. 숫기 없는 어린 아들을 말릴 법도 한데 어머니께서는 남은 재고가 걱정되었는지 마지못해 "할 수 있겠어?" 하시며 포장용 봉투와 깔판, 됫박, 잔돈을 챙겨 주셨다.

　나는 부럼을 몇 차례 옮겨 버스 정류장 앞에 좌판을 벌였다. 늦은 시간이라 단속도 없었고 지나다니는 행인도 많아 잘하면 어머니보다 많이 팔 수도 있겠구나 생각했다. 학생복을 입은 까까머리 학생이라 관심을 보이는 행인들이 많았고 동정심 때문인지 제법 사 주는 사람이 많았다. 예쁜 단발머리 여학생들이 지나면서 눈길을 주고 수군거릴 때면 창피하기도 했지만 더 의연한 자세를 취하고 태연한 척 행동했다. 내 외모는 봐 줄 만했다. 특히 잘생긴 빡빡머리 머리통과 평행봉 운동으로 다져진 몸매는 훌륭했다. 여학생들의 관심은 내 잘생긴 외모 때문일 거라 생각하며 어설픈 장사꾼이 아니라는 것을 보여 주려 애를 썼다. 버스 정류장 앞은 유동 인구가 많아 제법 팔렸다. 이내 재고가 동이 나고 어머니 가게에서 부럼을 두 차례나 더 가져다 팔았다. 11시경 버스가 끊기고 행인들도 뜸해지자 떨이 할인 판매로 남은 재고를 모두 팔아 치웠고 남은 물품을 정리해 어머니 가게로 다시 합류했다. 어머니는 내가 얼마 못 팔 거라고 생각하셨는지 판매한 돈을 건네자 깜짝 놀라셨다. 주말에 영화 구경할 용돈을 몰래 조금 챙겼지만 수당이라고 생각하니 죄스러운 마음이 덜했다. 어머니께서 팔던 부럼 재고도 많이 줄어 있어 안심이 되었다.

"엄마! 이제 그만 정리하고 집에 가자."

"배고프지? 힘들지만 조금만 더 팔고 가자. 오늘 지나고 나면 이걸 다 어떻게 팔겠냐."

어머니는 종일 판매한 돈을 정리하고 계셨다. 전대가 불룩해 나도 기분이 무척 좋았다. 조금만 더 조금만 더 하다가 결국은 날을 넘겨 1시경에야 겨우 마무리할 수 있었다.

나는 조금 지치기도 해 어머니께 "버스도 끊겼고, 전대에 든 돈 때문에 위험하니 오늘은 택시를 타자."라고 했지만 어머니는 한사코 "이제 바쁠 것도 없으니 슬슬 걸어서 가자."라고 하셨다. 택시비가 아까우셨던 게다. 밀린 우리의 등록금 때문이라고 생각했다. 시장에서 집까지는 한 시간 반을 걸어가야 했다.

드나드는 인생, 넘나드는 인생

신포시장

어머니께서 처음 자리 잡고 장사를 시작하신 곳은 인천 자유공원 아래의 신포시장이다. 인천항 개항 직후 생겼으니 인천에서는 가장 오래된 시장인 셈. 초창기에는 서양인, 일본인, 중국인이 많이 드나들었으며 부유한 사람들이 주로 이용하는 국제 시장이었다고 한다. 해방 후 외국인들이 모두 물러나고 일부 화교들이 남아 경작한 채소들을 팔기도 했다. 세월이 흐르면서 자연스레 인천의 부유한 사람들을 상대하는 고급 시장으로 변했다. 1976년 한국 최초로 올림픽 레슬링 종목 금메달리스트가 된 장창선 선수의 어머니가 신포시장에서 콩나물 장사를 하며 아들을 키웠다고 해서 더 유명해졌다. 나도 장창선 선수처럼 어머니가 자랑스러워할 훌륭한 아들이 되리라 생각했다.

우리 집 가까이 숭의시장, 용현시장, 제물포시장이 있는데도 어머니는 왜 군이 집에서 먼 신포시장으로 가셨을까 궁금했다. 잘살던 집

17

안이 망한 탓에 동네의 시선이 부끄러워 아는 사람들이 없는 곳을 택하셨을 것이란 생각도 하지만, 돈 많은 손님이 넘치는 규모가 큰 시장에서 승부를 걸어 볼 요량이 아니었을까 생각된다.

나는 어머니의 장사 일을 돕는 것이 언제나 당연한 일이라고 생각하면서도 시장통을 지나는 같은 반 친구들과 마주치는 것이 창피했다. 신발 가게 아들 태식이, 쌀가게 아들 동규, 통닭집 아들 영덕이. 걔들 부모님들은 오래전부터 번듯한 가게에서 안정된 장사를 해 오셨다. 반면 나의 어머니는 아버지의 사업이 쫄딱 망해서 오도 가도 못할 지경에 이르자 양은洋銀 대야 하나를 달랑 사서 그길로 아무런 연고도 없는 신포동 시장통에 나가 노점에서 참외 장사를 시작하신 것이다. 그때는 막내가 태어난 지 얼마 안 돼 돌도 지나지 않은 때였다. 어머니는 어린 막냇동생을 포대기로 둘러업고 그 험한 시장에서 노점상을 시작하셨다. 몇 년을 악착같이 장사를 해서 나중에 자투리 가게를 장만하셨지만 그 전에는 남의 가게 앞에 좌판을 펴고 장사를 하셨다. 남의 가게 앞이다 보니 쫓겨 다니기 일쑤였다. 유난히 어머니에게 텃세를 많이 하는 신발 가게 태식이 아버지에게는 대들고 싶을 때가 많았지만 나는 참을 수밖에 없었다. 한동안은 학교에서 태식이를 만나면 실컷 때려 주고 싶었지만. 태식이는 어릴 때 소아마비를 앓아 다리를 많이 절어 내가 그보다는 형편이 낫다고 생각했다. 나중에는 하굣길에 시장에 같이 갈 때 목발을 짚고 다니는 태식이의 가방을 내가 들어 줄 만큼 친해졌다.

아무튼 나는 어머니의 장사 일을 돕는 일은 뿌듯했지만 같은 반 잘사는 친구들과 시장에서 마주치는 일은 정말 싫었다. 먼발치에서 친구들이 삼삼오오 몰려오는 것을 보고 골목으로 숨곤 했다. 한참 시간이 지나 반 친구들이 사라졌을 무렵 나왔다가 어머니와 얼굴이 마주치면 쥐구멍으로 들어가 버리고 싶었다. 어머니께서 안쓰러워하시는 것이 더 죄송했다.

평상시에는 하굣길에 일을 도와드리러, 혹은 맛있는 간식을 먹을 수 있다는 기대로 들른다. 하지만 명절 대목 때는 너무 바빠 장사를 모두 마친 늦은 시간에야 어머니와 함께 귀가를 하게 된다. 어머니는 값이 많이 나가더라도 최상의 품질인 과일만 떼어 오셨다. 어머니는 신포시장에서는 조금 비싸도 맛 좋고 신선한 고급 과일이 잘 팔린다고 하셨다. 그래서인지 어머니의 단골손님은 점차 늘었고 잘사는 동네라서 명절 선물을 사러 오는 손님이 많아졌다. 배달을 해야 했고 그 일은 내 몫이 되어 버렸다. 사과, 배 상자에 화려한 포장지를 씌우고 리본 끈으로 두르면 제법 값어치 있는 선물 세트가 되었다. 가까운 길가에 세워 둔 자가용 승용차에 과일 선물 세트를 실어 주는 일은 비교적 쉬웠지만 자유공원 밑 고급 주택가까지 사과, 배 상자를 어깨에 메고 배달하려면 몇 번을 쉬어 가야 할 정도로 힘들었다. 고심 끝에 나는 주말에 동네 형들에게 자전거 타는 법을 배운 뒤 구입한 중고 자전거로 배달을 시작했다. 처음에는 맨몸에도 자전거 운전이 서툴러 자빠지기 일쑤였지만 나중에는 차츰 익숙해져 한 손으로

19

핸들을 잡고 탈 수 있게 되었다. 그 당시에는 드물게 배달이 되는 과일 가게로 소문나면서 배달량은 가파르게 늘었다. 열다섯 살 어린 나이에는 힘든 일이었지만 배달 주문이 많아지면 오히려 힘이 솟았다. 그 당시 명절은 늘 힘이 들었지만 어머니를 돕는다는 마음에 신이 났다. 그 당시 늘 명절이 기다려질 정도로 신이 난 것은 장사가 잘되는 기쁨을 느끼기 시작했기 때문일 수도 있다.

어머니는 3년 뒤 노점상을 접고 가게를 장만하시면서 매출이 늘자 좋은 물건을 저렴하게 구입하기 위해 무던히 애를 썼다. 신포시장은 고급 과일을 찾는 손님이 많아 싸게 구입하는 것도 중요했지만 최상의 과일을 구입하는 것도 중요했다. 초기에는 가까운 배다리 깡시장이나 도원동 깡시장에서 구입을 했지만 품질과 가격 면에서 만족스럽지 못해 서울로 구입처를 옮겼다. 서울역 뒤 서부역 중림시장, 청량리 도매 시장, 가락시장을 오가며 화물차 한 차 단위로 구입을 했다. 배다리 깡시장에서 구입한 과일을 리어카를 불러 가득 싣고 신포시장까지 가려면 가파른 고개가 있어 뒤에서 밀고 당기며 몇 차례 쉬어 가야 했던 것에 비해 일이 한결 수월해졌다. 하지만 서울 도매 시장에 가려면 어머니는 새벽 3시에 일어나 자식들 아침상과 도시락을 챙겨 놓고 제물포역에서 기차를 타고 올라가야 했다. 명절 대목 때는 거의 매일 서울 도매 시장에 다녀야 했다.

신포시장은 우리가 살고 있는 동네보다 친한 아주머니가 많았다.

자리를 비울 수 없는 어머니를 대신해 찬거리를 사다 주기도 하고, 어머니가 산 간식거리를 나누어 드리러 가기도 하고, 배달 음식 빈 그릇을 반납하기도 하면서 친해졌다.

심지어는 관광버스를 대절해 시장 야유회를 갈 때는 시장 분들이 어머니께 둘째 아들 꼭 데려오라고 해 내가 따라간 적도 있다. 관광버스가 출발해 시내를 벗어나면 음악을 크게 틀고 목청이 터지도록 노래를 부르기도 하고, 디스코 음악이 나오면 가운데 통로에서 막춤을 추느라 도착할 때까지 자리에 앉질 않았다. 어디서 그런 열정들이 뿜어져 나오는지 버스가 흔들릴 정도로 흔들어 댄다. 춤을 추는 게 아니라 마치 한풀이라도 하는 듯 흔들어 댄다. 평소 조용하던 어머니도 딴사람이 된 듯 심하게 흔들어 대는 모습에 깜짝 놀랄 정도였다. 가정에서, 시장에서 억눌렸던 울분을 마음껏 토해 내는 것 같았다.

버스가 목적지에 도착하면 식사를 마치자마자 관광은 뒷전이고 또다시 광란의 파티가 벌어진다. 두어 시간 이어진 파티는 거의 실신할 정도에 이르러서야 끝나게 된다. 되돌아오는 버스에서는 모두가 지쳐 잠에 푹 빠져들고 도착하면 부스스한 눈으로 언제 그랬냐는 듯 본연의 모습으로 돌아와 잘 가라는 인사와 함께 헤어진다. 어머니도 그날은 집까지 사치스러운 택시를 타고 가자고 했다. 멀리 떠나지 말고 차라리 가까운 디스코텍을 빌려서 즐기면 좋을 듯하지만 연로한 분들에겐 남의 시선에 신경 안 쓰고 무시해도 좋은 관광버스 디스코 막춤 파티가 제격인 것 같았다. 시장 아주머니들의 디스코 막춤은 제대로 한풀이를 할 수 있는 진정한 그들만의 축제라는 생각이 들었다.

어머니와 친하신 앞집 쌀가게 아저씨는 체구가 작고 나이가 많지만 자전거를 기가 막히게 잘 타신다. 쌀 서너 가마 정도는 거뜬히 싣고 바람을 가르며 쌩쌩 달려 배달을 한다. 쌀가게를 아들에게 물려주시려는지 막 제대한 아들이 아버지의 가게 일을 도우며 열심히 배우고 있었다. 부자가 모두 안짱다리 걸음으로 어기적어기적 걸을 때 보면 얼굴, 체형은 물론 걸음걸이까지 쏙 빼닮았다. 이산가족 찾기를 한다면 걸음걸이를 보고 찾을 수 있을 정도로 빼닮았다. 오래된 시장이다 보니 대물림하는 점포가 심심치 않게 있다. 최근에 신포시장을 돌아보면 중식당인 신신옥을 대물림해 맛집이 된 신신우동, 시장의 명소가 된 신포닭강정, 신포어묵 등 대물림해 2세가 더 번창하게 만든 가게들도 제법 있다.

어머니 가게 옆에는 일본식 건축물로 낡았지만 고풍스럽고 깔끔한 여관이 있었다. 일제 강점기에는 호텔에 버금가는 고급 여관으로 일본인들과 고위직 관료들이 많이 이용했다고 한다. 입구 기둥에는 신주로 된 멋진 현판이 붙어 있었다. 원래는 일본인이 운영하던 고급 여관이었지만 해방 직후 주인이 본국으로 철수하면서 성실히 일하던 종업원에게 물려주었다고 한다. 지금의 여관 주인이 그 사람이었고 성실히 일한 덕에 큰 재산을 물려받아 30여 년간 운영하고 있는 것이었다. 지금은 건물이 낡아 손님이 많지 않지만 여관 주인은 그 건물

드나드는 인생, 넘나드는 인생

에서 살림을 하면서 주택 겸 여관으로 쓰고 있었다. 아저씨 내외는 벌어 둔 돈으로 여유 있는 생활을 했지만 자식이 없는 터라 아들이 많은 우리 어머니를 부러워했다. 여관 안주인은 아저씨와 나이 차이가 있어 보였지만 세련되고 상냥한 분이었다. 어머니 가게의 단골손님으로 종종 음식을 나눠 먹기도 하고 한가한 시간에 담소를 나누며 어머니에게는 좋은 친구가 되었다.

어머니의 또 다른 시장 친구는 어머니 옆 가게인 중식당 '신신옥' 주인아주머니로 자가 건물에서 저렴한 가격에 맛있는 우동과 짜장면을 주로 팔았는데 시장 상인이나 장 보러 나오신 손님들에게 인기가 많아 손님이 끊이지 않는 맛집이었다. 지금은 딸과 사위가 이어받아 '신신우동'이라는 간판을 걸고 운영하고 있다. 주인아주머니는 체격이 크고 활달해 대장부 같았다. 상인들끼리 싸움이 날 때면 '신신옥' 여주인장이 나타나 몇 마디 하면 즉시 싸움이 끝나고 만다. 싸움이라고 해야 사소한 자리다툼이거나 손님 뺏기 경쟁이어서 애초부터 누가 빨리 말려 주기를 바라는, 죽기 살기로 싸울 의도 자체가 없는 싸움이었다. '신신옥' 아주머니는 시장통의 군기 반장으로 그 몫을 톡톡히 하고 있었고 한 달에 한 번 시장 노인들을 초대해 무료로 식사를 제공하는 등 좋은 일도 많이 하는 분이었다. 남편은 개성에서 월남한 분으로 체격이 왜소하고 조용한 분이었는데 존재감 없이 묵묵히 주방에서 일만 하셨다. 바쁜 점심시간이 지나고 나면 종종 어머니 가게로 와 자식들 얘기, 서로의 근황을 나누고 담배를 피우며 휴식을 취하곤 하셨다. 아주머니는 내리 딸 넷을 낳고 늦둥이 아들을 낳아 애지중지 키우고 있었다. 한동안 셋째 딸이 신이 들려 무당이 된다고 해 애를 먹었는데 지금은 결혼을 해 잘 살고 있다고 한다.

월세를 내 가며 장사를 하고 있는 어머니는 자가 소유 점포에서 장사를 하는 사람들을 무척 부러워했다. 대물림해 줄 만한 건물이 있는 것도 아니어서 어머니는 그나마 똑똑한 아들들을 위해서는 죽어라 공부시키는 것만이 살길이라고 생각하신 것 같다.

당시에는 없는 집에서는 죽어라 공부해 성공하는 것이 최상의 투자였다. 그 당시만 해도 개천에서 용 나는 일이 많이 있었으니까.

나의 학창 시절

어머니의 고생 덕에 첫째인 형은 인천의 명문 중고등학교를 거쳐 서울대학교에 입학했다. 셋째인 동생은 식구들의 저녁 식사 담당을 하면서도 의과대학에 합격하고 무사히 졸업을 했다. 나는 어머니의 장사를 돕는다는 핑계로 공부를 게을리해 지방대에 입학했고 학비 외에 기숙사비 등 비용을 축내는 불효를 범했다. 막내도 한창 어려운 시기에 태어나 시장 바닥에서 자라다시피 해서인지 지방 대학에 가는 불효를 했다. 요즘에야 경제 사정이 좋아지기도 하고 학자금 융자 제도가 있어 웬만하면 대학을 가는 일이 그리 어렵지 않지만, 그때만 해도 부유한 집이 아니면 한집에서 한 명을 대학 보내는 것도 쉽지 않을 시기였다. 어머니는 당신이 하고 싶었던 공부를 자식들에게는 무슨 수를 써서라도 시키고 싶어 했고 그 한풀이를 당신의 몸이 망가질 정도로 고생하며 이루어 냈다. 그 덕에 아들들에게 물려줄 재산

25

은 없었으나 네 아들 모두 대학을 졸업해 대기업에 취직하고 안정적인 생활을 할 수 있는 소중하고 값진 유산을 물려주었다. 그런 어머니에게 우리 형제들은 100분의 1이라도 보답했을까 생각해 보면 부끄럽고 죄스러운 마음뿐이다.

나는 어머니 장사 일을 도우며 중학교 시절을 보내다가 희망하던 인천의 명문 고등학교인 제물포고등학교에 응시했다. 하지만 머리만 믿고 공부를 게을리 한 탓에 낙방했고, 이듬해에 서울의 명문 고등학교인 경기고등학교에 가겠다는 당찬 목표를 세우고 재수를 시작했다. 그러나 4월경 갑자기 서울은 고등학교 입시가 일명 '뺑뺑이', 즉 추첨제로 바뀐다는 뉴스가 나오고 나의 목표는 사라져 버렸다. 서울은 뺑뺑이를 당장 시행하고 타 지역은 1년 뒤부터 시행한다고 했다. 대통령의 아들 때문에 고등학교 입시 제도가 바뀌었다는 소문이 나돌았지만 진위를 알 수는 없었다. 1년간 나는 재수 학원에 다닐 형편은 안 되어 제물포역 앞에 있는 독서실에 다니기 시작했다. 경기고등학교라는 목표가 사라지자 자만해 제물포고등학교는 쉽게 가리라 생각했다. 낮에는 좋아하던 영화를 보기 위해 동시 상영 극장을 드나들었고 저녁에는 독서실에서 라면을 먹으며 시간을 보냈다.

크리스마스가 다가올 무렵 무료한 시간을 달랠 겸 크리스마스카드를 팔아 볼 요량으로 20여 장을 그려 독서실에서 팔았다. 제법 잘 그렸다고 형, 누나들이 사 주었고 독서실에 다니던 친구 각수가 자기가 다니는 교회에서 팔아 보겠다며 더 그려서 가져오라고 했다. 열심히 카드를 그려 토요일 학생 예배에 참석했는데 한 여학생의 대표 기도 소리에 푹 빠지고 말았다. 여학생들과 가까이할 기회가 없었던 내게는 눈을 감고 듣는 기도 소리가 너무 신비스럽고 아름다운 소리로 들렸다.

학생도 아니고 재수생인 내가 정신을 못 차리고 그 뒤로 교회를 열심히 다니기 시작했다. 제법 그림 솜씨를 인정받아 교회 안의 온갖 행사의 현판이나 그림을 도맡아 그렸고 신앙생활이 아닌 교회 생활을 열성적으로 했다. 나의 그림 솜씨가 좋은 게 아니라 교회에 그만한 인재가 없어서인 줄도 모르고 밤낮을 가리지 않고 크리스마스에는 '말구유에 잠든 아기 예수' 그림, '어린이 주일', '부활절', '추수 감사절', '송구영신 예배', '신년 예배' 등 행사 기간마다 강단 뒤의 현판을 그려댔다. 주일에는 주일 학교 초등반을 맡아 어린아이들을 가르치기도 했다. 그러다 보니 곧이어 치른 제물포고등학교 입시에서는 다시 낙방했고 2차로 인하사대부고에 입학했다.

고등학교에 들어간 후에도 그렇게 3년 내내 학교생활 반, 교회 생활 반으로 바쁘게 지냈다. 교회가 이전해 신축을 할 때는 학교가 끝나자마자 교회로 가 벽돌을 실어 나르기도 하고 시멘트를 물에 개어 바르기도 했다. 지금도 지나가다 건재하게 버티고 있는 교회 건물을 보면 내가 쌓아 올린 벽돌이 어딘가에 박혀 있겠거니 하는 생각이 든다.

그렇게 고등학교 생활을 보냈으니 좋은 대학을 가는 건 언감생심이었다. 대학 입시 철이 다가오자 목사님은 교회에서 학비를 일부 보조해 주겠다며 신학 대학에 가길 권하셨다. 형처럼 명문대에 가고 싶었지만 성적이 모자라 결국 신학 대학에 갔다.

신학 대학 입학 후 정신을 차리고 열심히 공부를 했지만 점차 신앙심信仰心이 아닌 신앙술信仰術만 늘었고 신학을 신앙을 위한 공부로 접하지 않고 학문으로 접했다. 신학theology을 발음할 때 신神, theo을 강조하면 신앙信仰이 되고 학學, logy을 강조하면 철학哲學이 된다고 하신 안병무 교수의 말씀처럼, 그중 나는 학學, logy에 치중해 공부하게 된 것이다. 모처럼 열정을 갖고 학문에 접하니 신학이 재미있고 나에게 맞는 전공이라는 생각이 들었다.

1학년 때 발행 부수가 많지는 않지만 대학 신문사에서 주최하는 신춘문예에 큰 기대 없이 응모를 했는데 우수작으로 당선이 되어 지면에 올라가는 기쁨을 맛보기도 했다. 열심히 준비해 유학 갈 꿈도 꾸었지만 집안 사정이나 실력이 부족해 포기했다. 대학 3학년에 올라가면서 ROTC에 지원해 학업과 군사 훈련을 병행했다. 10·26 사태로 조기 입대를 해 졸업식에 참석을 하지는 못했지만 영예로운 졸업논문상을 수상하기도 했다.

학업과 교회 생활을 병행하면서 방황하던 나는 고등학교 졸업 후 대학에 들어가 자유로움을 만끽할 수 있게 되자 하고 싶은 일이 많아졌다. 미팅은 물론 동아리 활동, 아마추어 야구, 맹아 학교 봉사 활동 등. 시간은 없고 할 일은 많았다. 1학년 때는 전공 과목보다 교양 과목 수강이 많았는데 미술과, 음악과 학생들과 함께 듣는 과목이 많아 예술 분야의 식견을 높이는 데 많은 도움이 되었다. 물론 미술과, 음악과 학생들 중 예쁜 여학생이 많아 함께 강의를 듣고 자연스레 대화를 나눌 수 있는 점도 좋았다.

동아리 가입을 두고 고민하다 음악과 여학생들이 많이 가입한 봉사 활동 동아리에 가입했다. 정기적으로 한 달에 한 번 유성에 있는 장애인 요양 병원에 방문해 장애인들을 목욕시키고 식사를 거들고, 대화를 나누며 외로움을 달래 주는 활동을 했다. 매주 수요일 저녁에는 대전시 가오동 소재의 맹학교에 방문해 학생들과 음악 활동 및 문학 활동을 하며 역시 외로움을 달래 주는 활동을 했다.

맹학교 방문 전 학교 이름이 '대전맹아학교'가 아니라 '대전맹학교'여서 이상하다고 생각했는데 방문해 설명을 들으니 이해가 되었다. 매일 통학을 하는 학생도 있었지만 기숙사 생활을 하는 학생이 대부분이었다. 어린 유아부터 성인이 다 된 학생들까지 다양했다. 집안 형편에 따라 고급 승용차로 통학을 하는 학생도 있었고, 주말에만 집으로 돌아가는 학생도 있었고, 방학이 되어도 돌아갈 곳이 없어 기숙사에서 계속 지내야만 하는 학생도 있었다. 더러는 학생이라고 하기에는 나이가 많은 성인도 있었다. 성년에 다다른 학생들은 기숙사 생활을 하는 나이 어린 맹아들을 돌보기도 하고 저녁이 되면 생업으로 안

마 시술을 위해 시내로 나가기도 했다. 더러 봉사 활동 시간이 끝날 무렵 눈물을 흘리며 귀가하는 여학생의 모습을 보기도 하는데 "왜 그러냐, 무슨 일이 있었냐." 하고 묻고 싶지만 그저 짐작만 할 뿐 끌어안고 어깨만 두드려 주곤 했다.

맹학교 봉사 활동을 하면서 정상인으로 사는 것이 얼마나 축복받은 일인지, 남을 위해 더 잘 살아야 하는지를 깨달았다. 맹인들은 기억력이 정상인보다 엄청나게 뛰어나다. 바쁜 일이 있어 한 달 만에 방문하면 잊지 않고 '이정언 선생님! 안녕하셨어요? 한 달 만에 오셨네요.'라고 이름을 부르며 반긴다. 나는 그 학생의 이름을 기억하지 못하는데.

한번은 우리가 먼저 도착해 학교 건물 입구에 서서 교실로 향하는 학생들을 맞고 있었다. 인사를 하고 교실로 들어가던 학생들이 신발장 앞에서 정체되어 있었다. 까닭을 모르고 지켜보니 학생들이 신발장 빈칸을 손으로 더듬으며 찾고 있었고, 신발을 신발장에 넣은 후 다시 손으로 더듬으며 '위에서 넷째 칸, 왼쪽에서 다섯째 칸' 하는 식으로 머릿속에 메모를 하고 있었던 것이다. 정상인들은 빈칸을 눈으로 보고 신발장에 넣었다가 볼일이 끝나면 나와 눈으로 보고 내 신발을 꺼내 신으면 그만인 간단한 일이었다. 기숙사 사감 선생님과 차담을 나눌 기회가 있었는데 선생님은 말씀하셨다.

"맹아들은 정상인들이 늘 인지하면서 쓰는 눈과 코의 역할을 기억이 대신하죠. 선생님이 여기서 내내 눈을 감고 집으로 대중교통을 이용해 간다고 생각해 보시면 돼요. 학교를 나서서 버스 정류장에 가려면 50미터 앞에서 우회전, 200미터 앞에서 좌회전, 개천 다리를 건너 신호등에서 기다리다가 신호 소리가 나면 12미터를 건너서 좌회전, 20미터 앞에서 기다리다가 다른 사람에게 107번 버스가 오면 알려 달라고 부탁해 버스에 승차. 그렇게 버스 한 번 타는 것도 쉽지가 않아요. 그것뿐이겠어요? 기숙사 내에서도 칫솔, 수건, 내의, 양말 등을 찾아 갈아입으려면 매사 기억하지 못하면 생활할 수가 없어요. 옆에서 누가 도와줄 수도 없어요. 그래서 맹인들은 기억을 못 하면 생활 자체가 안 되는 거죠."

국경일에 맹학교 체육 대회가 있어 동아리 회원과 함께 참석했다. 맹아들이 어떤 종목의 운동을 할지 궁금했다. 일부 학부형들이 참석해 응원도 하고 맛있는 음식도 준비했다. 50미터 달리기 출발점은 보통의 체육 대회와 똑같았지만 도착점은 달랐다. 도착점에는 결승 테이프가 쳐져 있었고 결승점 도착을 알리는 종소리가 요란했다. 도착점을 지나서도 계속 달리는 일을 방지하기 위해 교사들이 안전 요원으로 대기하고 있었다. 학생들은 출발 총성과 함께 힘껏 달렸고 결승점을 지나자 모두 환호했다. 1등이나 꼴찌나 모두 무사히 달려온 것만으로도 기쁘기만 한 것 같았다.

이어서 야구 경기가 시작되었다. 배트는 별다를 것 없었지만 야구공 대신 배구공을 쓴다는 점이 달랐다. 투수가 포수를 향해 공을 굴려 던지면 스르르 굴러오는 소리를 듣고 타자가 배팅을 한다. 삼진

31

아웃도 나오고 안타, 홈런도 나오지만 플라이 볼은 없었다. 멀리 그려 놓은 선을 넘으면 홈런으로 간주한다. 눈에 보이지 않는, 스르르 굴러오는 공을 소리만 듣고 어떻게 배팅할지 궁금했지만 그들은 익숙한 듯 곧잘 쳐내 안타를 만들었다. 보이지 않는 맹인들이 방에만 처박혀 운동을 전혀 하지 않으리라는 내 선입견이 무너진 것이 통쾌한 하루였다.

우리는 대학 총장님께 건의해 매년 연말에 대학 강당에서 개최하는 송년 음악회에 맹학교 교사와 학생 30명을 초대했다. 고맙게도 총장님은 스쿨버스를 제공해 주셨다. 학생 일동이 학교에 도착하자 동아리 회원들은 한 명당 한 명씩 짝을 지어 안내를 하고 동석해 뜻깊은 송년 음악회 자리를 만들었다. 나는 피아노를 잘 치고 음악을 좋아하는 동철이라는 중학생과 동석했다. 동철이는 음악회 내내 나의 손을 잡고 놓지 않았다. 베토벤의 9번 교향곡 「합창」 4악장 마지막 부분이 연주될 때는 감동했는지 내 손을 힘주어 꽉 잡았다. 동철이는 음악회 끝나고 강당을 나오면서 말했다.

"선생님! 이런 큰 음악회에 꼭 와 보고 싶었는데 오늘 그 소원을 이뤘어요. 카세트로 베토벤 음악을 들을 때랑 느낌이 너무 달랐어요. 감사합니다. 될지 모르겠지만 저도 유명한 피아니스트가 되는 게 꿈이에요."

"꿈을 잃지 마. 큰 꿈을 꾸며 열심히 하다 보면 그 꿈이 이루어진다고 나는 믿는다. 우리 동아리 회원 중에 음악과 선생님들 많잖아. 다음에 갈 때 피아노 전공인 선생님과 연결을 해 줄게."

나는 그렇게 약속을 했고 그 약속을 지켰다.

얼마 전 모 정치인이 지하철 장애인 휠체어 체험을 통해 장애인의 대중교통 장애를 없애자는 캠페인을 한 적이 있었다. 휠체어로 대중 교통을 이용하는 일도 쉽지 않겠지만 맹인이 대중교통을 이용하는 일 또한 엄두도 못 낼 일이다. 경제적 여유가 있으면 택시를 타면 되지만 그마저도 사회적 기피 현상으로 쉬운 일이 아니다. 매 순간 기억을 해야만 생활을 할 수 있는 불편이 맹인들에게는 일상이 되어 있었고, 비장애인인 우리는 그들의 불편함을 모른 채 살아가고 있었다.

음악회 초청 이후로 봉사 활동 중에 동아리의 음악과 학생들은 미리 준비한 바이올린, 피아노, 트럼펫 연주, 합창곡 등을 들려주기도 하고 학생들이 직접 시연하도록 가르치기도 했다. 놀라운 것은 한 번 들려준 두세 소절 정도의 음악을 웬만한 학생들은 그 자리에서 똑같이 시연하는 것이다. 시각을 이용하지 못한 채 생활하면서 생존을 위해 기억과 청각, 나아가 음감이 발달한 것이리라. 대학 생활 4년간 계속된 맹학교 봉사 활동은 나에게 평생 동안 살아가면서 지켜야 할 중요한 교훈이 되어 주었다.

대학 3학년이 되자 목사가 되는 것에 확신이 서지 않아 고민하던 중 교직 과목을 병행해 수강하기 시작했다. 혹시 목사가 되지 않으면

윤리 과목 중등 교사를 하는 것도 적성에 잘 맞으리라 생각했다.

4학년이 되자 교직 과목 이수를 위해 교생 실습을 해야 했다. 고향인 인천의 영화여자고등학교에 지망해 음악과 동기들과 함께 교생 실습을 시작했다. 실습생으로 고등학교 3학년 부담임을 맡았는데 어리게만 보았던 학생들은 제법 성숙해 있었다. 윤리 과목을 맡고 있었지만 입시에 부담이 적은 실업계 여고여서 당시 교황이었던 요한 바오로 2세의 명언을 소개하거나 인생의 길잡이를 소개한다는 명목으로 명시, 명언을 발췌해 소개하며 수업을 이어 갔다. 지루한 수업에 지친 학생들에게 나름 참신한 수업은 반응이 좋았다.

총 4주의 교생 실습 기간 중 2주가 지날 무렵 군 입영 훈련이 앞당겨졌다는 소식이 들려왔다. 10·26 사태 이후 대학 휴교령이 내려졌고 다시 5·18 민주화 운동이 발발해 대학 휴교령이 내려져 ROTC 입영 훈련 조기 입소령이 떨어졌다. 4주간의 입영 훈련을 마치고 돌아오자 영화여자고등학교는 방학 기간이 되었다. 전국의 교생 실습생 중 ROTC 학생은 방학 기간 중 다른 실습으로 대체하거나 2학기에 다시 2주간의 교생 실습을 마쳐야 했다. 마침 배구 명문고인 영화여자고등학교는 장충체육관에서 전국 대회를 하고 있었다. 우리는 학생회 간부들과 응원전을 쫓아다니며 교생 실습을 마쳐야 했다. 4강전 이후에는 전교생이 동원되어 응원전을 펼쳤다. 아쉽게 준우승을 했지만 보람되고 추억이 되는 교생 실습이었다.

4학년을 마치고 소위로 임관해 보병 학교 훈련을 받을 무렵 학생

드나드는 인생, 넘나드는 인생

들—그때는 해가 넘어 졸업생, 사회인이 됨—의 위문편지가 빈번하게 왔고 점차 구애 편지로 바뀌어 가는 내용도 있었다. 교생 입장에서는 나이 어린 학생으로만 생각되어 거리를 두었지만 생각해 보면 네 살 차이면 그렇게 멀리할 일은 아니었던 듯하다. 핑크빛 위문편지 덕에 힘든 4개월간의 보병 학교 훈련을 마치고 전방 부대 소대장으로 근무하게 되었고 군 생활을 통해 책임감과 인내하는 것을 배웠다.

대학 3학년 10월 26일 박정희 대통령이 시해되고 정국이 시끄러웠다. 사건 직후 보안 사령관 전두환은 김재규를 대통령 살해범으로 체포하고 다음 날 새벽 4시 최규하 대통령 권한 대행은 계엄령을 선포했다.

각 대학마다 장갑차가 진입하고 계엄군이 주둔했다. 장갑차의 굉음과 무장한 군인들의 진입으로 학생들은 지은 죄 없이 불안에 떨어야 했다. 기숙사에 있던 학생들에게는 다음 날 8시까지 전원 퇴거하라는 명령이 떨어졌다. 학생들은 부리나케 짐을 꾸려 집으로 돌아가야 했다. 이후 12·12 사태가 벌어지고 전두환은 대규모 병력을 불법적으로 동원해 실질적인 권력을 장악했다. 형식적으로 최규하 대통령이 취임했지만 비상계엄은 계속 유지되었다. 계엄하에 광주에서는 민주 항쟁이 계속되었고 신군부는 공수 부대를 파견해 진압하려 했으나 학생들의 저항은 더욱 거세졌다. 급기야 공수 부대가 살상용 무기를 사용해 무력 진압하는 과정에 수많은 사상자가 발생했고 분노한 일반 시민들까지 가세하면서 피의 항쟁이 시작되었다. 이른바 5·18 사태—당시에는 군부의 언론 장악으로 '5·18 민주화 운동'이라는 표현을 쓰지 못하고 시위대에 부정적 어감을 주기 위해 '5·18 사태'라고 보도했다—로 수많은 사상자가 발생했지만 그 열기를 잠재우지는 못했다.

항쟁 5일째 되던 날 계엄군은 외곽으로 일시 퇴각해 주요 외곽 도로를 차단하고 출입을 통제했다. 그러자 시민군은 도청을 본부로 정하고 작전 상황실을 운용했다. 도청을 장악한 200여 명의 시민군은 총 한 번 잡아 보지 못한 인원이 대부분이었다. 이후 계엄군은 대규모 전방 보병 부대를 증파해 광주 시내를 장악하기 시작했다. 장악해 가는 도중에 다시 유혈 사태가 발생했고 도청 진입을 하는 중 수많은 사상자가 발생하면서 사태가 진정되었다. 4학년 2학기가 되어 대학은 다시 문을 열었고 광주에서 있었던 참혹한 일들은 언론의 통제로 알 수 없는 역사의 뒤안길로 사라졌다.

가을이 되어 과 선배—이경남 목사, 이후에 목사로 재직하면서 5·18 민주화 운동의 참혹한 현장을 증언하는 시민 운동가로 활동했다—가 팔에 부목을 한 채 학교를 방문했다. 공수 부대에 복무하다가 광주에 파견되어 광주 도청에 진입했던 당사자였다. 함께 소속된 지휘관 및 동료들의 광기 어린 진압 과정을 생생하게 증언하는 한편, 다른 인원들의 경우 군인이라는 신분 때문에 겪어야 했던 불가피한 처지와 그에 따른 인간적인 고뇌에 이르기까지 복합적인 상황을 설명했다. 선배는 부대원들과 각 방별로 진압 임무를 받고 도청에 진입하게 되었다. 문을 발로 박차고 들어가는데 피로에 지쳐 졸고 있던 시민군들의 축 처져 있던 총들이 본인을 향해 벌떡 일어서 본인을 향하자 무의식적으로 난사를 하고 말았다고 한다. 선배도 총에 맞아 큰 부상을 입었다. 팔목에 맞은 총알이 뼈를 타고 어깨까지 관통해 몇 차례 수술을 거쳐 겨우 팔을 움직일 수 있게 되었고 훈장을 받으면서 의가사 제대를 했다고 한다. 이후 선배는 무의식적으로 난사한 죄책감에 정신 질환을 앓고 치료를 받았으나 완치가 되지 않았다. 그 업보를 평생 지며 속죄하는 마음으로 목사 생활을 하면서 5·18 민주화 운동의 참혹한 현장을 증언하는 운동가로 활동했다.

나는 대학 졸업 후 소위로 임관하고 광주에 있는 육군 보병 학교에 입소해 16주간의 기나긴 훈련을 마쳐야 했다. 입소 한 달 후 첫 외출을 할 수 있었는데 부대장은 외출 시 주의 사항을 일러 주었다. 외출 시 광주 시내에는 반드시 사복을 입고 나갈 것, 시민들과 정치, 민주화 운동 등 예민한 주제에 관한 대화는 피할 것 등. 그 당시 광주가 고향인 공수 부대원도 휴가를 나가면 사복 차림으로 다녀야 했다. 5·18 민주화 운동이 일어난 지 1년이 다 되어 갈 무렵 우리는 광주 시내 첫 외출을 나갔다. 멀리서 애인들이 찾아오면 으레 금남로에 있는 광주우체국 앞에서 만났다. 광주 시민들의 만남의 광장이었다. 언제 그런 일이 있었나 싶게 금남로는 평온했고 일상으로 되돌아와 있었다. 도청 건물도 군데군데 총알 자국이 남아 있었지만 잔디 마당을 비롯해 모두 말끔히 단장되어 있었다. 오랜만에 외출을 나온 우리는 삼삼오오 모여 광주의 유명한 먹거리인 정종 대포 한 상을 받아 주인 장의 푸근한 인심 속에 회포를 나누었다. 짧은 머리의 우리가 외출 나온 군인임을 잘 아는 주인장도 우리도 작년의 일을 모르는 체하며 암묵 속에 정종 대포를 즐겼다. 군인임을 알고 주인장은 '수고가 많 네.' 하는 표정으로 푸짐한 서비스 안주를 계속 내주었다. 입소 두 달 뒤 광주 시내 외출 시 군복 차림으로 다녀도 좋다는 지시가 내려와 군복을 입고 시내를 다녔지만 그때까지도 공수 부대 군복을 입고 다 니는 군인은 볼 수 없었다.

16주간의 육군 보병 학교 훈련을 마치고 일산에 있는 9사단 백마 부대에 배치를 받아 소대장 생활을 시작했다. 소대원들 중 고참들은 12·12 사태 때 계엄군으로 투입되어 중앙청 정문을 지켰던 일을 무용 담으로 늘어놓았다. 12·12 사태 시 9사단장은 노태우 군부 세력의 핵 심 인물이었다. 부대 배치 6개월 뒤 사단에서 노태우의 전역식이 있 어 참석했는데 소장이었던 노태우가 대장 계급을 달고 전역식을 했 다. 우리나라 계급에 별 다섯 계급이 있었으면 별 다섯 개를 달고 전 역했을 것이다. 동료인 전두환은 대통령이 되지 않았던가.

혼란을 겪은 직후라 그런지 군대의 훈련은 무척 강화되었다. 100 킬로미터 행군은 기본이었고 공수 부대에서 하는 1,000리—400킬로 미터—행군도 심심치 않게 했다. 전년도까지만 해도 간첩이 임진강을 거쳐 한강을 타고 침투해 검거한 일이 있었고 서울에서 가까운 휴전

선을 앞에 두고 있어 그러리라 생각했다. 6개월 뒤 우리 소대는 삼청교육대를 담당하게 되었다. 초기 무작위 검거된 삼청교육대원 중 공수 부대의 혹독한 과정을 거치고 초범이나 경범자들을 석방시키고 잔류한 인원을 우리 소대가 맡게 되었다. 주로 도망가지 못하도록 경계 근무를 서고 작업장 인솔, 감시, 면회소 운용, 취사 등의 일을 했다. 삼청교육대원들은 주로 군대 막사, 사격장, 화장실 등의 건설에 동원되었고 간간이 정신 교육을 받았다. 시간이 흐르면서 광복절, 개천절, 추석 등 국경일에 일부는 모범수로 풀려나면서 인원은 점차 줄어들었다. 삼청교육대 소장인 소령은 국경일 특사 명단을 작성하면서 뒷돈을 받고 비리를 저지르다가 삼청교육대원들의 소원 수리로 발각되어 군사 재판에 넘겨지는 일도 있었다. 입소 시 총 350명 중 특사로 점차 인원이 줄어들다가 마지막에 남은 120명은 산청감호소로 모두 이감되었고 그 뒤로 소식을 알 수 없었다.

다사다난했던 28개월의 군 생활을 마무리하고 제대할 무렵 목사가 될 것인가, 취업을 할 것인가 진로에 대해 많은 고민을 했다. 나보다 신앙심이 깊은 수많은 교인들을 이끌며 목사의 길을 걷는다는 것이 스스로의 양심에 허락되지 않았다. 또한 어려운 형편에 안정적인 직장을 다니는 것이 나으리라 생각되어 취업을 하기로 진로를 정했다. 목회자가 아니더라도 신앙생활을 열심히 하면서 봉사할 수 있으리라 생각했다.

나는 라면을 만드는 식품 회사에 입사했다. 회사는 나에게 안정적인 생활을 보장해 주었고 좋은 친구들과 어여쁜 아내를 만날 수 있는 기회를 주었다. 회사는 '형님 먼저, 아우 먼저' 광고로 유명한 식품 회사로, 인간적인 면을 중요시하는 사람 중심의 회사였다.

아버지

　아버지는 황해도 연백이 고향으로, 할아버지는 서당을 하시는 훈장 선생님이었다. 아버지는 4대 독자로 유교적인 전통을 중요시하는 집안에서 태어났다. 위로 누님—한 번도 본 적이 없지만 나에게는 고모가 되시는—이 한 분 계셨다고 한다. 할머니는 불행히도 아버지를 낳으신 지 얼마 안 되어 지병으로 젊은 나이에 돌아가셨다.

　할아버지는 덕수 이씨 문성공파 이율곡 할아버지의 27대손으로 율곡의 가문을 중요시해 각종 제례와 교육을 철저히 하고 실행하셨다고 한다. 아버지는 월남 후 줄곧 종친회에 빠짐없이 참석해 시제 등 제사를 지냈다. 집에서도 조상들이나 할아버지, 할머니 제사를 격식을 갖추어 지내며 유교적 전통을 지키려고 애를 썼다.

　할아버지는 조상으로부터 물려받은 땅을 상당히 소유하고 소작을 주어 비교적 윤택한 생활을 했지만 일본인들의 착취로 대부분의 땅을 빼앗기고 서당도 폐쇄되었다고 한다. 할아버지는 몇 년 후 화병으로 돌아가셨다. 어린 나이에 가장이 된 아버지는 다니던 소학교를 그만두고 생계를 위해 시장 쌀가게 점원으로 들어가 일을 시작했다. 아버지는 남의집살이를 하면서도 공부를 게을리하지 않아 한학과 사서삼경을 두루 섭렵했다. 아버지는 6·25 전쟁 직전 하나뿐인 누이와 생이별을 하며 북한군의 강제 징집을 피해 목숨을 걸고 월남, 인천에 정착해 어려운 생활을 이어 갔다.

월남 직후 의지할 곳이 없자 군에 입대를 했는데 HID라는 특수부대에 차출되어 고생을 많이 하셨다고 한다. 일명 '북파 공작원'으로 복무해서 휴전 뒤에도 북한에 두 번 갔다 왔다고 하셨다. 북파 공작원 대부분 부모나 형제가 없는 신체 건강한 독신 남성이 주 대상이 되었다고 한다. 임무 수행 후 살아 돌아올 수 있는 경우는 많지 않았다. "돈 많이 주고, 미래도 보장해 준다."라는 말에 솔깃해 지원한 사람이 많았다고 한다.

1983년 KBS에서 주관한 이산가족 상봉 행사 때 내가 아버지께 물었다.

"아버지는 북한에 두고 온 식구들이 있는데 왜 신청을 안 하세요?"

"거기 살아 계신 걸 다 보고 왔다."

그렇게 말씀하시며 눈시울이 뜨거워지는 걸 본 적이 있다. 임무를 받고 북에 넘어갔다가 발각될 위기에 처하자 누님이 이불을 여러 겹

드나드는 인생, 넘나드는 인생

덮어씌우고 전염성이 강한 열병 환자로 위장시키고 감시를 따돌려 죽을 고비를 넘겼다는 얘기를 들었다.

휴전이 되자 전역 후 아버지는 '지순창'이라는 이름으로, 원래 나이보다 네 살 많게 신분을 세탁을 해 미군 부대에 군속으로 들어가게 되었다. 북에 다녀온 공로를 인정해 국가에서 특전을 베풀었으리라 생각한다. 몇 년 후 아버지는 본유의 근면함과 성실함을 인정받아 젊은 나이에 하역선 선장까지 되셨다. 컨테이너 부두가 따로 없던 시절. 큰 배로 전투 장비 등 군수 물자, 생활용품 등이 들어오면 큰 배와 육지 사이에 하역선이 정박해 배에 장착된 커다란 크레인을 이용해서 큰 배의 짐들을 육지로 옮기는 일이 아버지가 하시는 일이었다. 탱크, 대포, 기차, 포탄 상자, 통조림 등을 하역했다고 한다. 하역선 크레인 꼭대기에 있는 타워 조정실에서 검은색 가죽점퍼를 입고 미제 선글라스를 끼고 찍은 아버지의 멋들어진 흑백 사진은 지금 봐도 근사하다. 인천 상륙 작전을 지휘한 맥아더 장군 같았다.

혼자 사시던 아버지는 미군 부대 취업 후 얼마 되지 않아 중매로 어머니를 만나 숭의동 독합다리 근처에 집을 얻어 살림을 차리고 그 집에서 형과 나, 동생을 낳았다. 가족사진 앨범에 웨딩 사진이 없는 걸 보면 어머니와 아버지는 결혼식은 하지 못하고 혼인 신고만 하신 것 같다. 아버지의 미군 부대 근무는 가족을 풍요롭게 해 주었다. 얼마 후 아버지는 큰 우물이 있고 마당이 넓은 조선식 기와집을 사들여 멋진 집으로 깔끔하게 개조하셨다. 넓은 마당 한편에 장을 잘 담그시는 어머니를 위해 헛간을 겸한 장독대도 만드셨다. 무엇보다도 우리 3형제—막내는 나와 열 살 터울로 나중에 가세가 기울 무렵 늦둥이 넷째로 태어났으니까—를 뿌듯하게 한 것은 매년 연말에 벌이는 미군 부대 가족 초청 크리스마스 파티였다. 아이들의 입맛에 딱 맞는 도넛, 피자, 샐러드, 희한한 향이 나는 딱딱한 빵, 칠면조 요리 등을 마음대로 먹을 수 있었다. 그때의 도넛이 어쩌나 부드럽고 맛있었는지 잊지 못하던 차에 서른 살이 다 되어서야 'D 도넛[1]'이라는 이름으로 한국에 진출한 그 도넛 맛을 다시 볼 수 있었다.

우리 형제들은 아버지 덕에 서양식 도넛과 뷔페식 식사를 일찍이 경험했다. 미군들은 가족들에게 학교 운동장만 한 군함 구석구석을 구경시켜 주기도 했다. 아이들에게는 미제 로봇, 헬리콥터, 자동차 등 동작 완구를 하나씩 선물로 주었다. 우리 형제들은 크리스마스 파티에 갔다 오면 동네 친구들을 모아 자랑하며 놀았고 배터리가 다 떨어지고 나면 분해 조립을 하면서 칠이 벗겨지고 닳아 없어질 때까지 놀았다.

아버지는 동네를 돌아다니면 아주머니들이 힐끔힐끔 쳐다볼 만큼 인물이 출중하셨다. 훤칠한 키에 균형 잡힌 몸매, 얼굴은 영화 〈빨간

---

1) D 도넛은 1980년대 초 종로 2가에 공장 겸 매장을 한국 최초로 오픈했고 연이어 흑석동 등에 매장을 오픈했으나 성공하지 못하고 철수했다. 이후 1994년 배스킨라빈스를 운영하던 현재의 SPC 그룹 산하의 BR코리아사와 합작으로 재진출, 1호점을 다시 오픈해 지금은 수백 개의 점포가 오픈되어 성황리 판매 중이다.

드나드는 인생, 넘나드는 인생

마후라〉에 나오는 주인공처럼 잘생기셨다. 양복도 잘 어울렸지만 가죽점퍼를 입으면 미국의 영화배우 그레고리 펙 같았다. 아버지는 종종 우리 형제들을 영화관에 데리고 가서 영화 구경을 시켜 주셨다. 아버지는 영화를 무척 좋아하셨다. 아버지의 피를 물려받아서인지 나도 영화를 무척 좋아했다. 꼬맹이 때부터 박노식, 장동휘, 독고성, 이대엽, 허장강 등 액션 배우뿐 아니라 신영균, 김진규, 김승호, 김지미, 고은아, 남정임, 최은희 등 멜로 배우까지, 클라크 게이블, 록 허드슨, 존 웨인, 로버트 테일러, 비비안 리, 잉그리드 버그만, 오드리 헵번 등 외국 배우까지 줄줄이 꿰고 있을 정도로 영화를 많이 보기도 하고 좋아했다. 그래서인지 중학교 시절에는 영화감독이 꿈이었다. 학교에서 적성 검사를 하면 매년 나의 적성은 영화 촬영 기사로 나왔다. 그 당시에는 내가 영화감독이 되는 것은 나의 숙명이라고 생각했었다. 이런 성향은 내 인생에 두고두고 많은 영향을 주었던 것 같다.

아버지는 월급날이면 어김없이 마른오징어 한 축, 새끼줄로 맨 커다란 생민어 한 마리를 사 오셨다. 우리에게는 반짝반짝한 1원짜리 구리 동전을 세 개씩 주셨다. 구멍가게에서 1원을 주면 커다란 눈깔사탕 두 개를 주었다. 어머니는 능숙한 솜씨로 싱싱한 민어 비늘을 벗기고 부위별로 토막을 내 회를 뜨기도 하고 얼큰한 매운탕도 끓이셨다. 그 당시는 냉장고가 없던 시절이라 회를 뜨고 나머지는 비닐로 꽁꽁 싸맨 뒤 새끼줄로 매어 우물에 담가 둔다. 수빙고水氷庫라고 하면 적절할지. 우리나라에서는 1965년 금성사에서 냉장고를 최초로

45

출시했으니까 그 당시에는 웬만한 부잣집에도 냉장고가 있는 경우는 거의 없었다. 우리 집보다 잘사는 현경이네도 냉장고는 없었다. 마당의 우물은 지금의 냉장고인 셈이어서 여름에는 참외나 수박을 우물에 담가 두었다가 꺼내 먹고는 했다. 두세 차례 민어회를 뜨고 나면 머리와 뼈로 매운탕을 끓인다. 그때의 민어매운탕의 맛은 지금도 잊을 수 없어 가끔 민어 맛집이라는 데를 먼 곳을 마다하고 찾아가지만 그때의 그 맛을 느낄 수 있는 맛집은 찾지 못했다. 어머니의 손맛을 다시 찾을 수 없듯이.

아버지는 풍류를 무척 즐기시는 분이었다. 크리스마스 파티 때 금발의 서양 여자와 멋지게 댄스를 추는 것을 본 일이 있는데 댄스를 얼마나 잘 추었는지 댄스가 끝나고 우레 같은 박수를 받아 나까지 우쭐해진 적이 있다. 아버지는 영화, 사진 촬영, 노래, 춤을 좋아하셨다. 아버지는 로버트 테일러, 비비안 리 주연의 〈애수哀愁〉라는 영화를 특히 좋아하셨다. 한가한 시간이면 스피커에 개가 그려져 있는 축음기 반주에 맞춰 흥겹게 노래를 부르기도 하고 LP 판을 정성스럽게 닦기도 했다. 아버지는 멋진 분이었지만 궂은일은 좀처럼 안 하셨다. 아버지의 이런 한량기 때문에 어머니는 평생 궂은일을 도맡아 해야만 했다.

아버지는 체면치레를 무척 중요한 덕목으로 생각하셨던 같다. 맥아더 장군 동상이 있는 인천 자유공원에 올라가면 인천 앞바다가 한눈에 내려다보이는데 그 앞으로 월미도와 자유공원 사이 산 중턱에

드나드는 인생, 넘나드는 인생

화교華僑 학교가 있었다. 그러니까 지금의 인천 차이나타운 옆에 있는 학교다. 학교 건물 모양이 특이하기도 하고 건물 꼭대기에 쓰인 한자 글씨가 궁금해 옥편을 찾아본 일이 있는데 아마 학교 교훈인 것 같았다. "예의염치禮儀廉恥"라고 쓰어 있었는데 아버지가 나처럼 그 글씨를 보고 그러셨는지 몰라도 아버지는 예의염치를 숙명처럼 몸에 달고 다니는 사람 같았다. 아버지는 남에게는 필요 이상으로 잘 베풀고 배려하지만 가족을 위해서는 마음으로만 그리시는 것 같았다. 나는 아버지의 이런 성격을 닮은 게 늘 불만이었다. 더구나 내 아들까지 이런 성격을 닮아 가는 것 같아 걱정이 되었다.

아버지의 사업

아버지는 미군 부대 생활을 하면서 모아 놓은 돈을 투자해 시발택시를 사 부업으로 운수 사업을 했다. 사업이 잘돼 얼마 후 한옥을 세주고 넓은 마당 한편에 신식 슬래브 양옥집을 새로 지어 우리 가족은 이사를 했다. 우리 동네에서는 최초로 지어진 슬래브 지붕 집으로 아버지가 심혈을 기울여 지은 집이라 집 모양이 예뻐 지나가는 사람마다 들여다보고 갈 정도로 잘 지어진 집이었다. 광—쌀이나 젓갈 등을 보관하는 식품 창고—이 딸린 장독대도 새로 지었다. 마당에는 화단을 만들어 황매화, 난초, 채송화, 맨드라미 등을 심어 봄이면 화사한 꽃밭이 되었다. 등나무를 심고 벤치도 설치해 한여름 더운 날에는 더위를 식힐 수 있는 공간도 있었다. 부모님은 새로 지은 집을 자랑스러워했고 무척 행복해 보였다. 1년 뒤 마당에 흙벽돌로 차고를 지으면서 시발택시를 한 대 더 늘려 간단한 정비도 시작했다. 차고 안에 들어가면 휘발유 냄새와 오일 냄새가 진동했지만 나는 그 냄새를 좋아했다. 학교에 갔다 오면 차고부터 들러 구경을 하곤 했다. 버스를 타면 주로 운전기사 아저씨 옆 엔진 덮개에 앉아 가는 것을 좋아했다. 덮개가 따뜻하기도 하지만 휘발유 냄새가 많이 났기 때문이다.

몇 살 때쯤인지 기억이 잘 나지 않지만 어렸을 때 우리 집은 동네에서 제일 부잣집이었다. 동네 다른 집에는 없는 큰 우물이 우리 집 마당에 있었다. 동네 아주머니들이 빨래나 설거지는 개울물을 이용했지만 먹는 물은 우리 집 우물물을 길어다 먹었다. 인심 좋은 어머니와 아버지 덕에 우리 집 마당은 온종일 동네 아주머니들의 마실 마당이었다. 넓은 마당에서는 동네 아이들이 고무줄놀이나 자치기, 기둥 말타기, 구슬치기 등을 하며 놀았고 부모님은 기꺼이 아이들을 위해 공간을 내어 주었다. 해 질 무렵이 되어 부모님들의 "기복아, 밥 먹어.", "순덕아, 밥 먹어라." 하는 소리가 들리면 하나둘씩 흩어지고, 그러고 나면 언제 그랬냐는 듯 마당은 적막하리만큼 고요해졌다.

1969년 아폴로 11호에서 닐 암스트롱이 세계 최초로 달에 첫발을 딛는 순간까지는 우리는 동네 제일의 부자 행세를 할 수 있었다. 현경이네가 서울에서 이사 오기 전까지는 말이다. 암스트롱이 달 착륙 한다는 소식에 온 동네 사람들은 현경이네 네 발 달린 흑백 텔레비전 앞에 모여들었다. 거실은 물론 마당까지 발 디딜 틈이 없었다. 현경이네 집 거실은 형광등 불빛이 환했고 유리구슬이 달린 샹들리에 조명

49

으로 휘황찬란했다. 거실에는 생전 처음 보는 가죽 소파와 양주, 도자기, 책으로 가득 찬 진열장이 있었고, 벽에는 멋진 풍경 사진이 있는 세련된 달력이 걸려 있었다. 거기에 떡 버티고 서 있는 흑백 텔레비전의 위용은 현경이 아버지의 헛기침처럼 거만해 보였다. 옥토끼가 방아를 찧고 있다는, 멀리 있는 달을 생중계로 볼 수 있다니. 암스트롱이 느린 동작으로 달에 첫발을 내딛는 장면은 지금도 생생하다. 텔레비전을 공짜로 볼 수 있게 해 주는 걸 보면 현경이 부모님도 인심이 좋았던 모양이다. 정확히 말하면 우리 집이나 현경이네나 잘사는 모습을 온 동네에 자랑하고 싶어서 안달했던 거라고 생각한다. 현경이네가 이사 오면서 우리 집은 동네에서 두 번째로 인심 좋은 집이되고 말았다. 우주 경쟁이 치열했을 무렵, 내가 태어나던 해인 1957년 소련이 세계 최초로 스푸트니크 1호 인공위성을 쏘아 올렸지만 세계 최초로 달에 착륙한 것은 미국의 아폴로 11호인 것과 비슷하다. 1957년에 쏘아 올린 세계 최초의 소련의 스푸트니크 1호 인공위성은 나와 같은 닭띠, 띠동갑이다.

불행인지 다행인지 현경이는 내가 다니는 학교에 같은 반이 되었다. 1년 동안 과외 공부도 같이하게 되었다. 현경이는 서울 물을 먹어서인지 피부가 뽀얗고 얼굴이 갸름한 게 무척 세련된 아이였다. 온실에서 자란 화초 같았다. 현경이 머리에 꽂힌 나비 모양의 머리핀은 건드리면 금방이라도 날아갈 듯 화사한 빛을 품고 있었다. 나에게는 최초의 여자인 셈이다. 우리 집은 어머니를 제외하면 모두 불알 두 쪽

짜리뿐이었다. 어머니는 두루 훌륭한 분이시지만 자식 생산만큼은 빵점이신 것 같다. 아들만 셋. 나중엔 막내가 태어나 넷이 되었지만. 동네에서 아이들 싸움이 나면 우리 팀은 항상 막강 전력을 보유한 군대 같았다. 1개 분대도 안 되지만. 우리는 독수리 4형제니까 전력이 막강해서 다른 아이들이 건드리지 못할 정도였다. 불알 두 쪽만 득시글한 집 안에 여자의 향기가 날 리는 만무했다. 우리 집에서 유일한 여성인 어머니를 여자라고 느꼈던 건 달거리 때 빨랫줄에 널린 광목 천을 보았을 때뿐 특별한 기억이 없다. 고등학교 때 친구 집에 놀러 갔다가 빨랫줄에 널린 친구 누나의 브래지어와 팬티를 보고 레이스가 너무 예쁘고 고와서 만져 보다가 친구한테 뒤통수를 한 대 세게 맞은 적이 있다. 여자 없는 집에서 자란 나는 여자의 아름다움이라 곤 전혀 접할 일이 없었다. 현경이는 꼬맹이지만 그런 점에서 최초로 여자의 향기를 느끼게 한 여자였다. 현경이의 곱고 하얀 손을 볼 때, 아카시아 언덕길을 오르며 목덜미에 맺힌 땀방울을 볼 때, 통통하고 앵두 같은 입술을 볼 때, 연두색 우산의 고운 빛이 화사한 얼굴에 비칠 때 문득 볼에라도 뽀뽀를 하고 싶어졌지만 꾹 참았다.

일주일에 세 번 현경이와 단둘이 하는 과외 공부 시간은 늘 즐거웠다. 단둘이 엮어서 담임 선생님께 과외 공부를 할 수 있게 해 준 어머니가 너무 고마웠다. 선생님이 임신 중독으로 다리가 퉁퉁 부어 보름간 과외 공부를 할 수 없을 땐 선생님이 야속할 정도였다. 현경이는 모든 게 나보다 앞섰다. 예쁜 얼굴, 큰 키, 뽀얀 피부, 고운 말씨.

정말 부잣집의 어린 규수 같았다. 현경이보다 내가 앞설 수 있는 건 공부뿐이었다. 물려받은 유전자도 있지만 현경이에게 잘 보이기 위해 열심히 한 덕분이리라. 현경이는 예뻤지만 가끔 맹한 구석이 있었다. 그게 매력이기도 하지만.

현경이와 오르내리던 포도밭 옆 아카시아 나무 언덕길은 바람결에 스치는 꽃향기와 현경이의 향기로 현기증이 나는 길이었다. 아카시아 언덕길은 또 다른 현기증을 불러오기도 했다. 아버지의 친구분들이 집에 놀러 오시면 언덕길 너머 구멍가게에 술을 받으러 술 주전자를 들고 간다. 조그만 구멍가게이지만 식료품, 생활용품을 파는 가게로 가게 한쪽 바닥에 항아리를 묻고 술을 담아 놓았다가 바가지로 퍼서 술도 파는 가게다. 역시 냉장 시설이 없던 시절이라 그랬으리라. 술 주전자 가득 술을 받아 아카시아 언덕을 내려서기 시작하면 어린 나이였지만 술맛이 어떤지 궁금해진다. 손끝에 전해 오는 시원한 주전자의 냉기가 갈증 난 목을 유혹한다. 한 모금만 먹어 보자고 시작한 게 두 모금, 세 모금 자꾸 들이켜게 된다. 바람에 실려 오는 아카시아 향기가 좋은 안주가 된다. 집 앞에 당도하면 얼굴이 벌겋게 달아오른다. 어머니가 주전자 뚜껑을 열어 보시고는 말씀하신다.

"술을 꽉 차게 안 주시든? 그 아주머니 인심 참 고약하네."

그러고는 벌겋게 달아오른 내 얼굴을 쳐다보신다.

"날씨가 하도 더워서 그래요. 언덕에서 잠깐 쉬었다 왔어요."

나는 방으로 쏙 들어가 버린다. 심부름이 반복되면서 자꾸 먹다

드나드는 인생, 넘나드는 인생

보니 중간에 마시는 양이 점차 늘었고 주전자의 술이 3분의 1 비었을 때는 겁이 나 일부러 무릎과 얼굴, 주전자에 흙을 묻히고 들어가 오는 길에 언덕에서 넘어져 쏟아졌다고 거짓말을 한 일도 있었다. 번듯한 집에 손님들이 수없이 드나들고 어머니는 분주히 음식을 만들고 나는 술 심부름을 하는 것이 행복하고 즐거웠다.

아버지의 사업이 기울다

좋은 시절은 오래가지 못했다. 새로 들어온 시발택시 기사 아저씨가 사고를 내 인사 사고가 발생했고 피해자는 병원에 입원한 지 사흘 만에 사망하고 말았다. 시발택시를 두 대 모두 팔아 배상해야 했다. 당시에는 차량 보험이 제대로 되지 않아 그랬던 것 같다.

얼마 후 아버지는 탄탄한 직장을 그만두고 공장을 차렸다. 당시에 일본에서 인삼 붐이 불어 우리나라의 인삼이 상당한 인기를 끌고 있었지만 생삼을 수출하면서 건조되거나 부패되어 원활한 수출이 이루어지지 못했다. 아버지는 인삼 엑기스를 만들어 일본에 수출하면 반응이 좋을 거라고 생각해 큰 기대를 품고 공장을 차렸다. 4개월 정도의 준비 과정을 거쳐 제품이 개발되고 공장이 가동되어 제법 일손이 바쁘게 돌아갔다. 라디오, 시계 수리점을 운영하던 외삼촌도 가게를 급히 정리하고 합류했다. 어머니도 틈틈이 라벨 작업, 포장 작업 등을 하면서 공장 직원들의 식사를 조달하며 일손을 도왔다. 수출도 순조롭게 돌아가 한동안은 장롱 서랍에 달러가 그득했고 금방 부자가 되는 듯했다. 무슨 연유인지 1년도 못 돼 수출이 안 되어서 공장은 한산해지고 장롱 서랍의 달러는 온데간데없었다. 급기야 남은 재고를 시장에 헐값에 팔고 공장은 정리되었다.

6개월 뒤 아버지는 집을 담보로 대출을 받아 석고 공장을 다시 시작했다. 하얀 돌가루와 물을 커다란 탱크에 담고 해초류 등을 넣어 끓인 후 성형 틀에 부어 석고판을 만드는 공장으로 추측건대 요즘의 석고 보드 공장으로 생각된다. 석고 공장도 2년을 못 가 문을 닫았다.

아버지는 다시 남미 쪽에서 알로에를 수입해 분양도 하고 건강식품으로 만들어 파는 사업을 시작했다. 역시 초기에는 사업이 잘되는 듯했지만 세 번째 수입 물량이 컨테이너 안에서 말라비틀어진 상태의 알로에가 들어와 막대한 손실을 보고 정리할 수밖에 없었다.

지금 생각해 보면 아버지는 명석한 두뇌로 시작은 잘하지만 지속적으로 끌고 나가지 못하는 단점을 갖고 있었다. 지금은 대중화되어 활발히 팔리고 있는 정관장, 석고 보드, 알로에 건강식품 등 시대를 앞서가는 선도적 사업 구상으로 아이템 개발에는 뛰어났지만 앞뒤를 꼼꼼히 따지지 않고 사업을 무리하게 꾸려 가는 단점을 갖고 있었다.

아버지의 사업 4년 만에 우리 집은 폭삭 망해 집은 물론 전세금마저 없어 막막한 상황에서 산동네 단칸방 월세로 이사를 가게 되었다.

그길로 어머니는 양은 대야를 머리에 이고 막내를 둘러업고 장사를
시작하게 된 것이다.

차압

초등학교 4학년 무렵, 아버지의 거듭된 사업 실패로 2학기에는 과
외는커녕 등록금을 못 내 담임 선생님께 혼난 적이 한두 번이 아니
었다. 교단 앞으로 불러내 공개 망신을 주기도 했다. 선생님은 잘 들
어오던 촌지가 끊겨서 반 아이들 앞에서 더 심하게 망신을 주었던 것
같다. 더 이상 학교 가기가 싫었지만 그럴 수는 없었다. 그때 "스승의
그림자도 밟지 않는다."라시던 아버지의 말씀이 잘못되었다는 것을
알았다. 아이들을 가르친다고 해서 다 스승인 것은 아니라고 생각했
다. 좋아했던 현경이와의 과외 공부도, 만남도 그렇게 끝나고 말았다.

추석이 다가오던 가을날 학교를 마치고 운동장에서 친구들하고
'ㄹ' 자 놀이를 한참 하고 놀다가 집에 갔다. 집에 도착하니 대문에 빨
간 딱지가 군데군데 붙어 있었다. 화교華僑들이 신년이 오면 대문에
붙이는 '입춘대길立春大吉'이라는 빨간 딱지와는 모양이 달라 이상했다.
대문을 열고 집에 들어가려고 하니 한 아저씨가 말씀하신다.
    "너희 집 이사 갔어."

55

"우리 엄마는요? 어디 게세요?"

내가 물었더니 '공동묘지 옆 동네 산 9번지'라고 이사 간 곳을 대략적으로 알려 주었다. 나는 포도밭을 지나고 논밭을 지나 어렵사리 이사 간 집을 찾아갔다. 산 9번지는 공동묘지 옆에 있는 동네로 개구리도 잡고 메뚜기, 도마뱀을 잡으러 동네 형들하고 많이 다녔던 곳이라 찾는 데 그리 어렵지는 않았다. 도착하니 판잣집을 겨우 면한 단칸방에서 어머니는 이삿짐을 정리하시다가 심란한 표정으로 나를 반기셨다.

"찾아오느라 고생했지? 그렇게 됐다. 엄마가 나중에 자세히 얘기해 줄게. 빨리 정리하고 밥 먹자."

아버지는 어디 가셨는지 보이지 않았다. 그 후로 아버지는 반년 동안 집에 나타나지 않으셨다. 우리 집의 궁핍한 생활은 그렇게 시작되었다.

어릴 적 추억

　내가 어릴 때 살던 숭의동은 바닷가에서 그리 멀지 않은 한적한 마을이었다. 집들이 모여 있는 동네에서 조금만 나가면 논이 있고, 밭이 있고, 포도밭, 배밭 등 과수원도 있고, 양조장 연못도 있고, 공동묘지도 있었다. 동네 옆으로는 인천 수인역에서 논산으로 가는 기찻길이 있었다. 그 기찻길로 논산 훈련소에 입대하는 빡빡머리 총각들을 실어 나르기도 했고 탱크, 군용 트럭, 커다란 포 등 미국에서 들여오는 군수 물자들을 실어 날랐는데 멀리서 기차 경적 소리가 나면 동네 아이들은 신기해서 구경 가곤 했었다. 기관사 아저씨가 경적을 울려 미리 알려 주는 것이 참 고마웠다. 더러는 아이들이 기차가 지나가기 전에 레일에 대못을 깔아 놓고 기차가 지나가고 나면 납작해진 못으로 썰매 지팡이를 만들기도 했다. 레일에 귀를 대고 달려오는 기차가 몇 량인지 맞히는 내기도 했다. 기찻길 양옆에는 낭떠러지가 있어 우리는 그곳에 굴을 파고 놀았다. 비가 오는 날이면 온 동네 아이들이 굴속에 모여 장작불을 피우고 놀았다.

기찻길 양옆에 있는 낭떠러지 윗길은 우리의 마라톤 경주 코스였다. 동네를 출발해 학교 앞 다리를 건너고 낭떠러지 길을 따라 달리다 독쟁이 입구를 돌아 동네로 다시 돌아오는 코스로 그 당시에는 무척 힘들었는데 성년이 되고 다시 가 보니 3킬로미터 남짓 되지 않는 길지 않은 코스였다. 동네 형들은 모아 놓은 구슬이나 딱지를 깡통에 담아 1, 2, 3등 상품으로 걸었고 동생들은 그게 뭐 그리 대단한지 숨을 헉헉대며 죽기 살기로 달렸다. 수년간 그렇게 달린 덕분에 나는 단거리 경주에는 약하지만 장거리 경주는 제법 잘할 수 있었다. 고등학교, 대학교 때 교내 단축 마라톤 대회에 참가해 여러 번 상을 타기도 했다. 무엇보다도 성인이 되어 튼튼한 몸을 갖게 됐으니, 모두 뿔뿔이 흩어져 연락도 되지 않지만 그 당시의 동네 형들이 고맙게 느껴진다.

가끔 인천에 갈 일이 있으면 와이프와 함께 어릴 적 살던 동네를 돌아보곤 한다. 50년이 넘었는데 포도밭이 있던 자리에는 빌라촌이 들어서 있고 동네 가운데 큰길이 난 것 외에는 바뀐 것이 거의 없었다. 내가 살던 슬래브 양옥도 세월의 흔적을 보일 뿐 그대로였다. 내가 다니던 초등학교 담장은 왜 그리 낮은지. 학교 건물도 보수는 했겠지만 왜 그리 작아 보이는지. 넓게 보이던 학교 운동장도 무척 작아 보였다.

등굣길 중간에 있는 기찻길 다리는 가끔 목을 매고 자살하는 사람이 있기도 했고 높이가 까마득해 건널 때마다 무서웠는데 크고 나서 보니 어른 키로 두 길 정도밖에 안 됐다. 그때는 모든 것이 커 보였다. 아버지도 크고, 다리는 높고, 학교 운동장은 넓고. 어릴 때 커 보였던 모든 사물이 내가 큰 만큼 작아 보이는 것이 당연한 일인가 생각했다.

어릴 적 우리 동네에는 포도밭과 딸기밭이 있었고 언덕에는 아카시아 나무가 참 많아 초여름에는 아카시아 향기가 온 마을에 진동했다. 큰 산이 없어 멀리 바닷가의 큰 배들이 보이고 자유공원, 해광사가 보였다. 해 질 무렵에는 해광사에서 치는 종소리가 우리 집까지 들렸다. 지금은 높은 건물들에 가려 보이지 않고 종소리도 들리지 않는다. 비 온 뒤 석양 하늘에 해가 바다 밑으로 넘어갈 때는 시시각각 붉은빛, 노란빛, 회색빛 등이 구름과 어우러져 멋진 풍경을 연출해 어린 나이에도 해가 넘어가 안 보일 때까지 한참을 지켜보았던 기억이 새롭다.

산 9번지

새로 이사한 '산 9번지'는 산과 들이 가까이 있어서 좋았지만 학교에서 집에 돌아오면 아무도 없고 친구도 없어 심심했다. 산 9번지 동네 형들은 말이나 행동이 거칠고 드세서 우리 독수리 4형제는 기를 펴지 못했다. 동네 아저씨들의 직업은 막노동, 고물 장수, 구두닦이, 넝마주이, 농사꾼 등 다양했다. 한쪽 팔이 없는 넝마주이 아저씨는 삼지창같이 생긴 쇠갈고리를 팔에 끼우고 능숙하게 폐지, 깡통도 줍고, 남의 집에 널어놓은 빨래도 집게로 집어 넝마 바구니에 던져 넣었다. 더러는 말리려고 널어놓은 생선도 집어넣었지만 험상궂은 얼굴에 말수도 없어 아무도 건드리지 못했다. 6·25 전쟁에 참전했다가 한쪽 팔을 잃은 상이용사라는 소문을 들었다.

장마철 비가 많이 오는 날이면 집 앞 개천에서 똥 냄새가 진동을 했다. 개천 물살이 세질 때 산동네 사람들이 흐르는 개천물에 화장실 똥을 퍼내 버리기 때문이다. 좁은 산동네 골목길을 똥지게 짊어지고 기우뚱기우뚱하며 힘겹게 오르내리던 아저씨를 수없이 봐 온 터라 한편 이해는 되었다.

긴 비가 멈추고 나면 똥물도 멈추고 맑은 물이 말 그대로 물 흐르듯 흘러내린다. 그럴 때면 개천에는 산에서 흘러 내려오는 모래가 많았다. 어머니가 한사코 쓸데없는 짓 하지 말고 공부나 하라고 하셨지만 난 그 모래를 둑에 퍼 올려 모아 두었다가 벽돌 공장에 팔았다. 맑은 물속에 발을 담그고 있으면 정강이를 간질이는 모래의 촉감이 좋았다. 맑고 시원한 물이 흘러 마음을 시원하게 했고 고운 모래알이 발가락을 간질이는 것이 좋았다. 사나웠던 흙탕물이 지나가고 맑은 물이 흐를 때면 송사리, 버들치, 각시붕어, 민물 가재를 잡기도 했다.

둑 위에 모래를 잔뜩 모아 놓으면 벽돌 공장에서 차로 실어 가면서 적지 않은 돈을 주었다. 돈도 돈이지만 무료한 나에게는 그 일이 무척 재미있는 일이었다. 덕분에 지금도 근육질의 건강한 몸을 유지하는 것 같아 후회는 없다. 그 당시 동네 친구가 없었던 나에게는 실개천이 좋은 친구가 되어 주었다.

동네 친구들

낯선 산 9번지 생활이 적응될 무렵 제법 많은 친구가 생겼다. 혼자 놀던 생활이 외롭기도 했거니와 나는 그들과 다른 부류의 사람이라는 생각이 점차 사라지고 그들에게 같은 부류에 끼워 달라고 오히려 애원해야만 하는 마음이 생기기 시작했기 때문일 것이다. 아버지가 철도청에 다니는 9남매 집 막내 민영이, 부모가 소작농을 하는 기철이 기복이 형제, 아버지가 극장 일을 하시는 영배, 구멍가게 집 덕철이 등 죽이 잘 맞는 친구들이 많아졌다.

민영이네 집은 일본식 기와집으로 겨울엔 따뜻하고 여름엔 시원했다. 군데군데 벗겨져 나간 바깥벽에는 그물 모양의 철사가 둘러져 있었고 대나무를 쪼개 박고 회반죽으로 미장을 한 흔적도 보였다. 마당이 넓어 채소도 심고 꽃도 심어 놓아 우리의 마음을 푸근하게 하는 집이었다. 민영이 아버지가 철도청에 다니면서 일본 사람인 상사와 가깝게 지내 광복 때 철수하면서 그 집을 물려받았다고 했다. 민영이는 9남매의 막내로 남자답지 않게 곱상한 얼굴을 한 천생 막내였다. 누나가 일곱, 형이 하나 있었는데 서울에 있는 회사에 다니는 셋째 누나는 예쁘기도 하고 우리에게 잘해 주었기에 우리는 누나를 보고 싶어 뻔질나게 드나들었다. 누나는 우리에게 찐 감자, 빈대떡, 구운 송편, 과일을 아끼지 않고 내어 주었다.

민영이의 둘째 누나는 다운 증후군 환자여서 키가 작고 걸음걸이가 다소 어색해 아이들의 놀림을 많이 받았다. 더러 다리 밑으로 떨어져 개천에 빠지기도 하고 치마 밑에 피를 묻히고 집으로 돌아오기도 했다. 민영이 부모님과 식구들에게는 늘 걱정거리였다. 그 누나는 민영이보다 열네 살이나 나이가 많았지만 우리와 같이 노는 것을 무척 좋아했고 우리도 그리 싫지는 않았다. 같이 놀아 주는 것이 누나를 돌보는 기분이 들어 뿌듯했다. 애석하게도 정이 많이 들었던 그 누나는 내가 군 생활을 시작할 무렵 34세의 너무 젊은 나이에 세상을 떠나고 말았다.

1974년 8월 15일 중학교 3학년 여름방학 때 민영이와 민영이 둘째 누나와 함께 나는 민영이 집에서 텔레비전을 보고 있었다. 그날은 우리나라 최초의 전철 1호선인 경인선 전철이 개통을 하는 날이기도 하고 광복절 29주년 행사를 장충동 국립극장에서 하는 날이었다. 뉴스 화면에 전기로 가는 전철이 개통하는 장면이 나와 흥미롭게 보고 있었다. 서울 시내를 전기 차가 땅속으로 간다는 게 신기했다. 이어서 박정희 대통령 내외가 참석한 광복절 기념행사를 하는 장면이 생중계로 나왔는데 몇 분이 지나지 않아 텔레비전에서 총소리가 몇 방 나고 '지지직' 하면서 화면이 사라져 텔레비전이 고장 난 줄 알았다. 얼마 되지 않아 뉴스에 대통령을 저격하려던 문세광의 총알이 육영수 여사를 향하는 장면이 나왔고 몇 시간 후 육영수 여사가 결국 서거했다는 보도가 나왔다. 저격 장면이 나오는 그 순간 민영이는 둘째 누나가 책에 침을 너무 흘린다고 야단을 치고 있었고 누나는 풀이 죽어 울면서 침이 묻은 책을 팔꿈치로 빡빡 닦아 내고 있었다.

민영이 어머니는 둘째 누나가 죽고 나서 우울증에 빠졌다. 민영이네 집안 분위기가 침울해져 나는 더 이상 꼭 필요한 때가 아니면 가기가 불편해졌다. 민영이는 고등학교를 마치고 군 제대 후 도원동 공설 운동장 옆 큰매형이 하는 주류 도매 일을 시작했다. 나중에는 매형을 따라 영등포 룸살롱 일을 돕다가 독립했다.

민영이는 술집을 차렸다. 그 무렵 프로 야구가 출범해 삼미 슈퍼스타즈 선수들이 단골로 드나드는 것을 무척 자랑스럽게 여겼다. 민영이와 나는 선수들 중 같은 또래의 선수들과 친하게 지냈고 덕분에 프로 야구의 열렬한 팬이 되었다. 특히 삼미 슈퍼스타즈의 4번 타자 겸 포수 김진우는 우리와 동갑이면서 호남형이었고 수비뿐 아니라 홈런도 잘 쳐 우리 친구들에게 인기가 많았다. 팬클럽이 없던 시절이었지만 우리는 자주 인천 도원동 야구장을 찾아 열성적인 응원을 아끼지 않았다. 인천은 야구 명문인 동산고, 인천고, 동인천고, 제물포고 등 고교 야구의 전성기를 이끌던 팀이 많아 야구를 좋아하는 팬들이 많았지만 삼미 슈퍼스타즈의 창단 시즌 성적은 최하위에 그쳤다. 시즌 통합 성적이 고작 15승 65패에 불과했다. 이듬해 거액을 들여 일본 프로 야구 출신 장명부 선수를 영입하면서 상위권에 진입했으나 우승을 하지 못했고 급기야 모 그룹이 재정난을 겪으면서 청보 핀토스로 바뀌었다. 태평양 돌핀스, 현대 유니콘스로 팀명이 계속 바뀌면서 오랜 팬들의 마음을 상하게 했고 야구장만 가면 만날 수 있었던 친구들도 점차 줄어들었다.

민영이는 가게 일을 돕던 참한 아가씨를 만나 결혼해 잘 살고 있다는 소식은 들었지만, 가게를 몇 번 옮기면서 연락이 끊겼다. 이후 소식조차 모르고 지내지만 꼭 한번 보고 싶은 친구다.

영배 어머니는 사촌 오빠가 인천의 국회의원을 하는 유지의 집안 둘째 딸로 고생을 모르고 살았었다고 한다. 영배 아버지는 동네에서 우리 아버지 다음으로 인물이 좋으셨다. 요즘 말로 하면 영배 아버지와 우리 아버지는 동네의 '투 톱'이라고 할 수 있었다. 영배 어머니는 영배 아버지의 인물에 반해 결혼하신 게 틀림없을 거라고 동네 아주머니들이 하는 얘기를 들은 적이 있다. 영배 아버지는 극장 일을 보고 계셔서 우리는 공짜 구경을 많이 할 수 있었다. 용현동 한일극장, 숭의동 장안극장, 신흥동 자유극장을 제집 드나들듯 드나들 수 있었다.

드나드는 인생, 넘나드는 인생

영배네는 누나 하나, 여동생, 남동생이 있었는데 여동생 도밍가 Dominga는 영배 아버지를 닮아서인지 무척 예뻐 아역 배우를 지망한 적도 있었다. 무슨 뜻인지는 모르겠지만 도밍가는 세례명인데 그 이름이 얼굴만큼 예뻐 잘 어울리는 이름이라고 생각했다. 나는 예쁜 도밍가를 무척 좋아해 영배와 유독 더 친하게 지내면서 영배네 집을 뻔질나게 드나들었다. 시험 기간에는 도밍가를 잠깐이라도 볼 요량으로 영배네 집에서 밤을 새우며 라면을 끓여 먹고 영배 어머니가 차려준 과일과 간식을 먹으며 시험공부를 했다. 운이 좋으면 도밍가가 간식을 내오기도 해 예쁜 자태를 잠깐이라도 볼 수 있었다. 성인이 되면 도밍가를 내 색시로 만들겠다고 꿈을 꾸었지만 영배 아버지의 영화 사업이 망하고 서울 보광동 산동네로 이사를 가면서 소식이 뜸해졌고 나도 한동안 잊고 지낼 수밖에 없었다.

영배 아버지는 극장 일을 보시다가 〈우리의 팔도강산〉이라는 영화 제작에 큰돈을 투자했다가 손해를 많이 보고 이태원의 호텔 지배인으로 취직하시면서 이사를 갔다. 영배 아버지가 투자한 영화 〈우리의 팔도강산〉은 당시 〈팔도강산〉 시리즈가 흥행에 큰 성공을 거두자 또 한 번 속편으로 제작한 영화다. 당대의 인기 배우인 김희갑, 황정순, 신성일, 윤정희, 박노식, 고은아, 허장강, 김희라, 홍세미, 사미자, 김영애, 김진규, 문희, 김정훈, 신영균 등이 총출동한 영화로 막대한 제작비를 투자했지만 본편만큼 흥행을 거두지 못해 큰 손실을 보게 되었다. 영배네는 집을 팔고 이사를 가게 된 것이다.

영배 아버지는 나에게 '할리우드 키드'의 꿈을 키워 주신 분이다. 영배네 집에 가면 거실 곳곳에 빛바랜 유명 영화 포스터를 액자에 끼워 진열해 놓아 포스터를 감상할 수 있는 즐거움을 주었고 간간이 영배 아버지는 국내 영화의 근황과 배우에 관한 설명을 친절히 해 주었다. 당시에 알지 못했던 〈벤허〉, 〈OK 목장의 결투〉, 〈카사블랑카〉, 〈애수〉, 〈돌아오지 않는 강〉, 〈물망초〉, 〈사운드 오브 뮤직〉 등 유명 영화에 대한 간단한 설명과 존 웨인, 알랭 들롱, 마릴린 먼로, 게리 쿠퍼, 찰리 채플린, 그레고리 펙 등 외국 명배우에 대한 설명을 해 주었다. 중학생인 나에게는 환상적인 꿈을 꾸게 했다. 영배 아버지 덕에 공짜 구경을 하면서 영화는 현실 속에서 사람이 만드는 예술이라는 것을 알게 되었으며 나도 열심히 배워 노력하면 할 수 있겠다는 희망을 갖게 되었다.

군 제대 후 길에서 우연히 영배를 만나 보광동 집에 놀러 갔는데 산길을 한참 올라 옹색한 집에 여섯 식구가 살고 있었다. 도밍가는 대학 졸업반으로 더 예뻐졌지만 내가 용기를 내지 못하고 주저하는 사이에 돈 많은 집에 시집을 가고 말았다. 도밍가는 신포동 페인트 대리점 사장과 결혼했는데 얼마 안 돼 신랑이 인하대학교 보수 공사 현장 감독을 나갔다가 옥상에서 감전이 되어 죽고 말았다. 그 소식을 듣고 내 색시로 만들지 못한 것을 몹시 후회했지만 나도 그때는 결혼을 해 첫딸을 낳고 아내와 잘 살고 있었다.

영배는 공대를 나와 대기업에 입사했지만 회사 생활을 오래 못 하고 문구 도매 사업을 하다가 망해 나중에는 부평에서 아내와 함께 조그마한 팬시 용품점을 운영했다. 나와 우리 아버지, 영배와 영배 아버지는 사업을 해서는 안 되는 사람들이었다. 다 그렇지는 않겠지만 사진이나 영화 등 예술을 좋아하는 사람들은 치열한 세상에서 사업을 해서는 안 된다는 생각을 했다. 감성이 이성을 지배하는 사람이 냉엄한 경쟁 체제에서 이겨 내는 것은 쉽지 않으니까. 좋은 직장을 버리고 사업을 하다 망하면 식구들에게 주는 고통은 말할 것도 없거니와 친한 친구도 멀어지고 말년에 고생이 말이 아니다.

영화는 나를 환상의 세계로 이끌어 주는 매력이 있었다. 원하던 인천의 제물포고등학교 입시에 낙방하고 이듬해 서울에 있는 경기고등학교에 가겠다고 재수를 할 때는 하루에 네 편의 영화를 본 적이 있었다. 조조 상영으로 시작해 동시 상영 영화를 감상하고 다시 다른 극장으로 옮겨 보면 네 편의 영화를 볼 수 있었다. 끝나고 나서 극장 밖으로 나오면 날은 어둑어둑해져 있고 석양의 햇살에 어지럽고 눈이 부셨다. 한참만의 바깥 공기가 신선하게 느껴질 정도였다.

인천의 장안극장은 한국 영화 한 편, 외화 한 편을 번갈아 상영하는 동시 상영관이었는데 개봉한 지 오래된 명화를 엄선해서 상영했기에 내가 제일 좋아하는 상영관이었다. 영배 아버지 덕에 보러 다니던 공짜 영화가 아니더라도, 나는 어머니께 책을 산다고 속여 타 낸 돈으로 장안극장을 뻔질나게 드나들었다. 어머니 계산대로라면 그해에 사들인 책이 책꽂이 하나를 가득 채워야 했지만 책은 그리 늘지

67

않았다. 당시에 동시 상영관은 주안에 있는 극장과 연합해 같은 필름으로 영화를 상영했다. 지금의 퀵서비스처럼 오토바이 맨이 두 극장을 쉴 새 없이 오가며 필름을 교환해 시차를 두고 양쪽 영화관에서 교차 상영을 했다. 오토바이 맨이 무슨 일이라도 생겨 늦게 도착하면 상영 시간이 지연되기가 일쑤였다. 필름을 하도 돌려 상영 도중 필름이 끊기기도 하고 화면에 비가 많이 내렸다. 상영이 중단되면 더러는 휘파람을 불기도 하고 야유를 보내기도 했지만 단돈 50원의 저렴한 가격에 영화 두 편을 감상하니 그 정도는 감수해야 했다.

그 한 해 동안 본 영화가 200편은 족히 넘을 것이다. 존 웨인이 등장하는 서부 영화, 〈로미오와 줄리엣〉을 현대판으로 각색한 뮤지컬 영화 〈웨스트 사이드 스토리〉, 최고의 미남 미녀로 꼽혔던 비비안 리와 로버트 테일러가 등장하는 〈애수〉, 마릴린 먼로가 기타를 치며 비음으로 노래하는 장면이 기억나는 〈돌아오지 않는 강〉, 프랑스 스타일의 미모를 자랑하는 아누크 에메가 주연한 〈남과 여〉 등의 명화는 물론 〈얄개전〉, 미성년자 관람 불가인 〈화녀〉, 〈애마부인〉, 〈뽕〉, 〈차타레 부인〉 등 볼 수 있는 영화는 빼놓지 않고 다 보았다. 미성년자 관람 불가 영화를 보면서 어린 나이에 성적인 환상에 빠져들었지만 에로물도 잘 만들면 예술이 된다는 생각으로 스스로의 죄책감을 피해 갔다.

더러는 단골 극장이 예고 없이 영화 상영 대신 쇼를 하는 경우도 있어 심지어는 '장소팔, 고춘자의 만담 쇼'부터 '하춘화 리사이틀'까지 어린 나이에 많은 대중문화를 접하게 되었다. 그 당시에 하춘화 리사이틀을 하면 전속 진행자로 이주일이 반바지에 광대 분장을 하고 진행을 했다. 무명이었지만 무척 재미있고 재치 있게 진행을 해 지방 무대에서 활동하기는 재능이 아깝다는 생각을 했었다. 얼마 뒤 이리시—지금의 익산시—에서 하춘화 리사이틀을 시작하자마자 이리역에서 화약이 폭발하는 대형 사고가 발생해 일대가 쑥대밭이 되고 1400여 명의 사상자가 발생했다. 극장이 무너지면서 이주일 씨가 부상당한 하춘화 씨를 둘러업고 병원에 데려가 치료해 주어 구사일생으로 살아났다는 기사가 나갔다. 이주일 씨도 무너지는 벽돌에 맞아 머리가 함몰되는 부상을 입었음에도 불구하고 하춘화 씨를 살리기 위해 둘러업고 전력으로 달려가 목숨을 구했다고 한다. 하춘화 씨가 회복한 후에도 이주일 씨는 한동안 병원 생활을 해야 할 정도로 부상이 심했다고 한다. 이런 미담으로 이주일 씨는 '의리의 무명 사회자'로 알려졌고, 이후 하춘화 씨의 도움으로 방송에 데뷔해 정상급의 코미디언으로 유명 인사가 되었다. 인기가 절정에 이를 때 국회의원에 출마해 당선되어 의정 활동도 했다.

이렇게 많은 영화와 공연을 많이 접하면서 나의 장래 희망은 오로지 영화감독이 되는 것이었다. 영배 가족은 나에게 예술적 감성을 키워 준 고마운 가족이다. 하지만 영배나 나나 탄탄한 직장을 그만두고 사업을 하다가 망하면서 관계가 소원해지고 연락이 끊겼다. 보고 싶은 친구다.

내가 살던 산 9번지 옆에는 배나무 과수원이 있었다. 배나무 과수원은 산을 끼고 제물포역에서 산 9번지까지 이어질 만큼 넓었다. 영배의 외삼촌이 운영하는 과수원이었다. 촘촘한 철망 울타리 때문에 아이들은 서리할 엄두를 못 냈다. 서리를 하다가 잡히면 배나무 과수원 가운데 있는 똥 웅덩이에 담가 놓는다는 소문이 있었다. 배나무 과수원 한가운데 거름으로 쓸 똥을 모아 놓는 큰 웅덩이가 있었다. 겨우내 얼었다 녹으며 삭아서 따스한 봄이 되면 똥통에 뽀글뽀글 거품이 올라오고 김이 모락모락 피어오르는데 그 냄새가 사방에 진동했다. 거기서 일하는 아저씨는 똥도 제대로 삭혀야 좋은 거름이 된다고 했다. 그 아저씨는 가을 수확이 끝나면 온 동네 똥을 퍼 지어 날랐다. 똥지게를 지고 가는 운반용 나무통 두 개에 똥을 가득 담고 짚을 위에 얹는다. 똥지게를 번쩍 들어 지고 가는 걸 보면 그 솜씨가 가히 달인의 경지에 다다른 사람 같았다. 걸을 때마다 똥통이 기우뚱기우뚱하지만 똥을 한 방울도 흘리지 않는다. 솜씨로만 보면 본받고 싶을 정도의 달인이었다.

각수는 국민학교 동창 친구로 배나무 과수원에 딸린 토담집에 살아 내가 가끔 놀러 가곤 했다. 각수 어머니와 아버지는 거기에 살며 과수원 일을 하셨다. 각수 부모님은 봄부터 가을까지 쉴 틈 없이 일을 하셔서 그런지 얼굴이 새까맣게 타고 주름이 많이 패여 시골 촌부 같았다. 각수 아버지가 마당에서 잔일을 하시며 담배를 피우실 때면 얼마나 세게 빨고 연기를 뿜어내시는지 담배 연기가 주름 사이로 파고 들어갈 것 같았다.

각수네 집은 농장 내 인부들 가족이 기거하는 공동 주택으로 흙벽돌로 지은 일자형 건물에 대여섯 가구가 줄지어 살고 있었다.

세대별로 구별하는 문패가 있었고 문을 열고 들어가면 부엌을 지나 방으로 들어가는 단칸방 구조였다. 넓은 부엌에는 부뚜막 옆으로 지게, 삼태기, 멍석, 쇠스랑, 호미, 쟁기 등 농기구가 많이 걸려 있었다. 각수 아버지는 항상 농기구를 살림살이처럼 반짝반짝하게 닦아 가지런하게 정리해 놓으셨다.

각수도 아버지를 닮아서인지 얼굴이 항상 까맣게 그을려 있었고 국민학교 때부터 얼굴에 주름이 많았다. 각수는 공부도 잘했지만 키가 크고 운동도 잘해 학교 축구 선수도 했다. 각수네는 우리 집과 마찬가지로 어려운 집안이었지만 온 식구가 생업에 종사하며 열심히 살아가는 화목한 집안이었다. 아버지와 어머니는 배나무밭 농장 일을 밤낮없이 했고 누나는 농장 주인의 가사 일을 도왔다. 말이 가사 일이지 식모나 다름없었다. 온 가족이 생업에 종사해 열심히 살아도 가난을 벗어나기 힘든 것이, 조선 시대에 신분에 따라 형편이 정해지던 것과 별반 다르지 않았다. 각수 역시 가난한 집안에서 출세할 수 있는 통로는 공부 외에는 없다고 생각해 공부를 열심히 했다. 인천의 명문인 제물포고등학교에 합격해 공부에 열정을 쏟았다. 고등학교 3학년이 되자 열심히 다니던 교회도 오지 않고 공부에만 매달렸다. 대

71

학 입시 철이 되자 집안 형편상 사립 대학교는 엄두도 못 내고 등록금이 저렴한 국립 대학이나 시립 대학, 사관 학교를 놓고 고민하다가 육군 사관 학교에 지원해 1차, 2차 시험을 모두 통과했다. 우리 모두 기뻐하고 축하를 해 주었다. 그러나 최종 신원 조회에서 작은아버지가 월북한 것이 문제가 되어 최종 탈락하고 말았다. 각수는 실망해 한동안 두문불출하며 울면서 지냈다. 각수는 다시 등록금이 싼 서울 시립대학 도시설계학과를 선택해 합격했다. 아르바이트를 하며 어렵게 졸업한 각수는 양재동 대형 설계 건축 사무실에 취업했다. 정년퇴직 때까지 줄곧 제물포에서 양재동까지 대중교통을 이용해 출퇴근을 했다. 각수는 정년퇴직 후에도 다니던 회사의 건축 현장 감리단 본부장으로 합류해 대형 건축 현장을 바쁘게 오가고 있다. 일흔을 앞둔 나이에도 불구하고 현역으로 바쁘게 일하며 살고 있다. 경로 우대 전철 무료 통행권을 받아 줄곧 대중교통으로 양재동과 공사 현장을 바쁘게 돌아다니는 것을 보면 대견하기도 하고 건강해서 다행이라는 생각을 한다.

서로 바쁜 일정 중에도 요즘은 가끔 만나 소주 한잔을 하며 어려웠던 시절, 친구들 근황, 자식들 애기로 밤을 지새우기도 한다. 어려웠던 시절을 애기하다가 서로 부둥켜안고 운 일도 있다. 각수가 대학 시절 사귀던 여자 친구와 길을 걷다가 농장 근처를 지나가는데, 멀리서 아버지가 땀을 뻘뻘 흘리며 똥지게를 지고 오는 모습을 보았다고 한다. 여자 친구를 아버지에게 인사시키지도 못하고 아버지도 머뭇머 못하다가 겸연쩍은 얼굴로 지나치고만 일이 있었다고. 각수는 아버지가 돌아가셨을 때 그때의 일이 생각나 펑펑 울었다고 한다. 나도 어머니에게 그런 죄를 지은 비슷한 경험이 있어 내 얘기를 해 주었다. 얘기 중 나도 모르게 눈시울이 뜨거워졌고 각수는 눈물을 흘리기 시작했다. 잠시 후 우리는 서로를 껴안고 콧물 눈물을 쏟아 내며 한동안 엉엉 울었다. 일흔이 다 돼 가는 어른들이 소리 내어 우는 걸 보고 식당의 다른 손님들이 의아한 눈길로 쳐다보았지만 눈물이 멈추지 않았다. 눈물을 훔치다 눈빛이 맞아 서로를 위로하고 사면하는 마음으로 쓸쓸한 건배를 했다.

선택할 수 없는 죽음

각수와 나는 어릴 적 배나무 과수원 앞에 있는 큰 연못에서 물놀이도 하고 붕어를 잡으며 놀기도 했다. 그 연못은 '와룡소주' 공장에서 사용하는 연못으로 붕어와 잉어가 많아 낚시질하는 사람이 많았다. 해 질 무렵이면 소주 공장 굴뚝에서 나는 찐 고구마 냄새가 온 동네에 진동을 했다. 찐 고구마를 발효시켜 소주를 만드는 것 같았다. 우리는 그 연못을 '와룡소주 연못'이라고 불렀다. 우리에게는 즐거운 추억이 많은 연못이지만 지워 버리고 싶은 기억도 있다.

한 번씩 '와룡소주 연못'에 몸을 던져 자살하는 사람이 있었다. 호

73

기심에 많은 구경꾼 틈새를 비집고 들어가 건져 올린 시체를 봤다가 며칠 동안 밥을 제대로 못 먹은 일도 있다. 물에 빠진 시체는 시퍼런 풍선처럼 퉁퉁 부어 있고 눈과 코에서 피가 나오기도 해 정말 흉측스러웠다. 혹이라도 물에 빠져 죽은 사람이 궁금해 구경 가려는 사람이 있다면 어른이고 아이고 말리고 싶다. 그때는 자살하는 사람들이 꼭 집 밖에 나가서 죽었다. 그래서 "나가 죽어." 하는 말이 생겼는지도 모른다. 밤 시간을 택해 다리에 목을 매거나 물에 빠져 죽거나 인적이 드문 산속에서 나무에 목을 매고 자살을 했다. 집 안을 피해 밖에 나가 자살하는 편이 남은 식구들에게 덜 미안하다고 생각했던 것 같다. 요즘은 자살하는 것이 집안 망신이라고 생각해서인지 집 밖으로 나가지 않고 집 안에서 목을 매거나 약을 먹고 자살을 한다. 권총이 있으면 권총을 사용할 수도 있겠지만. 자살을 하려고 작정하기까지 당사자의 심정은 오죽할까 싶지만 자살하는 사람이 남겨질 시신까지 신경을 쓰고 시대에 맞게 자살 장소를 택하는 것이 아이러니하다. 자살도 본인의 선택이고 자살할 방법, 장소의 선택도 본인의 선택이다.

문득 병석에 3년이란 긴 시간 동안 누워만 계시다 돌아가신 어머니 생각이 났다. 어머니는 병석에 계시며 자살하고 싶은 생각이 추호도 없었을까? 할 수만 있다면 그러고 싶을 때가 있었을까? 아무런 의사 표현을 못 하고 링거와 목구멍 튜브를 통한 미음으로 연명을 해야만 하는 시간 동안 자살을 하고 싶었을 때도 있었을 것이라는 생각이 들었다. 자존심 강한 어머니가 남의 손에 의해 대소변을 가리게 되고 씻기게 되었을 때 그런 생각이 들었을지도 모르겠다고 생각했다.

아버지는 젊은 시절부터 50년 넘게 담배를 피우시다가 일흔에 접어들면서 담배를 끊으셨다. 그 때문인지 아흔둘에 돌아가시기 전까지 특별히 큰 병은 앓지 않으셨는데 말년에 천식으로 고생을 많이 하셨다. 집에 이동식 산소 호흡기를 렌털해 호흡이 가빠질 때면 기계의 도움을 받곤 하셨다. 결국은 천식이 심해지면서 병원 출입이 잦아지고 거동도 불편해져 아버지는 마지막 입원 후 나흘 만에 돌아가셨다.

아버지는 임종 직전 천식으로 숨을 쉬는 것조차 고통스러워하시며 몇 번이나 "얼른 죽여 줘. 너무 힘들다. 제발 산소 호흡기 좀 빼 다오." 하며 애원하셨다. 의사인 동생은 "아버지, 힘드시지만 조금만 참으세요. 조금 지나면 좋아지실 거예요."라고 말했지만 우리 모두 그것이 빈말임을 잘 알고 있었다. 아버지는 코와 입으로 연신 '쌕! 쌕! 헉! 헉!' 소리를 내며 고통스러워하셨다. 떠날 시간이 얼마 남지 않은 것을 잘 알고 있는 아버지가 숨이 가빠 가슴을 벌떡거리며 고통스러워하는 모습. 마약 같은 진통제와 산소 호흡기가 도움이 될 거라고 생각했던 의사와 자식들이 얼마나 어리석은 짓을 하고 있는지 나는 옆에서 지켜보지 않았던가. 아버지는 아버지의 마지막을 인생 최대의 고통 속에 사흘간 그렇게 지내다 가시고 말았다. 누구를 위해 그 고통을 인내하라고 했던 것일까. 몸도 몸이려니와 마음의 고통은 어땠을까.

아버지가 돌아가시기 전 사흘간 우리는 이모님, 삼촌, 먼 칠촌 아저씨까지 연락해 임종 전 인사를 나누시라고 불러들였다. 아버지를 위해서, 마지막 가시는 길에 사랑하는 사람들을 모두 보시라고, 마음에 꼭 담아 가시라고 그렇게 했다. 92년이나 너끈히 사신 아버지에게 사흘간 더 고통 속에 사시는 게 무슨 의미가 있을지. 고통 속에 신음하는 아버지를 진정 위하는 일이었을지.

친인척이 모두 다녀간 뒤 우리는 담당 의사에게 더 이상 연명하는 것이 의미가 없고 너무 고통스러워하시니 산소 호흡기를 빼 달라고 부탁했지만 의사는 한사코 안 된다고 했다. 의료인으로서 임종 직전까지 최선을 다하는 것이 의무라고 했다. 의사인 동생은 새벽 시간에 아버지의 애절한 읍소에 산소 호흡기 호스를 슬그머니 빼내 버렸다. 숨이 더 가빠졌지만 두 시간 만에 아버지는 고른 숨을 쉬고 얼굴이 평온해지더니 그렇게 세상을 떠나셨다. 산소 호흡기로 며칠은 더 버틸 수 있었지만 늦게라도 참 잘했다는 생각이 들었다. 자살인지, 자살방조인지, 타살인지, 자연사인지 판단이 서지 않았지만 아버지의 고통스러운 마지막 사흘은 그렇게 끝났다. 아버지가 돌아가신 후 새삼 어머니도 진작 서둘러 돌아가시게 도왔어야 했다는 생각이 들었다.

작가 이외수는 자살을 "자신의 목숨이 자기 소유물임을 만천하에 행동으로 명확히 증명해 보이는 일. 피조물로서의 경거망동. 생명체로서의 절대 비극. 그러나 가장 강렬한 삶에의 갈망."이라고 했다. 어

드나드는 인생, 넘나드는 인생

머니나 아버지의 마지막 '가장 강렬한 삶에의 갈망'을 우리는 우리의 마지막 효도라는 명목으로 외면해 버렸다. 어머니나 아버지에게 시간적인 삶이 내면적인 삶보다 더 중요하다고 억지를 부린 것이다.

목을 매거나 음독을 하거나 뛰어내리는 사람들은 그나마 스스로 그럴 만한 힘이 있겠지만 병으로 인한 극심한 고통, 때로는 장기간 고통을 겪고 있는 환자의 경우에는 스스로 그럴 힘조차 없을 것이다. 헐벗고 굶주린 사람은 도우면서 고통을 스스로 일찍이 마감하고 싶어 했던 어머니와 아버지에게 조그마한 도움도 드리지 못한 우리의 불효가 새삼 부끄럽다.

아버지가 남겨 놓고 가신 사진첩은 50년대의 흑백 사진, 우리 결혼 사진, 손주들의 사진들로 가득했다. 사진 중에 내가 제일 아끼는 사진은 아버지는 양복 정장을, 어머니는 한복을, 우리는 앙고라 스웨터를 입고 찍은 가족사진이다. 우리 가족 다섯—막내가 태어나기 전이니까—이 최초로 시내 답동에 있는 유명 사진관 허바허바사장寫場에서 찍은 가족사진들이다. 유명 사진관이어서 그런지 사진도 무척 선명하고 가족들의 표정도 자연스럽게 잘 나왔다. 지금도 그렇겠지만 가족사진을 찍는다는 건 그 집안이 그 시점에 어느 정도 자리가 잡혔다거나 그 시점에서 어떤 의미를 두고 방점을 찍어 두겠다는 뜻일 것이다. 어머니의 제대로 된 사진이 없어 영정 사진을 그 젊은 시절의 가족사진에서 편집해 사용할 정도로 그 사진은 우리 가족의 상징 같은 사진이다. 평소에 웃음이 많지 않은 어머니가 그 가족사진에서는 빙긋이 웃고 계서서 그 사진을 더 좋아하는지도 모른다. 어머니가 돌아가시고 세월이 많이 흘렀지만 문득 어머니 생각을 하면 시장에서 장사하시던 모습, 중풍에 걸려 소파에 맥없이 앉아 계시던 모습, 요양병원에서 목구멍 튜브로 가래를 뽑아 올릴 때 숨을 허덕이던 모습들이 떠오른다. 하지만 나는 가족사진 속의 어머니가 빙긋이 웃고 있는 모습을 떠올리려고 애를 쓴다. 어머니는 그때 그 모습 그대로 쭉 그렇게 사셨어야 했다고 생각하면서. 모친상을 치를 때 영정 속의 어머니는 다 괜찮다, 다 용서한다는 듯 빙긋이 웃으시며 나를 내려다보고 계신 것 같았다.

유품 정리

아버지는 사진 찍는 것을 무척 좋아하셨다. 미군 부대에 근무하실 때부터 아버지의 재산 목록 1호는 항상 카메라였다. 펜탁스, 올림푸스, 니콘 등. 장롱의 서랍 한 칸은 항상 카메라 전용 칸으로 카메라, 렌즈, 삼각대, 스트로보 라이트, 필름 등으로 가득했다. 아버지를 닮아서인지 나도 카메라를 무척 좋아했다. 피사체에 영롱한 채광을 더해 내가 원하는 구도, 원하는 모습을 내 의지대로 만들어 내는 것이 참 좋았다.

아버지의 유품을 아내와 정리할 때 네 권이나 되는 사진첩과 액자 사진을 정리하는 데 시간이 제일 많이 소요되었다. 미군 부대에서 찍은 사진, 가족사진, 형제들의 결혼사진, 졸업 사진, 손주들 사진 등 사진이 너무 많기도 했지만 어느 것을 버리고 어느 것을 누구에게 보내야 할지 세 시간 넘게 정리해 형, 동생, 막내, 우리 집 순으로 정리하고 배분한 뒤 버릴 건 버렸다. 아버지가 애지중지하던 열두 권짜리 족보 책은 형네 집으로 보내야 할지 내가 가져가야 할지 망설여졌다. 좁은 우리 집에 보관할 곳이 마땅치 않았지만 일단 우리 집에 보관하기로 했다. 형은 딸만 둘이 있어서인지 종친회 모임이나 시제 등 종친 행사에 무관심해서 줄곧 내가 아버지를 모시고 다녔었다. 더러는 아버지 혼자 인근의 종친회원들과 동행하기도 했다.

사진을 정리하다 보니 어머니 사진이 거의 없어 의아했다. 어머니의 젊을 때 사진은 아예 없고, 가족사진과 시장 분들과 찍은 야유회 사진을 빼면 어머니 사진은 한 장도 없었다. 이모님, 외삼촌, 외할머니와 찍은 사진도 한 장도 없었다. 사진을 안 찍으신 건지, 무슨 사연이 있어 다 버리신 건지 궁금했다. 생각해 보니 미군 부대 크리스마스 가족 파티에 어머니는 한 번도 함께 가신 적이 없었다. 가족 초청 파티였는데. 대조적으로 아버지의 빛바랜 야유회 흑백 사진이 20여 장 있었다. 사진을 찍은 솜씨로 보아 전문 사진사가 동행해서 찍은 세련된 사진들이었다. 양복 입은 남자들 예닐곱 명, 짙게 화장을 하고 한복을 입은 여자들 예닐곱 명이 어울려 장구 장단에 맞춰 춤을 추기도 하고 술을 함께 마시기도 하는 흥겨운 분위기의 사진이었다. 아래 줄에는 한복 입은 여자들, 위 줄에는 정장을 한 남자들이 도열해 찍은 단체 기념사진도 있었다. 한복을 곱게 차려입고 장구를 옆에 끼고 있는 여자는 유난히 예뻤다. 어머니가 그 사진 속에 없는 걸 보면 가족 동반 야유회 사진은 아닐 테고 기생 파티가 아닌가 짐작했다.

사진을 정리하면서 그 사진들을 흥미롭게 한참 보던 아내가 말했다.

"영화 〈팔도강산〉에 나오는 사진 같아. 아버님은 이 사진들을 왜 여태 안 버리셨대? 어머니도 속이 많이 상하셨겠네. 평생을 그러고 사셨으니 어머니 속이 말이 아니었을 거야."

나는 "그러게."라고밖에 할 말이 없었다.

그렇다. 아버지는 미군 부대 퇴직 후 사업을 한답시고 집 두 채를 다 날리고 산 9번지 단칸방으로 우리를 내몬 위인이시다. 꽃다운 어머니를 시장 바닥에 내몬 위인이시다. 그것도 모자라 한평생을 다방과 술집을 전전하며 풍류를 즐기신 분이다. 어머니가 배다리 깡시장에서 리어카에 과일을 가득 싣고 경동 고개를 넘을 때 뒤에서 밀어주기만 했어도, 노점상 단속할 때 상자라도 후딱 옮겨 주기만 했어도, 내가 커 가면서 아버지에게 그리 섭섭하지는 않았을 텐데. 아버지는 인물 좋고 사람 좋다는 소리를 많이 듣지만 우리 가족에게는 평생 고생을 사서 하게 한 분이었다.

아버지는 남의 말을 잘 듣고 어머니 말은 잘 안 들으시는 편이었다. 충직한 신하의 말은 무시하고 간신의 말에 솔깃해하는 임금 같았다. 나도 그런 아버지의 성격을 많이 닮아 내 성격이 맘에 안 든다. 집에 시뻘건 차압 딱지가 붙었던 그날 이후 아버지는 6개월가량 잠적 후 나타나 뭔가를 시작하려고 애쓰셨지만 그 뒤로 변변히 제대로 하신 일이 없었다. 그 이후 아버지는 어머니가 돌아가실 때까지 긴 세월을 그렇게 지내셨다.

첫 서울 나들이

나는 중학교 3학년 때까지 그 흔한 기차라는 걸 타 보지 못했다. 동네 앞으로 수인선 열차가 지나다니고 조금만 나가면 경인선 제물포 역이 있어서 달리는 기차를 수없이 많이 봤지만 한 번도 타 본 적이 없었다. 아버지는 서울에 볼일이 있으면 새로 개통한 삼화고속버스 노선을 주로 이용하셨다. 그때는 지금의 항공사처럼 고속버스에 늘씬한 안내양이 있었고 승객들에게 물수건과 사탕도 주었다. 아버지는 서울에 볼일 보러 갔다 오시면 물수건과 사탕을 들고 오셨다. 나는 고속버스는 아니더라도 언젠가는 혼자라도 기차를 타고 서울 구경을 한번 해 보리라는 생각을 갖고 있었다.

나는 국민학교 때 공부를 곧잘 했다. 하지만 중학교에 진학한 뒤 집안 형편도 어려워졌고, 과외 공부는 꿈도 꾸지 못했으며 집안 살림 도 걱정되어 집중을 하지 못했다. 형은 집안 형편이 어려워지자 살길은 공부뿐이라고 생각했는지 공부에만 전념해 인천의 명문 중학교에 합격했다. 새벽부터 늦은 밤까지 공부에만 전념했다. 형과 달리 나는 영화, 음악, 미술을 좋아해 공부에는 집중하지 못했다. 학교에서 하는 IQ 검사를 하면 높은 수치가 나왔고, 적성 검사를 하면 영화 촬영 기사, 미술가가 적합한 것으로 나와 예술 방면으로 주력하는 것이 내가 갈 길이라고 생각하게 되었지만 양쪽 모두 노력하지 않고 즐기기만 하며 시간을 보냈다. 그러던 중 중학교 2학년 미술 시간에 부조浮彫를 경험했다. 찰흙으로 조각품을 만들고 그 위에 약을 칠한 다음 석고를 부어 말린 뒤 찰흙을 빼내 작품을 만드는 일이었다. 인상이 특이한 링컨 대통령의 얼굴이 표현하기에 좋을 것 같았다. 나는 링컨 대통령의 사진을 놓고 보아 가며 인생 최초의 부조 작품을 만들었다. 찰흙으로 링컨 대통령의 얼굴을 빚는 내내 미술 선생님은 특이한 모델을 선정해서인지 잘 만들고 있어서인지 오며 가며 관심 있게 지켜보셨다. 미술 시간에 기초만 만든 뒤 집에 가서 완성을 해 오라는 미술 선생님의 말씀에 집에서 밤을 새워 만들었다. 평소 흠모하던 미모의 미술 선생님에게 잘 보여야겠다는 생각에 더 심혈을 기울였다. 나름 작품을 만드는 내내 즐거웠고 스스로 생각하기에 소질이 있다고 생각했다. 이틀 뒤 미술 시간이 되어 작품을 제출했고 선생님은 내 작품을 치켜들고는 칭찬을 아끼지 않으셨다. 소질이 있으니 조각에 관심을 갖고 진로에 고민을 해 보라고 하셨다. 내 작품은 미술실에 한동안 전시되었고 이 일을 계기로 진로에 대한 고민을 했다. 하지만 얼마 되지 않아 어린 나이에 꿈이 너무 많아서인지 방황의 시기여서인지 그 꿈은 잠시 잊었다.

2학기가 되면서 친구가 밴드부에 같이 들어가자고 했다. 밴드부는 군기가 엄청 세 수시로 배트로 때린다는 소문이 있었다. 그 때문에 많이 망설였지만 나는 라디오에서 듣던 재즈 음악에 한창 빠져 있던 터라 밴드부에 지원했다. 간단한 오디션을 거쳐 들어간 밴드부. 당분간 드럼과 트럼펫을 해 보고 맞는 악기를 결정하라는 음악 선생님의 말씀에 열심히 두 악기를 연습했다. 둘 다 매력적이었지만 실내 연습 때와는 달리 드럼은 행진을 하면서 연주할 때 허리와 허벅지에 부담을 많이 주었다. 나는 트럼펫으로 정하고 열심히 연습을 했다. 그러나 학기말이 되면서 어머니의 장사 일을 도와야만 했고 방과 후 시간을 내는 것이 어려워져 밴드부를 그만두었다. 물론 탈퇴하면서 선배들에게 배트로 맞는 것은 감수해야만 했다.

기차를 타고 서울에 가고 싶었던 것은 서울 시내에 대한 궁금증 때문도 있었지만, 매년 가을에 덕수궁에서 열리는 대한민국미술전람회—약칭 '국전'—를 관람하고 싶었기 때문이다. 대한민국에서 문학을 하는 사람들이 신춘문예에 당선해야 하듯이 미술을 하는 모든 사람들이 공식적으로 미술가로 인정받기 위해서는 국전에서 최소한 입선을 해야 했다. 미술가들의 등용문인 셈이다. 신춘문예는 당선이라는 단순한 관문이 있지만 국전은 당선작 중에도 대통령상, 국무총리상, 심사위원장상 등 많은 등급으로 순위가 매겨졌다.

드나드는 인생, 넘나드는 인생

토요일 오후 제물포역에서 난생처음 서울역행 기차표를 사고 기차를 탔다. 소사, 오류동, 노량진 등 이름만 들어 보던 역들을 지나치고 한강 다리를 건너는데 한강이 그렇게 넓은 줄 처음 알았다. 옛날에는 한강에서 수영도 하고 겨울엔 썰매도 탔다는데 그것이 믿어지지 않을 정도로 한강은 그 폭이 넓고 길었다.

서울역에 처음 내린 나는 그야말로 무작정 상경한 시골 사람 같았다. 어디가 어딘지 분간을 못 하겠고 덕수궁 방향이 어딘지도 모를 지경이었다. 서울역에서는 무작정 상경한 사람들을 잡아다가 공장에서 강제로 일을 시킨다는 얘기를 들은 적이 있어 눈을 부릅뜨고 처음 서울에 올라온 티를 안 내려고 애썼다. 하지만 티가 나는 건 어쩔 수가 없었던 모양이다. 서울의 중학생들은 스포츠형으로 머리를 깎았는데 그때까지 인천의 중학생들은 재소자처럼 빡빡머리를 해야 했다. 나는 어렵게 길을 물어 남대문을 지나 서울시청 앞에 있는 덕수궁에 도착했다.

입장권을 끊고 대한문을 지나 입구에 들어서니 드라마에서만 보던 궁궐이 보였다. 해시계, 자격루도 보였다. 온 김에 궁궐을 들러 보고 싶었지만 국전을 관람하고 난 뒤로 미루기로 했다. 우리나라 최초의 근대식 건축물이라는 석조전이 궁궐의 분위기와는 어울리지 않았지만 그 자체의 웅장함과 아름다움이 있어 미술관으로 썩 잘 어울리는 건축물이라는 생각이 들었다.

석조전 앞에서 다시 관람권을 구입하고 미술품을 관람하기 시작했다. 작품의 종류와 그 수가 방대해 서둘러 봐야만 저녁 시간 내에 집에 갈 수 있을 것 같았다. 나는 특별 수상 작품을 위주로 관람하고 입선작은 풍경을 보듯 서둘러 관람했다. 하지만 관심 있는 사진 부문 작품이나 조각 부문 작품은 작가의 시선에서 찬찬히 보려고 애를 썼다. 짧은 시간 동안 많은 작품을 감상하다 보니 아쉬움이 많았지만 인생의 좋은 길잡이가 되는 경험이었다. 나오면서 주요 수상작 기념엽서를 구매하고 덕수궁 돌담길을 거쳐 MBC 사옥을 보고 서울역으로 되돌아와 집으로 향했다. 집에 가는 기차 안에서 작품 하나하나의 잔상을 지울 수 없었고 일주일간 작품의 잔상에서 벗어날 수 없을 정도의 좋은 경험이었다. 매년 가을에는 용돈을 모아 국전을 관람하기로 작정했고 그 여정은 20년간 이어졌다. 관람 때마다 사 모은 기념엽서는 나의 애장품으로 좋은 추억과 함께 장롱 속에 깊이 간직되어 있다.

드나드는 인생, 넘나드는 인생

먹고사는 일

　어머니의 고향은 인천 독쟁이라는 곳이다. 예전에 산속에 굴을 파고 한센병, 즉 나병 환자들이 모여 항아리를 구우며 생계를 꾸려 나가던 동네라 독쟁이라는 이름이 생긴 것이라 한다. 한센인들이 소록도로 모두 떠나고 독쟁이 사람들은 농사를 짓거나 가까운 갯벌에 나가 조개를 주워 생계를 유지했다고 한다. 우리 식구는 아버지의 사업 실패로 숭의동 산 9번지로 이사 간 후 어머니의 행상으로 근근이 버텼다. 없는 살림에 자식이 넷이나 되고 아버지마저 이사 온 집에는 아예 안 나타나시니 먹고사는 일조차 어려웠다.

　그때 독쟁이에 살고 계시던 이모님이 갯벌에 나가 민챙이—껍데기가 얇고 골뱅이 모양으로 생긴 고둥 종류로 그 당시에는 인천 갯벌에서 흔하게 채취되었다—를 한 자루씩 가져와 소금을 뿌려 삶아 먹으라고 하셨다. 지금은 귀해서 비싼 돈을 주고도 못 사 먹지만 그때는

87

하도 질리도록 먹어 입에서 골뱅이 냄새가 진동할 정도였다. 없는 살림에 배를 채우기는 그만한 게 없었다. 그 시절 우리 집은 됫박으로 파는 시멘트 포대 종이에 담긴 봉지 쌀과 눌린 보리가 주식이었는데 주로 아침밥과 형의 도시락으로 소모되었다. 이모님은 우리 집에 왔다가 돌아가시면서 꼭 쌀독 뚜껑을 열어 보곤 했다. 그러고 나면 며칠 뒤에 쌀가게 아저씨가 자전거로 쌀 한 말과 눌린 보리를 내려놓고 가셨다. 이모님도 무척 궁핍한 살림이었는데 어떻게 장만하신 것인지 늘 궁금했다. 어머니께서 우리가 잘살 때 이모님 댁에 좀 더 잘했었더라면 하는 생각이 들었다.

우리 독수리 4형제는 먹성이 대단해 쌀통의 곡식이 그리 오래가지 못했다. 특히 나는 식탐이 있어 땅바닥에 떨어진 음식도 툭툭 털어서 먹을 정도였다. 이모님은 민챙이, 쌀뿐 아니라 누룽지, 돼지 껍질, 산나물, 꿀꿀이죽 가리지 않고 배를 채울 수 있는 것이면 무엇이든 실어 날랐다. 부모님이 돌아가신 후 우리 부부가 이모님 생신 때 꼭 찾아뵙는 것은 그 시절 우리 부모님이 하지 못한 감사의 표시를 조금이라도 하기 위함이다. '나이 든 고아'의 서러움을 이모님을 통해 위로받기 위해서인지도 모른다.

우리는 구호물자로 나오는 밀가루 혜택을 많이 보았다. 'USA'가 찍힌 밀가루 포대를 뜯어 항아리에 쏟아부을 때 눈보다 하얀 가루는 얼어붙은 우리 마음을 녹여 주기에 충분했다. 동생은 밀가루 음식 담당, 나는 연탄불 담당이었다. 동생은 동작이 굼뜬 편이지만 칼국

수, 수제비, 개떡 등을 맛있게 해 냈다. 동생은 국민학교 4학년 때부터 그 일을 시작했으니 웬만한 주부보다 능숙하게 잘해 냈다. 지금은 60대가 된 동생은 그때의 기억 때문인지 월남 쌀국수는 먹어도 수제비, 칼국수는 먹지 않는다.

없는 살림에는 무더운 여름보다는 겨울을 나기가 더 힘들기 마련이다. 여유 있는 집들은 겨울이 오기 전에 김장도 해 두고 연탄 광―창고―에 겨울 내내 쓸 연탄을 가득 들여놓는데 우리 집은 그럴 형편이 못 되어 낱장으로 연탄을 사다 써야 했다. 50장은 넘어야 손수레나 삼륜차로 배달을 해 주는데, 단칸방이긴 해도 하루에 세 장은 때야 냉기를 면할 수 있었고 거기에 밥도 지어야 했다. 연탄 가게는 제물포역 근방의 와룡소주 공장 옆에 있어 연탄을 실어 나르는 일은 국민학생 꼬마에게는 그리 쉬운 일이 아니었다. 십구공탄 한 장의 무게는 3.5킬로그램―어릴 때 연탄의 무게가 너무 무겁게 느껴졌기 때문에 성인 되고 나서 자료를 찾아보았다―이었다. 새끼줄 끝에 매듭을 짓고 연탄 가운데 구멍에 새끼줄을 끼워 운반하는데 처음에는 너무 무거워 한 장씩 운반했다. 5학년이 됐을 때 조금 무겁게 느껴졌지만 양손에 각 한 장씩 드는 것이 몸에 균형도 잡히고 운반하기가 편하게 느껴졌다. 2학기에는 어머니에게 한 번에 두 장을 집을 수 있는 연탄집게 두 개를 사 달라고 해서 양손에 두 장씩 총 네 장씩을 운반할 수 있을 만큼 성장했다. 지금도 덩치에 비해 팔씨름을 잘하는 것은 그때 다진 기초 체력 단련 덕분인 것 같다. 아버지가 미군 부대에 근무하시던 시절, 김장, 연탄, 말린 조기, 오징어 등 살림살이가 장독대 밑에 있는 광 속에 그득했던 그 시절이 그립다.

어머니의 뇌졸중

아내의 다급한 목소리.

"어머니가 쓰러지셨대요. 아버님이 119를 불러 길병원으로 가는 중이에요. 나는 전철 타고 곧장 갈 테니 당신도 빨리 와요."

나는 깜짝 놀라 "어쩌다 그러셨대?" 하고 물었다.

"나도 자세히는 몰라요. 옆집 아주머니가 찐 옥수수를 드리러 왔다가 보니 어머니가 음식을 드시면서 자꾸 흘리시더래요. 손도 약간 떠시고. 옆집 아주머니도 친정어머니가 그러신 걸 경험해 봐서 이상하다 싶어 급하게 노인정에 계신 아버님을 불렀대요."

아내의 목소리는 떨렸다.

"그래, 알았어. 최대한 빨리 갈게. 당신이 먼저 도착하면 전화해 줘."

나는 급하게 시동을 걸었다. 시동을 거는 손이 부들부들 떨렸다.

91

'엄마는 아프면 안 돼. 다른 사람은 몰라도 엄마는 절대로 아프면 안 돼. 나랑 같이 제주도도 가고 북해도도 가고 하와이도 가고 유럽도 가고 해야 돼. 엄마는 비행기도 한 번도 못 타 봤잖아. 엄마, 조금만 기다려. 내가 빨리 갈게. 내가 갈 때까지 절대로 아프면 안 돼. 나한테 시간을 줘야 해.'

나는 제한 속도까지 무시하며 급하게 달렸다. 막히는 시내 구간은 비상 깜빡이 등을 켜고, 더러는 신호등도 무시하면서 총알같이 달렸다. 심장이 두근거려 이러다 사고라도 내는 게 아닐까 겁이 났다. 황급히 병원 주차장에 차를 대고 병실에 도착해 보니 어머니는 응급실에서 가벼운 처치를 받고 링거를 꽂고 누워 계셨다. 아직 전문의는 다녀가지 않았다. 어머니가 약간 어눌한 목소리로 말씀하신다.

"바쁜데 뭐 하러 왔어?"

그제야 먼저 와 계신 아버지와 아내, 막내가 눈에 들어왔다.

"응급실에서 의사가 뇌졸중 증세가 보인대요. 금방 전문의가 올라온다고 했어요." 아내가 말했다. 전문의가 오기를 애타게 기다리는데 좀처럼 오지 않는다. 몇 차례 간호사를 불러 재촉했지만 "금방 오실 거예요. 조금만 기다리세요." 한다.

전문의가 오기를 애타게 기다리던 중 부평의 병원에서 가정의로 근무하는 동생이 허겁지겁 도착했다. 예의 느긋한 성격 그대로 어머니의 눈을 뒤집어 보고 손을 오므렸다 폈다 해 보라고 하고 몇 마디 말을 시킨다.

드나드는 인생, 넘나드는 인생

"음, 뇌졸중 증세가 보이는데……. 뇌졸중은 처음 시간이 중요한 데……." 그러더니 "제가 전문의를 빨리 만나보고 올게요." 하고는 병실을 급히 나선다.

10여 분이 지나자 어머니의 증세가 이상해지기 시작했다. 눈꺼풀에 경련이 일고 팔도 떨리기 시작했다. 어눌한 목소리로 "정언아! 정언아!" 부르시는데 그 뒷말을 잇지 못하신다. 의학 지식이 없는 내가 보기에도 급격히 뇌졸중 초기 증세를 보이는 것을 알 수 있었다. 다급히 동생에게 연락했더니 올라오는 중이라고 했다. 잠시 뒤 전문의를 대동하고 동생이 나타났다. 젊은 나이의 의사는 어머니의 증상을 잠시 살펴보더니 다급하게 간호사를 불렀다. 환자 운반 카트를 가지고 흰 가운을 입은 장정 둘이 나타나 능숙한 동작으로 어머니를 옮겨 실었다.

두 시간 만에 어머니는 몇 가지 검사를 받고 시술을 거쳐 병실로 다시 돌아오셨다. 말은 더 어눌해지고 한쪽 팔다리의 움직임이 민첩하지 못했다. 약 기운 때문인지 눈은 넋이 나간 사람 같았다. 어찌 이런 일이 순식간에 어머니에게, 세상에서 제일 훌륭한 내 어머니에게 왔단 말인가. 내 어머니가, 내 어머니가 기어코 길거리에서 보던, 불편한 걸음을 하고 힘겹게 걷는 중풍 환자가 되신 것이다. 입원 직후 시간을 지체시킨 병원이 야속했다. 조금만 서둘렀으면 이 지경은 안 됐을 텐데. 병원을 다 때려 부수고 싶었다. 애꿎은 동생에게 화풀이를 했다.

"넌 새끼야! 의사라는 놈이 엄마가 저 지경이 되도록 뭐 했냐? 남의 환자는 중요하고 엄마는 안 중요하냐? 연락을 받았으면 빨리 기어와야지. 엎어지면 코앞인데 늦게 나타나서 어머니를 저 지경으로 만들어?"

"형은 뭐 했는데?" 하며 대들면 나도 할 말이 없었겠지만 동생은 겸연쩍은 표정으로 어머니의 손을 잡고 주무르고 있었다. 어머니는 "어, 어, 어……." 하시며 그만 다투라는 표정이었다. 그제야 형 내외가 황망한 얼굴로 도착했다.

아버지의 간병

어머니는 병원에서 일주일간 입원 후 집으로 돌아오셨다. 별로 차도는 없었지만 그나마 어눌한 말투로 의사 표현을 하시고 지팡이를 짚고 거동이나마 할 수 있게 되었다. 다행이라고 해야 할지.

'어느 날 갑자기'라는 흔한 표현처럼, 어머니의 경우가 꼭 그랬다. 열흘 전까지만 해도 어머니는 연안 부두에서 장을 보고 내가 좋아하는 간장게장을 담가 놓고 가져가라고 하셨던 분이다. 혼자서 버스를 타고 말짱히 이모님 댁을 다녀오셨던 분이 아니던가. 당신 혼자서 병원에 혈압약을 타러 다녀오셨던 분이다. 어느 날 갑자기, 어느 날 갑자기 우리 어머니는 장애인이 되고 마신 것이다. 내년에는 어머니를 모시고 제주도 여행을 가려 했는데, 후년에는 북해도에 모시고 가려 했는데, 작으나마 은혜를 갚는 것이 그런 일이라 생각했는데 이제는 아무것도 할 수가 없게 됐다. 이제라도 어머니를 위해서 제대로 효도를 하겠다고 다짐했지만 나도 그 다짐을 잘 지켜 나갈 수 있을지 자신이 없었다.

불구의 몸이 되어 집으로 돌아온 어머니에게는 집 안의 모든 것이 낯설었던 모양이다. 늘 걷고 움직이던 거실, 화장실, 안방, 싱크대가 내 맘대로 할 수 없는 낯선 공간이 되어 있었던 것이다.

어머니가 돌아온 공간은 무중력의 달나라처럼 느리게 걷고 느리게 돌아가는 공간이 되어 있었다. 마음까지 느려져 있으면 템포가 맞아 다행이겠지만 그렇지는 않은 것 같았다. 물을 한 잔 마시려 해도 누군가의 도움을 받거나 열 배, 스무 배 시간을 들여야 하고 지팡이를 짚고 걸으려 해도 몸이 흔들거려 불안하기만 하다. 중풍 환자는 균형을 잃으면 넘어지는 것이 아니고 허물어져 내린다더니 어머니가 딱 그랬다.

아버지는 어머니에게 평생의 진 빚을 갚으려는 듯 정성을 다해 간병하고 보살피셨다. 안 하던 밥을 짓기도 하고 청소도 하고 빨래도 하셨다. 어머니가 열무김치가 먹고 싶다고 하자 장을 보고 어머니의 코치를 받아 열무김치도 정성껏 담그셨다. 어머니는 소파에 앉아 "소금을 좀 더 넣어요. 젓갈은 갈아서 넣어요." 하며 코치를 하셨는데 그 모습이 그나마 참 보기 좋았다. 아버지는 당신이 담근 김치를 자랑하

95

느라 노인정에도 들고 가셨다. 어머니가 평생 동안 하시던 수고를 내려놓으셔서 그나마 안도가 되긴 했지만 불편한 몸이 되신 게 더 안타까웠다. 그런데 아버지의 정성스러운 간병은 그리 오래가지 못했다. "긴병에 효자 없다."는 말은 들어 봤지만 "긴병에 효부孝婦 없다."라는 말은 못 들어 봤는데 아버지가 그러신 것도 무리는 아니리라. 생전 안 해 보신 취사며 빨래며 간병에 목욕까지.

한량기 많은 아버지에게 어머니의 수발을 맡긴 것이 당초부터 무리였다. 어머니의 잦은 화장실 출입을 돕는 일은 내가 해 봐도 여간 어려운 일이 아니었다. 어머니는 퇴원 후 방광에 이상이 생겼는지 자주 화장실 재촉을 하셨다. 지팡이를 짚고 겨우 일어서서 화장실에 데려가고, 변기에 앉히고, 용변 후 일으켜 세우고, 소파에 앉히고 하는 반복된 일을 수십 차례 하고 나면 몸도 몸이지만 마음이 먼저 지치기 마련이다. 균형이 잡히지 않는 흔들리는 몸을 부축하는 일은 느릿하고 긴 시간 동안 마음을 지치게 만든다. 보호자나 간병인이 이럴 때 어머니 당신의 심정은 오죽할까 싶었다.

아버지는 차츰 어머니를 홀로 두고 집을 비우는 일이 잦아졌고 어머니 간병에 짜증을 내기 시작했다. 퇴원한 지 3개월 정도 지났을 무렵 아버지가 다급한 목소리로 전화를 하셨다.

"엄마가 허리를 다친 것 같다. 아무래도 병원에 가 봐야 할 것 같다."

"많이 다치셨어요? 어쩌다 그러셨대요?"

드나드는 인생, 넘나드는 인생

"내가 잠깐 노인정에 간 사이 화장실에 혼자 가다가 넘어졌단다."

급하게 아내와 차를 몰고 도착해 보니 어머니는 핏기 없는 창백한 얼굴로 소파에 넋을 잃고 앉아 계셨다. 마치 귀신과 치열하게 싸우다 막 휴전을 한 사람 같았다. 어머니의 헐렁한 바지는 축축하게 젖어 있었다. 아내는 어머니를 힘겹게 부축해 목욕탕에 모시고 가 씻겨 드렸다. 목욕하는 내내 아내는 넋이 나간 어머니를 위로하느라 계속 재잘거렸다. 어머니에게 항상 친딸처럼 살갑게 대하는 아내가 다시 한 번 눈물겹게 고마웠다. 목욕 후 어머니에게 새 옷을 갈아입히는데 의사인 동생이 도착했다. 몇 가지 증상을 살피더니 "뼈는 안 다치신 것 같아요. 병원에는 안 가셔도 되겠어요. 제가 당분간 출퇴근길에 잠깐씩 들를게요." 한다.

아버지는 자식들에게 미안했던지 슬그머니 밖으로 나가시고 나는 아내의 심부름으로 저녁상 차릴 음식 재료를 사러 마트로 갔다. 아내는 어머니가 좋아하시는 닭볶음탕을 하겠노라고 생닭을 사오라고 했다. 나는 마트에서 닭볶음탕 재료를 사고, 시장에 들러 어머니가 좋아하시는 병어회, 참외를 사 가지고 돌아왔다. 아내의 수다 치유 덕분인지 어머니는 한결 기분이 좋아 보였다. 우리는 아내의 수고 덕에 모처럼 맛있는 식사를 마치고 헤어졌다. 늘 그랬지만 오늘도 '어쩌다 하루뿐인 효도'를 한 것 같아 돌아오는 발길이 무거웠다.

집으로 돌아가는 차 안에서 아내가 말한다.

"아까 어머니 말씀을 들으니까 아버님 구박이 보통이 아니었나 봐요. 요즘엔 집에도 거의 안 붙어 계신대요. 노인정에 뭐 좋은 게 있으신지 거기서 살다시피 하신대요. 노인정에 아버님을 무척 따르는 아주머니가 있는 것 같아요."

"아! 그 할머니 아냐? 배드민턴 하는 할머니. 왜 있잖아. 성형수술 자국이 많은. 배드민턴장에서 봤는데 그 할머니가 아버지를 무척 따르는 것 같더라고. 그 나이에 아버지한테 '오빠! 오빠!' 하면서 주책을 부리던데, 아버지도 싫지 않은 것 같던데."

아버지는 사시는 아파트 단지 옆 배드민턴장 장년부—내 생각에는 노년부가 맞는데 장년부로 이름을 지었다—회장을 맡고 계셨다. 회장이라고 해 봐야 배드민턴장 열쇠를 맡아 새벽에 문을 열어 주는 게 주로 하는 일이었다. 그 할머니는 인근 임대 아파트에서 무슨 연유인지 모르지만 어린 손자와 함께 살고 있었다. 과묵한 어머니와는 다르게 말수가 많고 나이답지 않게 애교도 부리는 그 할머니는 생긴 모습부터 싫었지만 아버지는 별로 싫어하지 않는 기색이었다.

아내는 다시 말했다.

"아버님이 처음에는 운동도 시키시고, 가끔 어머니를 휠체어에 태워 산책도 시키시고 하더니 요즘은 아예 그런 것도 없이 집에 거의 안 붙어 계신대요."

"아버지 성격에 무리도 아니지. 어쩐지 오래간다 싶었어."

"어머니가 급해서 전화하면 휠체어에 태워서 화장실 쪽에 확 밀어붙이고. 이젠 어머니도 불안해서 전화하기도 겁나신대요. 오늘도 어

머니 혼자 화장실 볼일을 보러 무리하게 움직이시다 넘어지셨나 봐
요. 다른 방도를 찾아봐야 하는 거 아녜요?"

분통이 터졌지만 자식들이 못 하고 있는 일을 연로한 아버지께 맡
겨 놓고 '어쩌다 하루뿐인 효도'만 하고 있다는 심한 자책감이 들었
다. 이런 자책감마저도 하루 만에 잊고 말겠지만.

부모님 모시기

이튿날 아내는 형수와 통화하고 있었다. 전날 어머니 댁을 다녀온
직후 형수에게 장황한 보고를 마친 터라 후속 대책을 상의하는 중이
었다.

"저희가 모시는 게 어머니도 편하시고 좋은데 제가 직장 일을 그만
두기가……."

아내의 말에 형수님은 "슬이네는 집도 좁고 슬이 엄마가 낮에 일을
하는데 어떻게 모셔? 어머니가 좀 불편해하셔도 우리가 모실게. 좀
지내다 보면 적응이 되시겠지." 하신다.

내가 생각해도 어머니가 지내시기는 형의 집이 넓고 좋다. 방배동
의 채광 좋고 전망 좋은 50평 아파트. 근방에 좋은 병원도 많다. 마
음만 먹으면 어머니를 휠체어에 태우고 과천대공원, 과천 국립현대미
술관, 한강 둔치 등 산책시키기도 좋다. 어머니에게는 꿈같은 얘기이

지만 예술의전당도 가까이 있다. 어머니가 형의 집으로 기꺼이 가시면 좋은 음식과 좋은 침대, 좋은 공기를 누릴 수 있다. 우리 부부가 겪어야 할 수고를 덜 수도 있어 형수님의 말이 고마웠지만 별 기대를 하지 않았다. 형수님이 다시 말을 이었다.

"아무튼 일음이 아빠하고 다시 상의해 볼 테니까 주말에 같이 만나." 하신다.

아내가 "어디서 만나는 게 좋겠어요?" 한다.

"밖에서 만나도 좋고 어머니 동네에서 만나든지."

"어머니 댁에서 아버님하고 같이 얘기하면 어때요?"

"음. 그것도 좋겠네. 다시 통화해."

"알았어요. 아주버님 건강도 안 좋으신데 잘 말씀드리세요."

아내는 본유의 우리 집안 참모 역할을 잘하고 마무리를 했다.

우리 4형제 내외는 부평에 있는 어머니 댁에서 일요일—늘 '주일'이라고 해야 한다고 주장하며 교회에 열성으로 다니는 동생 때문에 그날도 불가피하게 오후 3시에야 모였다—오후에 모였다. 어머니의 자식 세대는 4형제, 며느리까지 합치면 여덟 명, 손주 세대도 여덟 명, 모두 모이면 부모님 포함 열여덟 명. 구성 정족수로 보면 제법 든든한 집안이다. 아무튼 일부 조카들이 빠지고 열다섯 식구가 모여 우리 집안 최초의 가족회의를 시작했다. 어머니는 오랜만에 식구가 많이 모인 것만으로도 흡족한지 모처럼 화색이 돌았고 예쁜 손주들에게 소파 방석 밑에 숨겨 두었던 용돈도 꺼내 주셨다.

형이 만장일치로 선출된 의장처럼 말을 꺼냈다.

"진작 저희가 모셨어야 했는데 이 지경이 되도록 신경을 못 써서 죄송해요. 이제라도 저희가 모실 테니 저희 뜻을 따라 주세요."

"저희"라는 말이 형 내외를 뜻하는 건지 우리 형제들 전부를 뜻하는 건지 이해가 잘 안 됐지만 잠자코 듣기만 했다. 내심으로는 내 아내가 부모님을 12년간 모시고 살면서 고생을 했는데 또다시 모시게 하는 건 미안하기도 하고 싫었다. 어머니께는 미안하지만 아내에게 아픈 어머니를 수발하며 고생하게 하고 싶지 않았다. 형은 다시 말을 이었다.

"정언네랑은 오랫동안 같이 사셔서 지내시기가 편하시겠지만 아파트 재개발이 진행 중이라 집이 좁고 낡아서 불편하실 거예요. 저희 집은 마침 남는 방도 있고 하니 저희 집으로 가시죠."

어머니와 아버지는 별로 내키지 않는 표정이다. 형도 형이려니와 똑 부러지는 성격의 형수님, 바깥일로 항시 바쁜 형수님이 편치 않아 그러신 게다.

"신경 쓸 거 없다. 우리는 여기가 편하다."

아버지가 말씀하시자 형수님이 대답한다.

"아버님도 많이 지치셨어요. 저번 같은 일이 또 생기면 어떻게 해요? 아버님도 힘드시잖아요. 저희 집으로 오세요. 제가 잘 모실게요."

어머니는 동요하는 눈빛이 역력했지만 아버지는 다시 "엄마나 나나 넓은 집도 좋지만 거기 가면 뭘 하고 지내냐? 아는 사람이 있나, 친구가 있나 징역살이나 다름없지." 하신다.

은근히 형의 집으로 가시는 것이 나나 아내에게 속 편한 일이리라 생각했지만 아버지가 선뜻 '그러마' 하실 것 같지 않기에 나는 아내의 눈치를 살피며 제의했다.

"이렇게 하면 어때요? 어머니 집과 저희 집을 팔아 합치면 어때요? 저희가 살고 있는 동네로 집을 넓혀 이사하는 거예요. 우리 애들도 어머니, 아버지를 잘 따르니 좋지 않아요?"

형수님은 별로 새로운 의견이 아니라는 듯 "그렇게 하려면 시간도 많이 걸리고. 슬이 엄마 직장은 또 어떻게 해?" 하며 반대했다.

형수님은 전화상으로 아내와 미리 상의를 했던 모양이다. 결국은 결론을 못 내고 시간을 두고 검토해 보기로 했다. 내심 좀 더 적극적으로 나서지 않은 형 내외가 섭섭했지만 나도 그랬으니 할 말이 없다. 두 동생 내외도 "저희가 모실게요."라고 하지 못할 바에야 조용히 있는 게 나을 거라고 생각한 모양인지 아무 말이 없었다. 아무런 결론을 내리지 못한 채 가족회의는 그렇게 끝나고 형제들 내외가 교대로 돌아가면서 주말에 부모님 댁을 방문해 함께 지내기로 했다.

4형제가 돌아가면서 방문하면 한 달에 한 번뿐인 방문. 어머니는 그나마 전보다는 자식을 자주 볼 수 있어 흡족해하셨고 혈색도 많이 좋아진 것 같았다. 가끔 보너스로 손자들도 볼 수 있으니 어머니는 주말이 기다려질 정도로 행복해하셨다. 그것도 처음 두어 달 정도는

드나드는 인생, 넘나드는 인생

잘 지켜지더니 바쁜 일을 핑계로 점차 빠지기 일쑤였고 때로는 몰려서 가기도 하더니 그마저 시들해져 방문이 뜸해지기 시작했다.

　자식들의 관심이 멀어질 무렵 어머니는 또다시 뇌졸중 증세를 보여 급히 입원하셨다. 입원 치료 후 어머니의 상태는 더 나빠졌다. 그나마 지팡이를 짚고 몇 발짝씩 움직이셨으나 그마저 어렵게 되고 "어, 어……." 소리 외에는 말도 못 하게 되셨다. 일주일간 입원해 계셨지만 차도가 없었다. 또다시 어쩌다 한 번뿐인 자식들의 효도가 시작되었지만 아무 소용이 없었고 병원 쪽에서는 요양 병원으로 옮기기를 권했다.

수유동 국립재활병원

　우리는 죄스러운 마음을 덜기 위해 그나마 시설이 좋은 요양 병원을 알아보았으나 시설이 좋은 곳은 대부분 입원비가 비싸고 거리가 먼 곳에 있었다. 동생은 수소문 끝에 수유동에 있는 국립재활원을 알아냈다. 시설도 좋고 재활 치료를 겸할 수 있으며 입원비도 국립이라 저렴해 어머니에게 제일 좋지만, 입원 대기 환자가 너무 많아 두 달은 기다려야 한다고 했다. 어렵게 동생의 의대 선배에게 부탁을 해 일주일 만에 입원을 하게 되었다. 순서를 기다리는 것이 마땅하나 어머니의 다급한 일이니 용서가 되리라고 자위하고 말았다. 오래된 병원이어서 조금 낡기는 했지만 재활 프로그램, 의료진, 재활 치료사, 수영장, 실내 체육관 등 좋은 시설을 갖추고 있고 적극적인 치료를 하는 병원이라고 생각이 들었다. 겨우 지탱을 시키거나 방치하는 요양 병원과는 차원이 달라 보였다.

104

병원 벽보에 "저희 국립재활원은 국내 유일의 재활 전문 중앙기관으로서 장애 유형별 전문 재활 의원 프로그램을 제공할 뿐 아니라, 첨단 재활 기술 연구에도 매진하고 있습니다."라고 쓰인 병원 홍보 포스터를 보았다. 재활이 필요한 환자는 전국에 무수히 많을 텐데 국내 유일의 재활 전문 병원이라니. 전국에 이런 병원이 20, 30개가 더 있어도 모자랄 판인데 나랏일을 하는 분들이 원망스러웠다.

어머니는 좋은 시설 덕에 재활 치료도 받고, 일주일에 한 번 방문하는 치과 의사의 치료도 받게 되었다. 국립재활원은 노인 환자뿐 아니라 교통사고 환자, 산업 재해 환자, 선천성 장애 환자 등 다양한 환자를 치료하고 재활 훈련을 통해 정상적인 사회 활동을 할 수 있도록 도움을 주는 천사의 집이라는 생각이 들었다. 주말에 아이들과 방문해 어머니를 뵙고 아내가 어머니의 수발을 드는 동안 아들과 함께 병원 안에 있는 실내 체육관에서 농구, 배드민턴을 즐기기도 할 정도로 시설이 좋은 곳이었다.

어머니는 치과 치료뿐 아니라 혈압, 위, 대장, 폐 등 다양한 검사와 재활 훈련을 받을 수 있었다. 재활 훈련은 실내 수영장 물속에서 하는 걸음마 훈련, 전동 보드에서 하는 걸음마 훈련, 팔 근육 강화를 위한 훈련 등 다양하게 시도되었다. 어머니는 모든 훈련을 힘들어하셨지만 땀을 흠뻑 흘리실 정도로 의지를 불태웠다. 덕분에 어머니는 휠체어에 의지해 간혹 산책을 즐길 수도 있었고 혈색도 많이 좋아지셨다. 하지만 말을 하는 건 쉽지 않아 보였다.

환자가 적극적인 치료를 받을 수 있고 몸이 나아져서 병상을 털고 일어날 수 있다는 희망을 가질 수 있는 병원, 가족들이 병문안을 갔다가 환자를 위로하고 가족이 함께 희망을 갖고 돌아갈 수 있는 병원. 국립재활원은 그런 병원이었다. 수없이 많은 치료와 재활을 필요로 하는 중증 환자들을 품을 수 있는 그런 병원이 많아지면 좋겠다고 생각했다. 이런 환자들은 영리를 목적으로 하는 병원, 기타 재활병원, 요양 병원, 요양원 등에서는 수익 구조상 최소한의 소극적인 치료로 연명 유지시키거나 저세상으로 떠날 때까지 무난하게 관리만 하는 구조 속에 있었다. 내가 환자의 입장이 되어 보면 어떻게든 완치가 되거나 최소한의 일상생활을 할 수 있을 정도로 회복되어 퇴원하기를 원할 텐데. 고장 난 자동차를 수리하지 않고 세차만 하거나 폐차를 기다리는 것과 무엇이 다를까.

어머니는 국립재활병원에 입원해 계신 두 달 동안 마음은 훨씬 편안해 보이고 희망차 보였다. 그러나 온 가족의 희망은 그리 오래가지 못했다. 형제들이 안도하면서 방문을 게을리할 무렵 병원에서 연락이 왔다. 어머니의 상태가 갑자기 안 좋아지고 경련을 일으키신다는 것이다. 급하게 달려가 보니 다시 3차 뇌졸중 증세가 나타나 몸을 제대로 가누지도 못하고 눈동자의 초점이 흐려져 있었다. 병원에서 응급 치료를 하고 예후를 지켜보았으나 수일간 나아질 기미가 보이지 않았다. 병상에 누워 계신 어머니를 아무리 불러 봐도, 발을 간질이고 꼬집어 봐도 아무런 반응이 없었다. 그동안은 그나마 말이 통하진 않았어도 얼굴 표정이나 기타 반응을 통해 의사소통을 할 수 있었고 컨디션이 좋은지 나쁜지 구별할 수 있었으나 그마저도 불가능해졌다. 음식 섭취도 전혀 할 수가 없게 되었다. 움직이던 동물이 힘이 빠져 식물이 되어 버린 것이다.

시간이 지나도 별다른 차도가 없자 국립재활병원에서는 요양 병원으로 모시기를 권했다. 이번에는 장기적인 대책을 세워야 할 것 같았다. 형제들은 모두 어머니를 시설 좋은 요양 병원에 모시길 원했지만 너 나 할 것 없이 빠듯한 형편에 분담해야 할 비용을 걱정해야만 했다. 애들 학원비, 내 집 마련 자금, 생활비 등 나름대로의 자금 계획에 차질이 생긴 것이다. 결국 우리는 마지막 효도하는 마음으로 비교적 시설이 좋고 케어가 좋은 요양 병원을 수소문한 끝에 여주의 도립 요양 병원에 모셨다. 경기도에서 건축문화대상을 수상해서인지 건물이 깔끔하고 조경도 잘되어 있어, 환자에게도 좋지만 보호자가 방문해 바람을 쐬기도 좋은 병원이었다.

여주 요양 병원

어머니가 입원한, 아니 유치留置된 요양 병원은 경기도 여주의 외곽 산기슭에 자리 잡은 깔끔한 병원이었다. 도道에서 운영하는 곳이라 신뢰도 갔다. 주로 노인을 위주로 운영하는 병원이지만 정신 병동과 알코올 중독 치료도 겸하고 있어 찜찜했지만 재활 치료도 겸하고 있어—어머니께는 전혀 도움이 안 되는 일이지만—안심이 되었다.

병원 옷으로 새로 갈아입은 어머니의 몸 상태는 축 처져 더 안 좋아 보였다. 성치 않은 몸으로 앰뷸런스를 타고 쉬지 않고 한 시간 반을 달려왔으니 그럴 만도 하다. 앰뷸런스 기사는 능숙한 동작으로 환자 운반 카트를 차에 올리고 내렸지만 오는 내내 무표정한 얼굴로 앞만 보고 달려왔다. 목적지에 다다르는 것이 인생의 목표인 양 아무런 말이 없이. 앰뷸런스 기사에게는 늘 하는 일이니 별다른 감흥이 없겠지 생각했다. 입원실은 6인실로 깔끔하고 창가에 조경 잘된 나무와 꽃들이 있어 그나마 어머니께는 위안이 되리라 생각했다.

접수처에서 절차를 마치고 돌아오니 간병인 아주머니가 반갑게 인사하며 호들갑을 떨었다. 원래 과묵하기도 하시지만 지금은 더 과묵할 수밖에 없는 어머니에게는 수다스러운 간병인이 제격일 수도 있겠구나 생각했다.

어머니는 끓는 가래를 제거하기 위해 목에 구멍을 뚫고 튜브를 연결해야만 했고 영양식 공급을 위해 코에 튜브를 연결해야 했다. 눈망울에 초점은 없었다. 가래가 점점 늘어 가래를 빼낼 때는 호흡이 가빠 온몸을 몇 번이나 들썩일 정도로 힘거워하셨다. 옆에서 보기에 너무나 안타까워 그 자리를 피하고 싶을 때도 있었지만 차마 그럴 수는 없었다. 석션suction을 할 때마다 고통을 못 느낄 정도로 정신이 없으신 게 차라리 낫지 않을까 생각했다.

누군가 그랬다. "항상 곁에 있을 거라고 믿었던 사람들, 하지만 모든 것이 유효기간이 있는 것"이라고. 어머니는 내가 필요할 때 늘 곁에 있을 수 있고 마음만 먹으면 언제든 볼 수 있다고, 어머니는 나를 위해서 항상 존재한다고 생각해 왔지만 지금은 그렇지 못했다.

내 스스로가 위로받기 위해, 죗값을 치르는 마음으로 자주 찾아뵈었지만 돌아오는 길은 항상 마음이 무거웠다. 반응이 없는 어머니에게 "엄마, 엄마, 저 왔어요. 정언이!"라고 소리쳐 불러 보기도 하고 애교도 떨어 보기도 하고 간질여 보기도 했지만 반응은 전혀 없었다.

"엄마 제 소리 들리면 손가락 까딱해 봐요."

그렇게 소리쳐 보기도 했으나 역시 반응은 없었다. 지켜보던 요양사가 안타까운지 한마디 한다.

"저렇게 누워 계셔도 귀로는 다 들린대요. 귀로 못 들으면 영혼이 듣는대요."

그 말이 사실일지도 모른다고 생각했다. 정말 들리실 수도 있다고 생각해 어렸을 적 어머니와의 추억을 얘기하고, 손자들 얘기, 형제들 얘기도 수없이 떠들어댔다.

얼마간의 시간이 지나면서 욕창이 생기기도 하고 폐렴 등 합병증이 생기기도 하면서 그나마 살아 계신 의미를 갖고 있는 어머니의 몸은 점점 더 쇠약해지셨다. 어머니는 그렇게 2년을 꼬박 미동도 없이 지내셨다.

어머니 위독

어머니가 위급하다는 병원의 급한 연락을 받고 아내와 나는 서둘러 집을 나섰다. 중부고속도로는 마침 한적해 과속을 할 수 있었지만 그래도 안전한 속도를 유지하며 달렸다. 이런 연락이 처음은 아니니 이번에도 무사하시겠지 자위하면서도 형제들 중에 제일 먼저 도착해 임종을 지켜보게 될까 두렵기도 했다. 내 얼굴이 보이는지, 내 목소리가 들리는지 알 수 없는 어머니를 뵈면 무슨 말을 해야 할지, 어디를 붙들고 주물러 드려야 할지, 어떤 어리광을 부려야 할지 모든 게 두려웠다. 그런 어머니가 아무도 없는 내 면전에서 숨을 거두시는 걸 목격하게 되는 것이 더 두려웠다.

40분 만에 병원에 도착하니 간병인 아주머니는 어머니의 목구멍에 고무줄을 넣고 짙은 가래를 빼내고 있었다. 어머니의 몸은 늘 그렇듯 가슴을 헐떡거리며 힘겨워하셨다.

"한고비는 넘기셨어요. 숨을 헐떡거리시고 온몸에 경련을 일으키셔서 급하게 사모님께 연락드렸어요."

"다행이네요. 연락 주셔서 고맙습니다. 의사 선생님은 뭐라고 해요?"

"오래 누워 계시면서 합병증으로 기관지에 염증이 심해졌대요. 대비를 하시는 게 좋을 것 같다고 하셨어요. 자주 그러시는 걸 보면 마음의 준비를 하시는 게 좋을 것 같네요."

아직 돌아가시지도 않은 어머니가 바로 옆에 계신데 이런 말을 해도 될까. 그러나 간병인 아주머니는 아무 거리낌 없이 말한다. 수년간 간병인 일을 하면서 일상적인 일이 되어 버린 걸까? 무표정한 얼굴을 하고 계신 어머니가 혹이라도 들으실까 걱정되었다.

병원에 들를 때마다 환자가 하나둘 바뀌거나 빈 침대가 생겨 있어 물어보면 아무런 거리낌 없이 대답한다.

"엊그제 돌아가셨어요."

그들에게는 요양 병원 환자의 생사가 그리 심각한 일이 아닐 수도 있다. 그들에게는 임종을 앞둔 환자들이 생계에 도움을 주는 수단일 수도 있다. 그나마 정신이 있지만 몸이 불편한 환자들 입장에서 보면 본인 스스로도 죽음을 향해 가고 있음을 절실히 느낄 것이다. 몇 달 혹은 몇 년을 그렇게 죽음을 향해 가는 자신의 여정을 예견하면서 쓸쓸한 시간을 보낼 것이다. 이런 요양 병원에서는 병이 나아져서 퇴원하는 환자는 극소수이기 때문에 대부분 자신의 생의 마감을 자의와 상관없이 준비해야 하는 것이다. 사형 집행을 앞둔 사형수와 무엇이 다를까? 사형수도 자신의 사형 집행일을 모르며 살아간다. 사형수는 교수형, 총살형, 단두대를 통해 순식간에 생을 마감한다. 하지만 요양 환자들은 죽을 날을 모르고 서서히, 더러는 급히 죽음을 향해 치닫는, 창살 밖에 존재하는 유료 사형수인 셈이다.

나는 병원에 올 때마다 1974년 개봉한 알랭 들롱과 장 가뱅이 주연한 〈암흑가의 두 사람〉을 떠올린다. 은행 강도로 12년 형을 받고 복

111

역 중이던 주인공 지노(알랭 들롱)가 가석방되어 10년 동안 기다리던 사랑하는 아내 곁으로 간다. 그러나 사랑하는 아내는 이내 교통사고를 당해 죽고 그의 후견인인 퇴직 형사 제르멩(장 가뱅)의 도움으로 새로운 삶을 살아간다. 그러던 중 형사 그와트로는 수사 중이던 은행 강도 범인으로 무고한 지노를 지목해 기정사실화한다. 형사 그와트로가 교묘한 수법으로 집요하게 지노를 진범으로 몰아가자 지노는 다투다가 흥분해 그와트로의 목을 조른다. 그와트로는 죽고 지노는 또다시 구속되어 재판 끝에 사형 선고를 받는데, 그 단두대 사형 집행 장면이 너무 생생히 떠오른다. 집행 장소로 끌려가는 지노를 바라보는 후견인 제르멩의 허망한 표정, 단두대 앞에서 억울하다고, 살려달라고, 아직 할 일이 많다고 애원하는 지노의 흔들리는 눈빛과 애절한 표정이 생생하다. 영화는 단두대의 큰 칼이 목 위로 '쿵!' 하고 떨어지면서 끝난다. 내가 좋아하는 두 배우 명연기 때문에 기억이 생생한 것일 수도 있다. 이승과 저승 사이에서 저승의 부름을 받고 그곳을 향해 가야만 하는 사람, 그를 옆에서 지켜봐야 하는 사람. 요양 병원의 환자와 보호자들을 보면 마치 〈암흑가의 두 사람〉에 등장하는 두 주인공 같았다.

어머니는 몸 상태가 극도로 나빠졌지만 집에서 가족과 함께 지내면서 여생을 마치기를 원하셨을지 모른다. 병원의 온갖 혜택으로 조금 더 연명하는 것을 원치 않았을지 모른다. 우리 식구들은 옆에서 보기 안타깝다고, 병원에 가면 조금 더 오래 살 수 있다고, 더러는

드나드는 인생, 넘나드는 인생

병 수발에 지쳤다는 이유로 요양 병원에 강제 유치僞置시켰는지도 모른다.

어머니 운명하심

형과 동생들 내외가 다녀가고 아내와 나는 어머니 곁에서 날을 새웠다. 평소와 달리 가래가 심했지만 별다른 증상은 보지 못해 새벽 2시쯤 간이침대에서 잠을 청했다. 이튿날 이른 아침 형 내외가 다시 와서 인사를 하고 경과를 설명한 뒤 집으로 돌아왔다. 아침을 먹고 출근하려는데 집 전화벨이 요란하게 울렸다. 왠지 불안한 마음으로 수화기를 드니 형의 다급한 목소리가 들린다.

"어머니가 아무래도 안 좋아 보여. 빨리 내려와야겠다."

"어떻게 안 좋으신데?"

"아무튼 빨리 내려와. 돌아가실지도 몰라."

아내를 태우고 부리나케 중부고속도로를 타고 달리는데 메시지가 떴다. 왠지 불안해 갓길에 차를 세우고 보니 "어머니 돌아가셨어. 서두르지 말고 조심해서 와."라고 쓰여 있었다. 나는 갓길 차 안에서 꼼짝을 못 하고 그대로 있었다. 어머니는 그렇게 가셨다.

고속도로 휴게소에 들러 찬물로 세수를 하고 마음을 진정시켜 보려고 했지만 좀처럼 진정되지 않았다. 기어이 돌아가신 어머니를 생각하니 어머니 다리 양쪽에 남아 있는 화상 흉터, 팔뚝 안쪽에 있는 점 모양의 문신 자국, 환히 웃으시던 얼굴, 노점 장사를 하실 때의 초라했던 옷차림, 참외가 가득 담긴 양은 대야를 머리에 이고 땀을 흘리시던 모습, 새집을 장만하고 함박웃음을 지으시던 모습, 처음으로 사진관에 가서 흑백 가족사진을 찍을 때 한복을 입고 있던 고운 모습 등이 주마등처럼 스쳐 지나갔다. 모든 것이 사연이 있고 이유가 있었다.

드나드는 인생, 넘나드는 인생

어머니의 어린 시절

　이모님께 들은 기억으로 어머니는 어려서 집안의 살림살이가 어려워 열세 살 무렵 수양딸—양녀—로 부유한 집으로 들어가게 되었다고 한다. 말이 수양딸이지 식모와 다를 바 없었다고 한다. 양모는 재취로 들어온 젊은 부인으로 성격이 괴팍하고 욕심이 많아 어린 수양딸을 혹독하게 부리고 본인이 낳은 어린 아들만 애지중지했다고 한다. 어느 날 집에 손님들이 방문해 어머니가 부뚜막에서 부침개를 부치던 중 양모가 음식이 늦는다고 화를 내며 기름통을 발로 차 기름이 어머니의 다리로 쏟아지면서 불이 옮겨붙어 심하게 화상을 입었다고 한다. 그 뒤로 제대로 치료를 못 받아 양쪽 무릎 아래쪽으로 커다란 흉터가 남았다. 다행히 종종 양아버지는 양모의 눈치를 피해 측은한 어머니를 따뜻하게 다독거리고 위로해 주어 힘든 시기를 견딜 수 있었다고 한다. 천벌을 받은 건지 양모는 몇 해 뒤 병으로 죽었고 어머니는 어린 의붓동생을 키워야 했다. 그 뒤로 고생은 덜했지만 아버지를 만나 결혼할 때까지 온 집안의 가사 일을 도맡아 해야 했다.

그 무렵 비슷한 처지에 있는 동네 언니와 친하게 지내다가 의자매를 맺어 위안을 삼고 그나마 행복한 나날을 보냈다. 그 당시 의자매를 맺는 징표로 팔뚝에 피를 내 맞비비고 먹물을 넣어 문신을 했다고 한다. 어머니 팔뚝에 파란 점 두 개가 있어 늘 궁금하던 차에 물어봤더니 그 시절 얘기를 웃으면서 해 주었다.

의자매를 맺은 언니는 아버지와 어머니의 중매를 섰다. 혈혈단신 월남해 외로운 생활을 하던 아버지와 알뜰한 살림을 해 오던 어머니는 얼마 안 돼 아버지의 직장이 가까운 수인역 부근 숭의동 독합다리 근처에 살림을 차리고 혼인 신고를 했다.

아버지를 만나 결혼을 하시면서 가정을 꾸미고 아들을 줄줄이 낳고 희망과 행복이 가득했던 시절을 보내시던 그때가 어머니에게는 가장 행복했던 시기였으리라. 부모님의 결혼사진이 없는 걸 보면 결혼식도 못 올리고 혼인 신고만 하시고 살림을 합치신 것 같다. 내가 다섯 살쯤 되었을 때 경동의 유명한 허바허바사장에서 찍은 가족사진은 지금 봐도 온 가족이 행복해 보이고 어머니, 아버지의 커플 사진은 사진관에 전시할 정도로 행복한 표정을 짓고 있다.

드나드는 인생, 넘나드는 인생

어머니 장례식

그렇게 어머니는 한 많은 한평생과 작별을 고하셨다. 어머니 장례식은 성대했다. 어머니가 돌아가신 일은 슬펐지만 성대한 장례식으로 위로를 받았다. 어머니가 이 장례식을 못 보고 가신 것이 무척 아쉬울 정도였다. 성대한 장례식은 잘나가는 형과 제지 회사 과장으로 있는 막내 덕분이었다. 바로 옆에 있는 모 그룹 전직 건설 회사 사장 장례식장보다 조문객은 물론 조화도 훨씬 많았으니까. 맏아들의 회사, 연구소, 각종 학회, 동문회 등지에서 답지한 조화로 통로가 비좁을 지경이었다. 조화가 너무 많아 리본만 떼서 벽에 붙이고 꽃은 되돌려 보내야 했다. 장례식장도 맏아들의 직책과 체면을 고려해 강남의 제일 큰 병원, 제일 큰 평형의 장례식장으로 결정했다. 어머니가 살아생전에 큰 평수의 아파트에 살고 싶어 하셨는데 돌아가시고 나서야 큰 평수에서 손님을 맞게 되었다. 내 형편에는 동네 가까운 일반 장례식장이 걸맞았겠지만 어머니도 기꺼이 동의하셨으리라.

아무튼 장례식장뿐 아니라 성공회 본당에서 치른 장엄하고 성대한 영결식은 돌아가신 어머니도 흡족하셨으리라 생각했다. 막내가 가입한 상조회에서 무상으로 지원하는 서비스도 마다하고 거한 장례식 비용을 지불하면서 장례를 치렀다. 아버지도 장례식장에서는 흐뭇한 마음을 감추지 못하셨다. 양로원 친구분들 중에 가깝게 지내시는 할머니—어머니가 눈엣가시로 여겼던 활달하고 푼수 넘치는—가 오서서 그런지도 모른다. 어머니가 어머니를 위한 이 장례식을 못 보고 돌아가신 것이 못내 아쉬웠다. 그 비용의 절반이라도 어머니 살아 계셨을 때 보태 드렸으면 손자들에게 용돈도 넉넉히 주시면서 할머니의 역할을 제대로 할 수 있었을 텐데. 산소는 발 넓은 형수가 어렵사리 장만해 놓은 파주의 이북 5도민 공원묘지에 모셨다. 이북 출신인 아버지가 무척 고맙게 느껴졌다. 강 건너 이북 땅이 보이는 전망 좋고 공기가 맑은 산소에 어머니를 고이 모시게 된 것이다. 지금도 어머니 생각이 나면 처자식을 대동하고 바람도 쐴 겸 찾을 만큼 좋은 산소 자리다. 무성한 잔디를 깎고 다듬으면서 내 마음을 다듬기도 한다. 더러는 잔디가 예쁘고 무성하게 자라라고 비료를 사다 구석구석 골고루 뿌려 주기도 한다. 삐죽 나온 잔디를 작두 가위로 다듬기도 하고 손으로 뜯어내면서 살아생전 못다 한 효도를 해 보려고 하지만 이내 부질없음을 깨닫게 된다. 양지바른 어머니 산소에 나무도 심고 예쁜 꽃도 심어 보지만 참배를 하고 돌아가면서 자꾸 뒤돌아보게 된다. 못다 한 효도를 조금이라도 더해 내 마음의 위안을 삼기라도 하듯.

장례식을 치르면서 어머니께 자식으로서 제대로 못 한 일이 너무 많아 서럽게 많이 울었다. 콧물에 눈물이 흘러내려 눈물인지 콧물인지 구분을 못 할 지경이었다. 반쪽의 고아가 돼 버렸기 때문인지도 모르겠다. 눈물이 많은 편은 아닌데 왜 그리 눈물이 나는지. 어머니가 죄 많은 자식에 대한 분풀이로 눈물샘을 터트리고 가신 것 같았다.

백조의 호수

지금의 아내가 된 미스 공孔은 상고를 졸업하고 나보다 2년 먼저 회사에 입사한 회사 선배였다. 나이는 나보다 다섯 살 아래였다.

나는 회사에 입사하기 전 제법 진지한 연애를 여러 번 했지만 변덕스러움으로 인해 그리 오래 지속하지는 못했다. 우리 집이 경제적으로 넉넉하지는 않지만 제법 자식들이 인물도 변변하고 대학도 나와 시장 아주머니들을 통해 중매 자리가 많이 나왔었다. 회사 입사 후 어머니의 단골손님의 소개로 경동 가구 골목의 가구점 집 딸과 선을 보았다. 서로 호감을 갖고 두어 차례 만나던 중 그 집 어머니가 꿈을 꾸었는데 나와 식사를 하는 자리에서 상다리가 부러지고 천둥 번개가 쳤다고 징조가 안 좋다며 교제를 반대했다. 가구점 집 딸이 제법 인상이 푸근하고 수려해 호감을 갖고 있었으나 어머니도 자존심이 상한다고 더 이상 만나지 말라고 하셨다. 나는 가구점 집 딸이 좋았

119

지만 어머니의 자존심이 더 중요하게 생각되어 헤어지고 말았다.

그 뒤로 중매로 적십자 병원에 근무하는 간호사와 교제를 했으나 역시 그리 오래가지 못했다. 말 한마디도 건네지 못했지만 회사에서 맞은편 부서에서 같이 근무하고 있는 희원 씨를 마음에 두고 있어서 그랬던 것 같다.

입사를 하자마자 희원 씨를 보고 호감을 느꼈지만 분위기가 너무 쌀쌀해 업무적인 대화 외에는 한마디도 건네지 못하고 오랜 시간을 지냈다. 희원 씨는 갸름한 얼굴이 예쁘기도 했지만 큰 키에 날씬해 패션모델 같았다. (아내는 나보다 키가 5센티미터 정도 커서 결혼식 때 나는 굽 높은 구두, 아내는 고무신을 신고 입장했다. 넓고 긴 드레스에 감추어진 발은 안 보였으니까.) 노래는 또 얼마나 잘하는지. 본사 강당에서 열린 송년회에서 지명되어 노래를 하는데 어찌 그리 간드러지게 잘하는지. 젊은 분위기와 다르게 "여자! 여자! 여자!" 하는 뽕짝을 구성지게 노래해 박수는 물론 앙코르를 받았다. 조용하고 말수가 적은 여자에게 그런 에너지가 어디 숨어 있었는지 놀라웠다. 그날은 사내에 노래 잘하는 직원을 부서별로 미리 내정했던 것 같다.

나와 같이 입사한 동기들도 희원 씨를 좋아했지만 나처럼 용기를 내서 데이트를 신청하는 사람은 없었다. 퇴근길에 우연히 짙은 감색의 바바리코트에 검정 단화를 신고 사뿐사뿐 걸어가는 그녀의 모습을 보고 나는 한눈에 반했다. 퇴근해 집에 돌아오면 그녀의 모습이 아른거려 며칠 동안 잠도 제대로 못 잤다. 아내를 만나기 전 연애를 여러 번 했지만 희원 씨는 딱 내 여자라는 생각을 했다. 누가 "미인은 용기 있는 자의 것이다."라고 했던가. 나는 실패의 두려움이 있었지만 용기를 내서 내 여자로 만들기로 했다. 모든 일에는 작전과 전략이 중요한 법이다.

개관한 지 얼마 안 된 광화문 세종문화회관은 건물의 위용부터가 대단했다. 품격 있는 각종 예술 공연의 장이라 언젠가 꼭 한번 가 보고 싶었지만, 관람료가 만만치 않아 지나가며 외관만 감상할 수밖에 없었다. 회관 입구의 계단은 워싱턴 DC의 링컨 기념관 계단에서처럼 연인들이 담소를 나누는 풍경이 참 아름다워 보였다. 마침 동아일보사 초청으로 5년에 한 번씩 내한 공연을 하는 영국 로열 발레단의 공연 기사를 보았다. 나는 동아일보사를 찾아가 거금을 주고 한 달 뒤 공연 예정인 〈백조의 호수〉 티켓을 구입했다.

나는 남달리 음악이나 미술, 문학, 등 예술 분야에 취미를 갖고 찾아다니며 보고 듣는 것을 즐겨 왔지만 어느 하나도 전문적으로 해박한 지식을 갖고 있지는 않았다. 더군다나 발레에 대해서는 문외한이었다. 내가 좋아하는 미스 공과 〈백조의 호수〉를 관람하려면 어느 정도 지식이 있어야겠다는 생각이 들어 종로서적에 가서 차이코프스키, 〈백조의 호수〉, 발레 관련 서적을 사기도 하고 도서관에 들러 닥치는 대로 탐독했다. 〈백조의 호수〉 연주 카세트테이프도 사 음악이 익숙해질 때까지 수십 번을 들었다. 사랑하는 사람을 내 사람으로 만들기 위해서는 무엇이든 치밀하게 준비를 해야 했다. 백화점에 들러 조그마한 목각 백조 인형 한 쌍도 샀다. 〈백조의 호수〉 공연을 보름 앞두고 작전을 개시했다.

회사에서 대리점으로 출동하기 전 〈백조의 호수〉 티켓 한 장을 내 사무용 책상 고무판 밑에 넣어 두었다. 첫 대리점을 방문해 볼일을 마치고 떨리는 마음으로 전화를 걸었다. 전화는 교환수를 통해 미스 공에게 전달되었다. 그녀는 본유의 상냥하고 낭랑한 목소리로 말했다.

"예. 판매관리실 공희원입니다."

"저, 이정언입니다."

"아! 예! 정언 씨, 무슨 일이세요?"

"요즘 저의 일을 많이 도와주셔서 고마웠습니다. 감사의 표시로 티켓을 한 장 마련했습니다."

"무슨……?"

예상했던 일이지만 희원 씨는 갑자기 웬 뜬금없는 소린가 생각하는 것 같았다. 사무실 내에 동료 직원들이 있어 눈치를 보는 듯했다.

"발레를 좋아하시는지 모르겠는데 세종문화회관에서 공연하는 〈백조의 호수〉 티켓입니다. 직접 드리기 뭐해서 제 책상 고무판 밑에 넣어 두었습니다. 좋은 시간 되세요. 바빠서 이만 전화 끊습니다."

나는 너무 떨려 그렇게 급하게 말하고 대답도 듣기 전에 얼른 전화를 끊어 버렸다. 대리점 일을 마치고 사무실에 복귀해 희원 씨와 눈이 마주쳤지만 희원 씨는 아무런 일이 없었다는 듯 반갑게 맞아 주었다. 작전 1단계는 성공이었다.

드나드는 인생, 넘나드는 인생

공연이 있는 날이 하필 월말 마감일이라 할 일이 많았다. 게다가 신입이니 고참들 눈치를 보다가 급하게 일을 처리하고 늦은 시간에 택시를 탔다. 퇴근 시간인데 게다가 사고가 났는지 택시가 꼼짝을 하지 않아 나는 시청 앞에서 내려 광화문까지 전속력으로 뛰었다. 공연 시간 5분 전에 가쁜 숨을 몰아쉬며 겨우 도착했는데 희원 씨는 자리에 홀로 앉아 있다가 나를 보고 깜짝 놀랐다. 아마 깜짝 놀란 척했는지도 모른다. 미리 〈백조의 호수〉 연주곡은 수십 번 들어 익숙해 있었지만 생전 처음 보는 발레 공연이 너무 길기도 하고 약간 지루했다.

공연이 끝나고 나오자 희원 씨는 "덕분에 귀한 공연 잘 봤어요. TV에서만 보던 공연을 봐서 생소했지만 멋진 경험이었어요." 했다. 희원 씨는 고마움의 표시로 저녁을 사겠다고 했다. 나는 미리 알아 둔 덕수궁 돌담길 옆 세실극장 레스토랑으로 가자고 했다. 익숙지 않은 칼질을 하고 커피를 마시면서 〈백조의 호수〉에 관해 잘 아는 척 일장 연설을 풀었다. 희원 씨는 고개를 끄덕이며 설명을 들었지만 별로 흥미롭지는 않은 것 같았다. 다만 애써 준비한 나의 성의에 감사하는 듯했다. 나는 미리 거래처에 들렀다 사 두었던 백조 목각 인형 두 마리 중 한 마리를 기념으로 선물했다. 언젠가는 두 마리가 합쳐질 것이라고 기대하면서. 이야기 끝에 희원 씨가 말한다.

"잘못하면 정언 씨, 우리 언니하고 같이 관람을 할 뻔했어요."

"왜요? 그게 무슨 말예요?"

"저는 발레를 잘 알지도 못하고 티켓이 한 장뿐이라 언니에게 주었어요. 언니도 잘 알지는 못해도 그런 걸 좋아하거든요. 언니는 정언 씨랑 비슷하게 클래식이나 미술, 공연 같은 걸 좋아해요. 그래서 언니에게 티켓을 줬더니 무척 좋아했어요. 그런데 이틀 전에 갑자기 성당에 중요한 행사가 있다고 티켓을 나한테 다시 주는 거예요. 그래서 제가 오게 됐죠."

얼마나 다행인지. 자칫하면 얼굴도 모르는 분과 '누굴까?' 생각하면서 지루한 공연을 보지 않았을까.

일주일 뒤 희원 씨는 답례 표시로 동료들과 영화 구경을 같이 가자고 해 나의 입사 동기 두 명과 희원 씨 회사 친구 두 명과 동행해 영화를 봤다. 샘터사에서 운영하는 재개봉관인 서대문 푸른 극장에서 리칭의 〈스잔나〉를 관람했다. 젊고 매력적인 여주인공이 백혈병에 걸려 죽음을 맞는, 당시 우리나라의 정서와 잘 맞는 신파조의 눈물을 쏟게 만드는 영화인데 희원 씨 친구들은 물론 내 동기 영수도 눈물을 보였다. 나는 답례로 저녁을 샀고 그 자리에서 희원 씨 친구들은 〈백조의 호수〉 관람을 부러워했다. 또한 은근히 둘이 잘 어울린다는 둥 지원 사격을 아끼지 않았다.

이후 나는 그림엽서로 희원 씨에게 작전 2단계를 감행했다. 엽서에 그림을 그리기도 하고 시를 쓰기도 하고, 명언을 베껴 쓰기도 해 하루가 멀다 하고 답장도 없는 엽서를 보냈다. 이중섭이 일본에 떨어져 사는 아내에게 보냈던 엽서 그림을 많이 따라 그렸다. 그래서인지 나는 지금도 화가 중 이중섭을 제일 좋아한다. 고맙게도 아내는 그 엽서들을 백조 목각 인형 한 마리와 함께 원기소 사각 깡통에 잘 보관했다가 시집올 때 가져왔다. 백조 목각 인형은 드디어 한 쌍으로 쪽붙어 있게 되었다. 나중에 알고 보니 백조 인형이 아니고 청실홍실에각각 묶여 있는 원앙새 인형이었다. 작전 2단계가 무르익을 때 나는정식으로 데이트 신청을 했다. 희원 씨도 기꺼이 동의해 주어 우리는커플이 되었다. 회사 직원들의 눈을 피해 숙대 앞 카페, 효창공원을오가며 은밀한 사랑의 싹을 키웠다. 다행히 희원 씨도 은근히 나를마음에 두었던 것 같았다. 사내 연애이다 보니 친한 동기들 말고는 비밀을 유지해야 했고 그건 희원 씨도 마찬가지였다. 당시에는 여직원이 결혼을 하면 무조건 퇴사해야 하는 묵시적인 관행이 있어 사내 연애는 비밀리에 해야만 했다.

서로 간의 사랑이 무르익던 어느 날 친구들의 성화로 내 동기 두명과 희원 씨 동기 두 명이 함께하는 술 파티를 명동에서 했다. 우리 커플을 제외하곤 약간의 '썸'을 타고 있는 친구들이어서 분위기는무르익었다. 간단한 식사 후 2차로 술을 한잔했는데 시간이 되자 눈치 빠른 친구들은 뿔뿔이 흩어지며 빠져 주었다. 희원 씨와 나는 분위기 있는 칵테일 바로 옮겨 한잔을 더 했다. 서로 간의 집안 이야기,앞으로의 계획 이야기를 나누었고 나는 분위기가 좋아 병으로 멕시코 술을 주문해 마셨다. 분위기에 취해 한 잔 두 잔 마시다 보니 취기가 올라왔고, 잠시 후 나는 정신을 잃고 말았다. 아침에 일어나 보니 소공동의 여관이었다. 지난밤의 객기가 후회되었지만 이미 쏟아진 물이었다. 희원 씨에게 실망을 안긴 것 같아 후회가 되었다.

멍한 정신에 샤워를 하고 출근 준비를 하려는데 노크 소리가 들려 문을 열어 보니 희원 씨가 와 있었다. 희원 씨는 내 양말과 와이셔츠를 집에서 빨아 말리고 곱게 다려서 가져왔다. 고맙기도 했지만 여자 친구보다 먼저 취해 정신을 잃은 민망함에 나는 몸 둘 바를 몰랐다. 희원 씨는 아무 일도 없었던 듯 "괜찮아요? 먼저 갈게요. 지각하지 않게 늦지 말고 오세요." 하고 가버렸다. 나도 술에 약한 편은 아닌데 똑같이 마시고 먼저 정신을 잃다니. 희원 씨는 술이 얼마나 센 건지. 전날 희원 씨가 아버지와 오빠들이 술을 하도 많이 마셔 뒤치다꺼리를 종종 한다는 말을 들은 것 같다. 그 뒤로는 희원 씨와 데이트를 하면 가급적 술자리를 피하고 어쩌다 술자리에 가도 조심해서 마셨다.

그날 이후 나는 희원 씨를 더 좋아하게 되었고 더러는 누이처럼 의지하게 되었다. 한 달 후 1박 2일로 부서 야유회를 가는데 과장님은 뭔가 눈치를 챈 건지 정확한 사정도 모르고 나랑 희원 씨를 엮어 주려고 무척 애를 썼다. 야유회를 다녀와서 과장님께 희원 씨와 사귀고 있다고 고백했다. 과장님은 이후로 따로 둘을 초대해 멋진 식사를 사주셨고, 전폭적인 지지를 아끼지 않았다.

여름 휴가철이 오자 희원 씨와 나는 휴가 날짜를 맞춰 동해안으로 피서를 떠났다. 신세계백화점 안에 있는 여행사를 찾아 관광버스를 예약하고 준비물을 챙겼다. 희원 씨의 꽃 같은 모습을 담기 위해 아버지가 제일 아끼는 최신형 니콘 카메라도 챙겼다. 희원 씨는 어머니께 회사 동기들과 여행을 간다고 거짓말을 하고 나섰다고 했다. 우리는 관광버스가 출발하는 신세계백화점 앞에서 만나 버스에 올랐다. 비밀은 오래가지 못하는 법. 둘이 다정한 대화를 나누며 버스에 오르니 회사 경리부에 근무하는 선배가 나이 어린 신입 여직원과 다정히 앉아 있다가 우리를 보고 깜짝 놀랐다. 가볍게 눈인사만 나누고 자리를 잡아 앉았다. 우리의 사내 연애가 발각될까 봐 걱정이 앞섰지만 서로 암묵적으로 비밀을 지킬 수밖에 없을 것으로 판단돼 안심이 되었다. 버스가 목적지에 도달하자 선배는 경유지인 강릉 경포대에서 "정언 씨, 우리 먼저 내려요. 잘 놀다 오세요." 하며 가벼운 인사를 건네며 내렸다. 우리는 최종 목적지인 설악산 입구에서 내렸다. 희원 씨가 걱정을 하는 듯했다.

"걱정하지 마. 말은 안 했지만 선배나 나나 발설하지 못할 처지인 건 서로 잘 알지 않겠어? 더구나 선배는 한참 어린 여직원이랑 왔으니 비밀이 지켜지기를 더 원할 거야. 마음 놓고 즐겁게 즐기고 가자."

희원 씨는 그제야 마음이 놓이는 것 같았다.

희원 씨와 나는 가까운 여관에 여장을 풀고 점심을 먹은 뒤 산행을 시작했다. 케이블카를 타고 권금성에 내려 정상을 향했다. 등반길은 며칠째 내린 장맛비로 개울마다 물이 넘쳐 쏴쏴 소리를 내며 힘차게 흘러내리고 있었다. 설악산에 처음 왔다는 희원 씨는 힘들어했지만 나는 손을 내밀어 그녀를 이끌기도 하고 업어 주기도 하며 달콤한 감촉을 느낄 수 있었다. 틈틈이 쉬어 가며 몇 시간 힘겹고 정겨운 등반을 해 중청대피소에 도달하자 맞은편 오색약수에서 출발한 등반객들이 커다란 배낭을 메고 줄지어 내려오고 있었다. 대청봉까지 올라가는 것은 무리일 것 같아 잠시 땀을 식히고 하산했다. 중간쯤 내려왔을 때 산이 깊어서인지 어둑어둑해지기 시작해 발걸음을 재촉해 서둘러 내려왔다. 우리는 설악 입구에서 버스를 타고 양양 시내에 나가 회를 먹고 숙소로 돌아왔다. 샤워를 하고 서로의 사랑을 확인하고 싶었지만 결혼 전까지 지켜 주고 싶어 손을 꼭 잡고 달콤한 잠을 잤다. 이튿날 우리는 이슬비가 내리는 강릉 경포대에 들러 바닷바람을 쐬고 파도를 감상하며 사진을 찍고 서울로 돌아왔다.

1박 2일의 여행 뒤 우리는 더 가까워졌고 퇴근하기가 무섭게 만났다. 회사 근처 숙명여대 골목에 있는 한적한 2층 카페를 아지트로 정해 놓고 거의 매일 만나 사랑을 나누었다. 사랑이 무르익을 무렵 근처의 효창공원을 손을 잡고 걸으며 산책을 했다. 테니스장 스탠드는 우리의 사랑을 나누기에 좋은 장소였다. 테니스 코트에는 환하게 조명이 켜져 있지만 스탠드 꼭대기 자리는 적절히 어두웠고 라켓에 공이 튀는 소리 외에는 적막이 흘렀다. 거기서 우리는 황홀한 첫 키스를 했다. 살며시 안으며 입술을 가까이 대자 희원 씨는 부끄러운 듯 눈을 감았고 그렇게 우리는 사랑을 확인했다.

사내에서 비밀스러운 연애를 오래 유지하는 것도 쉽지 않고 서로에 대한 사랑에 확신이 있어 나는 연애 5개월 만에 청혼을 해야겠다고 마음을 먹었다. 프러포즈를 할 분위기 좋은 곳을 물색하다가 인천 자유공원 아래 박물관 옆 계단이 가로수 조명도 은은하고 탁 트인 바다가 보여 좋을 것으로 생각되어 저녁 식사 후 자유공원을 산책한 뒤 달콤한 키스를 한 뒤 프러포즈를 했다.

"내가 희원 씨의 남은 인생의 반쪽을 채워 주겠습니다. 내 인생의 반쪽이 되어 주시겠습니까?"

지금 생각해 보면 다소 유치한 프러포즈 대사지만 희원 씨는 머뭇거리더니 대답했다.

"저도 많이 부족하지만 정언 씨와 함께하면 좋을 것 같아요."

나는 날아갈 듯 기뻤다. 비밀스러운 사내 연애의 답답함은 결혼 후 회사의 사보에 「백조의 호수」라는 제목으로 기고된 글로 우리의 만남과 결혼 과정이 알려지면서 모든 분들의 축하로 바뀌었다.

어머니는 힘들게 장사를 하시면서 자식 넷을 대학까지 보내 놨으니 대학 나온 며느리를 들이기를 원하셨지만 형이나 나나 어머니의 기대를 저버리고 말았다. 항상 어머니가 자랑스러워 하는 형은 서울대 졸업생이고 제약 회사에 취직을 했으니 그 실망이 더 컸을 것이다. 어머니의 친구인 시장 아주머니들을 통한 좋은 중매 자리가 많았지만 형은 첫 직장 제약 회사 연구실에서 고등학교를 졸업한 형수를 만나 사랑에 빠지고 말았다. 어머니의 반대가 심했지만 나는 형의 여

129

자 친구 사진을 보고 맘에 들어 형의 편을 들어 어머니를 함께 설득했다. 결국 두 사람은 결혼을 했다. 어머니는 나중에는 형수에게 "학비를 대 줄 테니 대학에 들어가 열심히 공부해 꼭 졸업해라."라고 하셨다. 대학 졸업한 며느리에 대한 미련이 남으신 게다. 형수는 두 조카를 낳고 나서야 대학에 들어가 만학의 길을 걸어 졸업을 하며 어머니와의 약속을 지켰다.

희원 씨를 사귀면서도 똑같이 어머니의 반대가 예상되었지만 어머니도 희원 씨를 보시고 나면 승낙하시리라 생각했다. 그럼에도 불안한 마음에 나는 어머니의 승낙을 위해 작전을 세웠다. 나와 희원 씨를 좋아하는 동기 영수와 상태, 철원이에게 술을 한잔 사면서 작전을 지시하고 희원 씨는 친한 회사 친구 한원 씨를 동반하게 한 것이다.

우리는 작전 개시일에 모두 함께 집으로 갔다. 어머니에게는 친구 예닐곱 명이 밥 먹으러 갈 거라고 얘기해 두었다. 어머니는 음식을 내오느라 분주했고 친구들은 작전대로 간간이 어머니에게 희원 씨 칭찬을 아끼지 않았다. 성격이 거침없는 친구 상태가 먼저 말했다.

"어머니, 희원 씨는 회사에서 인기가 최고예요. 저도 희원 씨를 좋아했지만 고향에 약혼자가 있어 안타깝게도 대시를 못할 처집니다. 정언이 자식은 재주도 참 좋아요. 쥐도 새도 모르게 어떻게 꼬셨는지. 친구들이 다 부러워해요."

희원 씨보다도 키가 더 큰 여직원 환원 씨도 이에 질세라 맞장구를 쳤다.

"어머니, 어머니는 어쩌면 그렇게 아드님들을 잘 키우셨어요? 장사를 하시면서 아들 넷을 모두 좋은 대학에 보내셨다면서요. 정언 씨가 회사 사람들한테 어머니 자랑을 그렇게 많이 해요. 정언 씨는 이렇게 훌륭한 어머니를 두어서 정말 좋겠어요."

어머니는 기분이 좋아 수줍은 미소를 지으셨다. 환원 씨는 미소에 화답하듯 더욱 신이 나서 말을 이었다.

"어머니, 키 크면 싱겁다고 하잖아요. 희원이를 보면 그렇지도 않아요. 희원이는 얼마나 당찬지 몰라요. 5남매 막내딸로 오빠들이 엄청 예뻐하고 사랑을 많이 받고 커서 마음씨가 착하고 고와요."

어머니는 친구들의 호들갑에 반은 넋이 나가 있었고 희원 씨의 훤칠한 키와 늘씬한 몸매, 예쁜 얼굴을 보시고는 싫지 않은 눈치였다. 어머니는 키가 그리 크지 않아 키 크고 늘씬한 여자를 부러워했었다. 희원 씨와 환원 씨는 시키지도 않았는데 부엌을 드나들며 어머니의 일을 도왔다. 키 큰 여자 둘이 다락방 밑에 있는 천장 낮은 부엌에 드나들다가 머리라도 부딪힐까 봐 걱정됐지만, 두 여자는 용케 허리를 구부린 채 어머니와 정겹게 이야기를 나누며 일을 도왔다. 작전이 계획대로 잘 풀리는 것 같았다. 임무를 잘 마치고 돌아가는 회사 친구들을 배웅하고 돌아와 어머니께 물었다.

"어때요?"

"괜찮더라."

어머니는 짧게 말씀하셨다. 자식에 대한 기대가 너무 크신 어머니가 아쉬움 속에 하신 최고로 관대한 칭찬이라고 생각했다. 여상을 졸업한 여자 친구와 사귀는 것을 반대하려던 명분이 사라진 것을 못내 아쉬워하시는 것 같았다.

사귀면서 알게 된 것이지만 희원 씨도 나 못지않게 어려운 환경에서 자랐다. 일급 정비사로 아현동 정비 공장에서 일하시던 아버님이 사업을 한다고 퇴직해 여러 사업에 손을 댔지만 실패를 거듭했다. 집 안은 극도로 어려워졌고 언니와 오빠들은 어린 나이에 일선에 뛰어들어 생계를 이어 가야 했다. 어머니는 가계를 꾸려 나가기 위해 험한 일을 마다하지 않으셨다. 한때는 도로포장 공사의 뜨거운 아스팔트 콘크리트를 머리에 이고 도로에 뿌리는 작업을 오랫동안 하셨다. 그 바람에 노년에는 두고두고 두통에 시달리셨다. 다행히 집안 형제들은 우애가 좋아 콩 하나도 나누어 먹을 만큼 서로 돕고 아끼며 살아왔다. 빈궁하기는 해도 서울을 기반으로 시작해, 어쨌거나 지금은 모든 형제들이 서울에 집이라도 한 채씩 장만해서 오순도순 잘 살아가고 있다.

희원 씨는 5남매의 막내로 형제들의 도움으로 상고까지 공부할 수 있었다. 이후 식품 회사에 입사해 내가 그녀를 만날 수 있는 행운을 안겨 주었다.

희원 씨 언니는 없는 살림에 도움이 되고자 이른 나이에 시집을 갔다. 군자동 일대에 땅을 많이 가진, 농사를 짓는 집이었다. 동생들은 여러모로 도움을 많이 받았다. 언니는 친정 가까이 살면서 동생들의 뒷바라지를 하고 실질적인 친정의 가장 노릇을 했다. 남편도 다정한 성격은 아니지만 마누라가 예뻐서 그런지 처갓집 일을 돕는 걸 마다하지 않았으며 맏사위 노릇을 톡톡히 해 주었다. 처남들과 조카들의 일자리를 주선하기도 하고 처갓집의 대소사를 적극적으로 도왔다.

나나 희원 씨나 아버지의 사업 실패로 어려운 가정에서 태어나 살면서 겪었던 일들을 공감하는 부분이 많아 사랑은 더 커졌다.

신혼

　우리 내외는 결혼 전 서로 패물, 혼수, 예단 등은 시늉만 하고 돈을 절약해 인천에 조그마한 변두리 아파트를 장만해 신혼 생활을 시작하기로 약속했다. 단칸방이라도 내 집이 있어야 한다는 어머니의 조언에 따른 것이다. 그 당시에는 아파트 가격이 하루가 다르게 뛸 때라 은행 대출을 받고 어머니의 도움도 받아 인천터미널 뒤 토지금고에 위치한 26평 아파트를 무리해서 구입했다. 나는 줄곧 인천터미널에서 서울역까지 다니는 삼화고속을 타고 출퇴근을 해야 했다. 하지만 내 집이 있고, 집에는 사랑하는 예쁜 아내가 있어 행복했다.

　간사하게도 단꿈에 젖어 어머니를 한동안 잊을 때도 있었다. 지척에 있는 부모님의 집을 자주 찾아뵙는 게 도리였지만 점차 아내와 주말여행을 하며 우리만의 시간을 즐기며 지냈다. 어쩌다 연락을 드리고 찾아뵈면 무슨 잔치라도 하는 듯 한 상 가득 음식을 준비하셨다.

항상 내가 좋아하는 간장게장과 동태전과 아내가 좋아하는 장작 불고기를 준비하셨다. 점차 어머니가 자식이 아닌 손님으로 대하는 것 같아 서운했지만 자주 찾아뵙지 못한 내 잘못이 커 돌아올 때마다 마음이 무거웠다.

신혼의 단꿈도 잠시. 1년이 지날 무렵 형이 큰 사고를 치고 말았다. 형은 유학 비용을 마련하기 위해 약사 면허증을 신세계백화점 뒤 남대문 시장의 대형 약국에 대여해 주었었다. 그런데 그 도매 약국이 부도를 내고 도주해 버려 빚이 고스란히 형에게 넘어온 것이다. 어렵게 장만한 어머니의 한옥집과 우리의 신혼 아파트를 처분해야 했다. 아내에게 무척 미안했지만 나는 회사의 지방 지점에 지원했고 대전 지점에 발령을 받았다. 임신한 아내와 나는 대전 외곽의 단칸방으로 이사를 했다. 연탄 창고가 딸린 좁은 부엌과 방 하나가 있는 오래된 집이었다. 대전 지점은 퇴근 시간이 일정치 않았다. 어린 아내는 종일 임신한 몸으로 나만 기다리며 외롭게 지내야만 했다. 친구도 없고 아무런 연고가 없으니 갈 데도 없고 반기는 사람도 없었다. 이따금 장모님과 처형이 찾아 주는 외에는 찾아오는 사람도 없었다.

그러던 중 무더운 여름날 아내에게 반가운 친구(?)가 생겼다. 딸이 태어난 것이다. 그나마 바쁜 일이 생긴 게 참 다행이었다. 그렇게 1년을 지내다가 진급이 되었고 다시 원하지 않는 본사로 발령이 나 이사를 해야 했다. 단칸방을 빼 수도권으로 이사를 하려니 돈이 턱없이 부족해 출퇴근에 시간이 많이 걸리는 인천 만수동 시영 아파트로 이사를 했다. 그 무렵 약국의 부도 문제에 시달리던 형은 회사의 지원으로 온 가족을 데리고 도피를 겸해 미국으로 유학을 떠나 버렸다. 형네 가족도 어려운 형편에 이국땅에서 고생이 많았다고 한다.

3년 뒤 마침 부평의 큰 평수의 아파트가 당첨되어 부모님과 합쳤다. 그렇게 시작된 동거는 12년간 이어졌다. 대전에서 태어난 딸과 3년 뒤 인천에서 태어난 아들을 어머니와 아버지는 무척 예뻐하며 보살폈다. 아버지는 손주들에게 그림과 한글, 한자를 가르치고 자전거 타는 법도 알려 주고 수시로 산과 들로 데리고 다니며 자연을 즐기게 했다. 아내는 가까운 상가에 건강식품과 선식을 파는 가게를 열어 살림에 도움을 주었다. 명절 대목 때는 일손이 달려 부모님의 도움을 받았다. 나는 주말을 이용해 저렴한 가격에 구매할 수 있는 제기동 건강식품 도매 상가를 찾아다니며 물건을 실어 날랐다. 더러는 지인들에게 권해 단체 선물 세트를 판매하기도 했다.

어머니는 친구들의 조언을 받았는지, 가족을 위해 헌신하는 아내에게 고지식한 시어머니가 아니라는 인상을 주기 위해 무던히 애를 썼다. 내가 퇴근 후 아내와 심야 영화를 보러 가겠다고 하면 흔쾌히 애들 걱정은 하지 말고 재미있게 보고 오라고 하셨다. 더러는 고급 과일 세트를 주며 친정에 다녀오라고, 하룻밤 자고 오라고도 하셨다. 시부모를 모시고 사는 며느리의 심정을 조금이라도 이해해 주시는 게 고마웠다. 우리 아이들은 할머니 할아버지와 12년간 3대가 같이 살면서 어른을 존경할 줄 알고 예의를 잘 지키는 아이들로 커 주었다.

이모님의 증언

아버지의 상을 치르고 이듬해 이모님의 생신 모임에 갔다가 뜻밖의 이야기를 듣게 되었다.

"아부지 돌아가신 지가 반년은 됐지? 니네 아부지는 사람은 좋은데 물러 터져서 니네 엄마 고생 참 많이 시켰다. 밖에서는 남들한테 있는 거 없는 거 다 퍼 주면서 사람 좋다는 소릴 많이 들었지. 신수는 훤해 가지고. 밖에서만 잘하면 뭐 하냐. 내 새끼 내 마누라는 뒷전이니. 니들도 크면서 아버지 땜에 고생 참 많이 했지. 사업한답시고 그 좋은 집 두 채를 다 팔아먹고 마누라는 시장 바닥에 나가 장사하게 하고. 막내도 땡볕에 고생 참 많이 했어. 걔는 갓난아이 때부터 시장 바닥에서 컸잖니. 걔가 아기 때부터 장바닥에서 커서 지금 야물딱지게 장사를 그렇게 잘 하나 봐."

가세가 기울 무렵 어머니는 늦둥이로 태어난 막내를 등에 업고 장사를 시작하셨다. 형들은 다 학교에 가고 달리 돌봐 줄 사람이 없으니 그럴 수밖에 없었다. 겨우 걸음마를 뗄 때 시장 아주머니들이 귀엽다고 만지고 안아 주고 놀리기도 했다. 어머니를 건들면 그 어린 것이 악을 쓰며 대들었다. 그 어린 것이 어머니를 보호하거나 빼앗기지 않으려는 마음이 있었는지. 시장 아주머니들은 짓궂게 재미 삼아 일부러 꼬집거나 때리는 시늉을 했다. 이모님 말씀대로 막내는 시장 바닥에서 커서 그런지 사업을 야무지게 잘 꾸려 나가고 있다. 이모님은

137

물을 한 잔 드시고는 말을 이었다.

"니네 아버지는 돈복이 많은 양반이었어. 미군 부대 월급도 많은 데다가 부업으로 시발택시 사업을 해서 돈을 잘 벌었단다. 시발택시 두 대를 굴려 니네 엄마가 돈 세기 바빴지. 몇 년 뒤 택시 운전사가 사람을 치어서 다 팔아 버렸지."

시발자동차는 내가 태어나기 전인 1955년에 출시된 우리나라 최초의 승용차로 을지로의 한 천막 공장에서 일제 부속을 조립해서 만든 자동차였다. 지금의 군용 지프차와 모양이 비슷하지만 외관은 드럼통을 펴서 용접해 만들어 그리 세련되지는 못했다. 그럼에도 불구하고 당시 택시는 거의 다 시발자동차였다. 이승만 대통령 시절 창경원에서 열린 산업 박람회에서 대통령상을 수상한 자동차로, 시발始發은 '첫 출발'을 의미한다.

"니네 아버지는 엄마하고 결혼하기 전, 6·25 전쟁으로 월남하기 전에 북한에서 결혼을 한 번 했었단다. 니네 아버지는 재혼을 한 셈이지. 다행히 북한에서는 자식은 없었단다."

갓 결혼한 부인을 북에 두고 혼자의 몸으로 월남하신 데는 뭔가 사연이 있겠지 생각했지만 이모님은 그 이상은 모른다고 하셨다. 북한의 할아버지, 할머니는 돌아가셨고 누님—나에게는 고모—과 팔촌뻘 되는 친척이 살아 계신다고 했다. 아버지는 서당을 하시던 할아버지 밑에서 4대 독자로 귀하게 태어나셨다. 어머니가 아버지의 재혼을 모르셨을 리가 없는데 어머니 아버지는 일언반구도 안 하셔서 이모님

드나드는 인생, 넘나드는 인생

이 얘기해 주시기 전까지 우리는 까맣게 모르고 있었다. 아버지의 탄탄한 직장과 인물의 출중하심을 보고 묵인하에 결혼을 하게 되었으리라. 어머니도 당시에는 딱히 내세울 만한 것이 없었으니까.

"니네 엄마는 어려서부터 참 똑똑했단다. 학교를 제대로 보냈으면 한 인물 했을 거야. 옛날에 우리 집도 지지리 어려워서 자고 일어나면 끼니 걱정을 해야 했어. 하도 어려워서 니 엄마를 잘산다는 집에 수양딸로 보냈는데 그 집에 새로 들어온 계모 년이 하도 못살게 굴어 나하고 외할머니는 후회도 많이 하고 많이 울었지. 말이 수양딸이지 그 집 식모나 다름없었지. 열세 살 난 그 어린 것이 부모 정도 못 받고 고생을 무지하게 했단다. 니 엄마 종아리에 난 화상 있지? 니 엄마가 부엌에서 밥을 하고 있는데 그 계모란 년이 야단을 치다가 석유병을 발로 차서 아궁이 불이 옮겨붙은 거야. 종아리 살이 다 엉겨 붙어서 눈 뜨고 못 볼 정도로 끔찍했었다. 병원도 못 가고 변변한 약도 없이 대충 치료해서 흉터가 그렇게 커진 거란다. 석 달 넘게 고생 많이 했지. 얼마나 아팠겠냐. 그년은 그렇게 표독스럽게 살다가 얼마 안 가서 병으로 젊은 나이에 죽었어, 죗값을 받은 거지."

어렸을 때 어머니에게 종아리의 화상이 하도 커서 "엄마! 뭐 하다가 그렇게 많이 데었어? 많이 아팠겠다." 물으면 "부침개 부쳐 먹다가 기름이 쏟아지는 바람에 그랬지. 너도 불장난하지 말고 조심해." 하셨던 기억이 난다. 어머니는 그 고생을 우리에게는 안 시키려고 그렇게 모질게 사셨나 보다.

어렸을 때 우리 집에 가끔 아버지 버금가게 인물이 훤한 할아버지가 오셨었다. 곱게 늙은 얼굴에 중절모를 쓰고 풀 먹인 모시옷을 깔끔하게 차려입은 할아버지였다. 내가 살던 숭의동에서 본 노인 중엔 제일 멋있어 보였다. 그 얘기를 하며 이모님께 물었다.

"그때 그 할아버지는 누구예요?"

"그러니까 그 할아버지가 니 엄마의 의붓아버지지. 그분도 참 좋은 분이셨는데 마누라 복이 지지리도 없었나 봐. 본부인이 애도 못 낳고 8년이나 시름시름 앓다가 죽고, 새로 들어온 년은 꼭 생쥐 얼굴을 해가지고. 얼마나 못됐는지. 그년은 재산이 탐나서 그 집에 들어왔는데 할아버지가 호적에 안 올려줬어. 그래서 화풀이로 니 엄마한테 그렇게 못되게 굴었나 봐. 엄마는 어쨌든 호적에 이름이 올라가 있었거든. 그렇게 독하게 굴더니 몇 년 못 살고 뒈졌어. 화병 땜에 지랄하다가 제 풀에 그렇게 간 거지. 그년은 꼭 팥쥐 엄마라니까. 일찍 뒈져도 싸지."

이모님은 마치 고생하던 어머니가 옆에 있기라도 한 듯 흥분하셨다.

"그 할아버지는 그년 상을 치르고 엄마는 그 뒤로 고생은 좀 덜 했지만 식모 역할은 계속했지. 그러다가 학교는 문턱에도 못 가 보고 니 아버지한테 시집을 간 거지. 니 엄마는 정말 아까워. 공부를 시켰으면 사법고시도 너끈히 붙어 판검사도 했을 텐데."

"어머니! 우리 딸이 어머니의 유전자를 물려받아 그 어렵다는 사법 시험에 합격해 어머니의 한을 풀었습니다."

그 순간 나는 그렇게 말하고 싶었다.

어머니는 그 어려운 살림 중에도 우리에게 죽어라 공부만 하라고 하셨다. 형이 중학교 다닐 때 집안이 너무 어려운 걸 알고 신문 배달을 하겠다고 하자 버럭 화를 내시며 "엄마가 지금 당장 잘살아 보자고 이 고생을 하는 줄 아냐? 공부는 때가 있는 거야. 앞을 볼 줄 알아야지. 엄마는 지금은 어려워도 니들이 공부 잘해서 좋은 대학 가고, 성공하는 게 꿈이다. 없는 집에선 공부 잘하는 게 최고야." 하셨다.

그 뒤로 어머니 말씀대로 형은 공부만 했다. 새벽 일찍 나가 버스가 끊길 때가 되어서야 집으로 돌아왔다. 서울대학교에 입학할 때까지 형의 인생에는 학교 집, 학교 집 외에는 아무것도 존재하지 않는 것 같았다.

이모님은 올해로 아흔셋이 되셨다. 나이 드시면서 운동도 많이 하고 성당, 노인 학교 등 활동을 많이 하셔서 건강한 편이었다. 그러나 나이는 어쩔 수 없는지 저번 생신 때는 고장 난 음반처럼 한 말을 또 하고, 조금 지나서 또 하신다. 인사를 드리면 "응! 왔어? 잘 지냈지?" 하시고 30분 정도 지나면 다시 "응! 언제 왔어? 애들은 잘 크지?" 하셔서 깜짝 놀랐다. 그러고는 또 한참 옛날이야기를 예의 그 활달한 수다스러움으로 전개해 나가신다. 옛날 일은 잘 기억하면서 30분 전의 기억은 자꾸 잊으신다. 오래된 음반의 홈이 낡아 '돌보지 않는, 돌보지 않는, 돌보지 않는'을 반복하다가 툭 건드리면 연이어서 '나의 사랑아' 하고 노래가 터져 나오듯이. 요즘은 이모님의 치매가 심해지시기 전에 옛날 일들에 대한 증언을 최대한 많이 들어 두어야겠다는 생각을 한다. 특히 우리 어머니에 대한 이야기를 내 머릿속에 낱낱이 기록해 두어야 한다는 생각을 한다. 연로한 이모님마저 돌아가시고 나면 더 이상 들을 수 없는 어머니의 역사를, 그 숭고한 정신을 「조선왕조실록」처럼 낱낱이 기억해야만 한다. 그 어머니에 대한 기억마저 없으면 난 천애의 고아가 된 기분일 것이다.

이모님은 새로 얹은 음반처럼 생기를 띠고 다시 말씀하신다. "6·25 때 엄마하고 나하고 구호물자를 타러 수인역에 갔었지. 한참 전쟁통이라 부잣집도 먹을 게 별로 없을 때야. 인천 상륙 작전으로 미군들이 월미도에 들이닥쳤단 얘기는 들었는데. 수인역에서 구호물자를 타려고 줄을 서서 기다리고 있는데 월미도 산꼭대기가 불빛으로 새빨간 거야. 연기도 자욱하고 천둥소리 같은 게 연이어 터졌지. 다들 겁에 질려서, 더러는 배급도 마다하고 줄행랑을 쳤지. 니 엄마랑 나는 무서웠지만 끝까지 기다려 옥수숫가루를 한 포대씩 타서 머리에 이고 집으로 달려왔단다. 굶어 죽으나 포탄 맞아 죽으나 매일반이었으니까. 운 좋으면 포탄은 피할 수 있잖아. 그렇게 군함에서, 폭격기에서 포탄을 억수로 퍼붓더니 하루 만에 잠잠해지더라고. 포탄을 얼마나 퍼부었는지 다음 날 날이 밝아서 그 수풀이 우거졌던 월미도를 보니까 꼭대기가 빨간 흙더미로 움푹하게 바뀌어 있었어. 월미도 산이 5분의 1은 없어져 버린 것 같더라고."

이모님의 축음기 바늘이 언제 또 음반에서 튈지 몰라 불안했지만 이모님은 마치 전쟁터 현장에 있는 것처럼 가쁜 숨을 몰아가며 이어 가셨다.

"다음 날 국군들하고 코쟁이들이 탱크를 앞세우고 줄줄이 지나가는데 해방 때처럼 눈물이 울컥 났단다. 우리 식구들은 피난을 못 가서 국군이 와도 박수를 치고 빨갱이가 와도 박수를 쳐야 했는데 그날은 박수를 치면서 나도 모르게 눈물이 나더라니까. 난 그때 얼마 안 있으면 전쟁이 끝날 줄 알았어. 인천 상륙 작전 3일 만에 서울을 다시 찾고 중앙청에 태극기를 꽂았지. 그런데 달포가 지나서 중공군이 인해전술로 다시 밀고 내려와 국군과 미군은 속절없이 밀리고 말았단다. 그때 군인뿐 아니라 민간인도 참 많이 죽었단다."

"그때 우리 엄만 몇 살이었어요?"

내가 물었다.

"내가 스물둘일 때니까 니 엄마는 열아홉 살이었지. 전쟁 중에도 니 엄마는 참 고왔어. 휴전되고 중매로 니 아버지를 만났는데 니 아버지가 엄마한테 푹 빠졌단다. 얼마 안 있어 살림을 합치고 숭의동 독합다리에 정착했지."

이모님은 지치셨는지 조카에게 커피 한잔을 부탁한다.

독합다리는 내가 태어난 동네다. 나는 보지 못했지만—못 본 것이 아니라 갓난아기였을 때라 기억에 없는 것이다—내가 태어난 동네 독합다리는 바닷물이 들어오고 그 사이에 다리가 있었다고 한다. 그래서 동네 이름이 독합다리가 된 것이다. 지금은 갯벌은 메워지고 다리도 없어졌다. 하지만 그때도 있던 평양옥이라는 식당은 맛집으로 '80년 전통 갈비탕'이라는 간판을 달고 여전히 장사를 하고 있다. 어머니가 돌아가신 뒤 몇 차례 아버지를 모시고 평양옥에 가서 갈비탕, 해장국을 먹으면 옛 추억 때문인지 그렇게 좋아하셨다. 우리 아이들도 그 집 음식의 맛을 인정해 주말이면 가끔 서울에서 일부러 찾아가곤 한다.

이모님은 말씀을 다시 이으셨다.

"니 엄마는 결혼하면서 팔자가 확 핀 줄 알았지. 나도 동생이 직장 좋고 잘생긴 총각한테 시집가서 얼마나 부러웠는지 몰라. 니 형이 태어났을 때 니 아버지가 얼마나 좋아했는지 아냐? 온 동네 떡을 돌리고 큰 잔치를 했단다. 돌 사진도 인천에서 제일 유명하다는 답동 '허바허바사장'에 가서 찍었어. 니 아버지는 북에서 혼자 월남해서 그런지 식구가 없다가 새로 생기니까 그게 그렇게 좋았던 모양이더라. 아버지는 니 형을 포대기에 맨날 업고 동네를 휘젓고 다녔어. 그때 니 형은 아기인데도 인물이 훤했었다. 눈도 크고 피부도 뽀얘서 동네 사람들이 무척 예뻐했지. 귀공자 같았어. 그때는 유치원이 드물 땐데 교대 부설 유치원이 생기자 새벽부터 줄을 서서 접수를 했지. 우리 집안에서 유치원 다닌 사람은 니 형밖에 없을 거야."

이모님은 목이 마르신지 물을 한 모금 들이켜셨다.

드나드는 인생, 넘나드는 인생

맏아들

    내 기억으로도 형은 우리 집에서 딴 형제들보다 귀하게 자랐다. 나는 항상 형의 옷, 가방, 심지어는 교복까지 물려받아야 했다. 중학교 때는 한 치수 큰 형의 교복을 입고 다녔는데 창피해서 학교에 가기 싫을 정도였다. 형은 머리도 좋았지만 노력파였다. 밥 먹으면서도, 화장실 갈 때도 손에서 책을 놓지 않았다. 중학교 2학년 때는 한동안 어머니가 도시락을 네 개 싸 주시면 형의 학교에 들러서 세 개를 주고 다시 내가 다니는 중학교로 가기도 했다. 형은 새벽에 나가서 밤 11시나 돼야 집에 돌아왔다. 형은 학교 수업이 끝나면 종일 도서관에 박혀 있다가 막차를 타고 집에 돌아왔다. 나도 그렇게 지독하게 공부했으면 장관이나 대학 교수도 될 수 있었을 것이다. 형은 의자에 너무 오래 앉아 있어 대학교 2학년 때 치질 수술을 받아야 했다. 형은 노력 덕분에 인천에선 제일 좋은 코스를 마쳤다. 교대 부속 유치원, 부속 초등학교, 인천중학교, 제물포고등학교, 서울대학교, 동 대학원, 뉴욕 주립대 박사 학위까지.

    어머니는 형이 서울대학교에 합격했을 때 시장 사람들에게 한이라도 푸는 듯 자랑을 했다. 누가 "큰아들 어느 대학 갔어?" 하고 안 물어보는 것을 섭섭해할 정도로 자랑스러워했다. 형은 어머니 때문에 1학년 내내 왼쪽 어깨에 금박 로고가 새겨진 교복을 입고 다녀야 했다. 없는 집에서 서울대학교 합격은 진정한 효도라고 생각했다. 샘 많은 나도 자랑스러웠고 친구들에게 자랑질을 많이 했다.

형은 줄곧 우리 집의 자랑거리였다. 형은 대학원 졸업 후 스물일곱의 늦은 나이에 이등병을 달고 군에 입대해 이태원에 있는 육군 경리단에서 군 생활을 했다. 경리단은 육군 전체의 예산을 집행하는 곳으로 하는 일보다는 야구단이 유명했다. 그 무렵 장효조, 김재박, 서정환, 김일환 등 프로 야구 초기 멤버들이 병역을 대신해 야구 선수 생활을 하던 때라 그해에 전국 제패를 세 번이나 했다. 형의 입대 2개월 후 어머니와 나는 면회를 갔다. 어머니는 불고기, 닭강정, 떡, 과일 등을 바리바리 싸셨다. 나는 ROTC 장교로 소위로 임관해 육군 보병학교 4개월 훈련을 마치고 자대 배치를 기다리며 휴가 중이었다. 면회소에서 10분 정도 기다리고 있는데 형이 다리를 찔뚝거리며 어병병한 표정으로 나타났다. 이등병 계급장을 단 형은 얼이 빠진 사람 같았다. 스물일곱 살 똑똑했던 청년, 불같은 성질의 모습은 어디 가고 바싹 기가 죽은 이등병이 거기 앉아 있었다. 내막을 들어 보니 상고를 막 졸업한 스무 살 남짓의 고참들이 나이 많은 형의 군기를 잡는다고 무지하게 팼던 모양이다. 어머니와 나는 외출 허가를 얻어 형을 가까운 병원에 데리고 가 치료를 받게 했다. 엉덩이는 까맣게 멍들고 잔뜩 부어 있었고 다리를 심하게 절룩거렸다. 소위 계급장을 단 정장 군복을 입은 나는 피가 거꾸로 솟고 분했지만 참을 수밖에 없었다. 어머니는 눈물을 억지로 참고 있는 듯했다. 다음 면회 때 어머니는 한약을 한 재 지어서 가셨다. 형의 그 어병병함은 6개월 뒤 면회 갔을 때 보니 사라지고 없었다. 일등병 계급장이 제법 어울려 보였다.

형의 젊은 시절은 말 그대로 불같았다. 불같은 성격 때문에 어머니와 갈등도 많았고 나와도 많이 다투었다. 덩치 큰 형과 힘으로 싸우다 안 되면 이로 닥치는 대로 물어뜯으며 대들었다. 제물포에서 대학로 동숭동까지 통학하던 형은 대학교 1학년 말 서울에서 입주 과외를 시작했다. 형과의 다툼도 피할 수 있고 좁은 단칸방도 넓어져 좋았고, 어머니의 경제적 부담도 덜 수 있어 좋았다.

형은 입주 과외를 하던 중 그 집 큰딸과 사귀기 시작했다. 사진으로만 보았지만 그 누나는 서울 부잣집 규수처럼 세련되고 예뻤다. 이듬해 형은 그 누나와 설악산, 경포대, 부산 등지로 여행을 다녔다. 1년 정도 사귀다 우리 집이 가난하다는 이유로 그 집 부모는 헤어지라고 했다. 결국 헤어지게 되었고 형은 다시 집으로 돌아왔다. 형은 그 누나를 못 잊어 한동안 무척 괴로워했다. 어머니는 그만 잊으라고, 세월이 지나면 다 잊힌다고 하며 위로했지만 위로가 되지 못했다. 어머니는 가난이 당신 탓인 것처럼 자책하시는 것 같았다. 어머니 말대로 세월이 지나니 형도 그 일을 잊었다. 그 일 이후 형의 성격은 더 불같아졌다. 나는 집안의 평화를 위해서 더 이상 형에게 대들지 않고 비위를 맞추려고 애를 썼다.

1974년 가을. 조용히 공부에만 전념하는 줄 알고 있던 형이 어느 날 긴급 조치 위반으로 잡혀갔다는 청천벽력 같은 소식을 듣게 되었다. 대학가에는 유신 체제 반대 데모가 극렬하게 벌어지고 있었다. 형은 주동 세력으로 몰려 구치소에 갇혔다. 보름 만에 형은 풀려났고 그 뒤로 넋이 나간 사람처럼 침묵으로 일관하며 공부에만 전념해 무사히 졸업했다. 그 무렵 서울대학교는 동숭동 캠퍼스에서 관악 캠퍼스로 이전 중이었다. 형은 동숭동에서 입학식을 하고 신림동에서 졸업식을 했다.

어머니의 선행

이모님은 조카가 타 온 커피를 홀짝 들이켜시고 말을 이었다.

"니 엄마는 동네에서 짠돌이로 소문이 나 있었지만 남모르게 좋은 일을 많이 했었단다. 시발택시 기사 부인이 애를 낳다가 중병에 걸렸을 때 수술비로 큰돈을 대 주기도 하고 춘궁기[2]에 동네 농사짓는 사람들에게 이자 없이 쌀을 대 주기도 했단다. 내가 사는 이 집도 엄마가 큰돈을 보태 주어 샀단다. 덕분에 몇십 년간 집 걱정 없이 애들하고 잘 살았지. 김장철이 되면 니 엄마는 배추를 500포기씩 사 온 집

---

[2] 소규모 농사를 짓는 사람들이나 소작농을 하는 사람들이 가을에 수확한 곡식이 바닥나 먹을 것이 없는 궁핍한 시기로, 고리로 곡식을 빌려 끼니를 때우다가 다시 가을에 되갚는다. 가난한 농부들은 매년 이런 악순환에서 벗어나지 못했다. '보릿고개'라는 말이 여기서 생기게 되었다.

안 식구들을 동원해 김장을 담갔단다. 우리 집은 물론 동생 집, 어려운 이웃들에게 나누어 주느라고 그 고생을 했지."

돌이켜 생각해 보니 겨울이 되면 큰 트럭에 연탄을 가득 싣고 집집마다 연탄을 40~50장씩 내려 주던 기억이 난다. 나는 어릴 적 어머니가 돈 욕심에 연탄 장사까지 하는 줄 알았었다. 짠돌이 엄마로만 생각했었는데 어머니의 다른 면을 알게 돼 놀랐다.

이모님은 커피를 한 모금 들이켠 뒤 다시 말을 이었다.

"우리 남매는 어렸을 때 어려웠던 형편에 아버지가 배를 타다 돌아가시고 더 어려워져 매일 일어나면 끼니 걱정을 해야 했었다. 그나마 갯벌이 가까워 할머니와 나는 조개를 잡아 팔기도 하고 팔다 남은 조개를 소금만 넣고 삶아 매일 먹어야 했지. 6·25 전쟁이 터지자 그나마 미군들이 나눠 주는 구호물자를 타다가 옥수수죽을 끓여 먹는 게 그렇게 맛있을 줄 몰랐단다. 독쟁이 고개에 미군 군수 부대가 들어와 주둔하면서 미군들이 먹다 남긴 꿀꿀이죽[3]을 타다가 먹으며 허기를 달랬단다. 미제美製라 그런지 맛도 좋았고 배고픔을 면하기 좋았지만 더러 담배꽁초도 들어 있었고 휴지도 섞여 있었다. 찬밥 더운밥 가릴 처지가 아니었으니 그나마 고마운 선물이었지. 그때의 기억 때문에 우리 집 애들이 외식을 한다고 부대찌개를 먹자고 하면 나는 한

---

3) 먹다 남은 음식 잔반을 모아 끓인 죽으로 6·25 전쟁 시 미군이 먹고 남긴 잔반을 타다가 다시 끓여 먹는 데서 유래 되었다. 요즘 인기 있는 부대찌개도 꿀꿀이죽에서 유래되었다.

1부 나의 독백

사코 반대하지. 소시지나 햄 통조림은 냄새도 맡기 싫단다."

마침 옆집 아주머니가 찐 옥수수를 들고 오신다. 이모님은 김이 모락모락 나는 옥수수를 받아 내려놓으시며 얘기를 이어 갔다.

"그 당시 인천은 피난 갔다가 돌아오는 사람, 북에서 넘어온 사람들로 넘쳐났지. 황해도에서 가깝기도 하고 서울이 가까우니 일자리도 많을 것으로 기대하고 많이 몰려들었지. 주로 서해를 타고 배편으로 넘어오는 사람들이 많았어. 뱃삯이 넉넉지 못한 사람들은 북에서 가까운 강화나 인천에서 내렸고, 여유 있는 사람들은 안전한 안면도, 서산, 당진에서 내렸고, 돈이 많은 사람들은 군산, 목포, 부산까지 내려갔단다. 그렇게 내려 살기 시작한 곳이 제2의 고향이 된 셈이지. 인천에서 정착한 북한 사람들은 가진 게 없으니 주로 장사를 하는 사람들이 많았다. 생활력이 강해 빠르게 성공한 사람들이 많았다. 니아버지도 이르게 성공한 사람 중에 하나였지. 니 아버지는 니 엄마를 만난 게 제일 큰 성공이라고 생각한다. 엄마가 아니었으면 니들 학교도 못 다니고 돈벌이하며 컸을 거야. 니 아버지는 체면치레가 그렇게 중요한지 사업이 실패해 쫄딱 망했어도 넥타이 매고 다니면서 뜬구름만 잡고 다녔어. 엄마라고 체면이 없었겠냐. 부끄러움 무릅쓰고 시장에 나가 그 고생을 한 덕분에 니들 다 대학 보내고 잘 키웠잖냐."

"저도 잘 알아요. 돌아가시기 전에 잘해 드렸어야 하는데 그러지 못해 죄송하죠."

"니들도 고생 많았지. 어려운 중에도 공부 열심히 해 다 대학을 마

150

치고 착하게 살아왔으니 고마운 일이지."

피치 못해 가는 요양원

　얼마 전 이모님 손녀가 천안에서 결혼식을 해 갔더니 이모님이 안 보였다. 사촌 동생에게 물었더니 요즘 치매가 심해져 요양원에 모셨다고 한다. 가끔 고장 난 카세트처럼 30분 전 기억을 깜빡깜빡하시긴 했지만 그 정도는 아닐 텐데 생각했다. 하지만 수십 년간 모시며 살아온 똑소리 나는 사촌 형수도 지쳐서 그런 결단을 내렸으리라 생각했다. 이모님의 큰딸도 이른 나이에 치매가 왔지만 매형과 아들들이 뒷바라지하며, 좋아지길 기대하며 집에서 같이 지내고 있다.

　요즘은 요양 병원이나 요양원이 많이 생겼고 국가 보조금도 지급해 쉽게 요양 시설로 모시지만 요양 시설이 없던 시절을 생각해 보면 너무 쉽게 시설로 모시는 게 옳은 일인가 하는 생각이 든다. 나부터도 어머니를 요양 시설에 모시지 않았던가. 요양 시설이 생긴 지가 그리 오래되지 않았는데. 주변에 친구나 지인들을 보면 부모들이 생존해 계시면 열에 여덟은 요양 시설에 모시고 효도를 한다며 면회를 열심히 다닌다. 대부분 어르신을 처음 시설에 모시고 나면 죄송한 마음에 매주 형제들을 모아 면회를 간다. 한 달이 지나고 나면 2주에 한 번, 서너 달이 지나고 나면 한 달에 한 번 가기도 한다. 그러다 보면 요양 시설에 계신 어르신들은 점점 몸이 수척해지고 기억을 잃어 가기 시작한다. 모든 자식이 그렇지는 않지만 점차 부모님이 자식들을 기억하지 못할 정도로 상태가 안 좋아지는 것을 마음 편하게 느끼기도 한다. 그래야 본인들의 불효를 모르게 되고 덜 죄송스러우니까.

　요즘 지인들의 부모님들이 돌아가셔서 조문 차 장례식장을 방문해 대화를 나누어 보면 요양 시설에 계시다 돌아가신 분이 대부분이다. 유족이 되는 자식들도 그 나이가 되면 대부분 요양 시설에서 그렇게 생을 마감하는 것을 당연한 일로 받아들여야 하겠지만, 당사자가 그렇게 되기를 바라는 사람은 없을 것이다. 더러 지인들과 대화를 하다 보면 "그런 상황이 되면 '칵!' 칼을 물고 자살하고 말지. 그렇게 시설에서 마지막을 보내다가 죽기는 싫어." 하는 친구도 있다. 그럴 때 나는 "그때가 되면 본인이 선택할 수 있는 건 아무것도 없네. 살아 있는 동안 잘 지내다가 시설에 수용되면 감옥보다는 훨씬 좋구나 생각하고 즐기는 마음으로 지낼 수밖에."라고 답한다. 어느 날 자다가 갑자기 저세상으로 가면 그 이상 좋은 임종이 없을 것 같다. 지인들과 이런 얘기를 하다 보면 공감을 하면서도 다른 얘기로 화제를 돌리며 피하고 싶어 한다.
　연로하신 부모님들을 보살피는 고민을 누구나 가슴 깊이 하고 있고, 각각 사정은 다르지만 '너 같으면 어떻게 하겠냐?' 하는 의문을 갖게 한다. 내 주변의 친한 지인들의 사정들은 모두 제각각으로 다르지만 연로하신 부모님이 생존해 계시는 자식들은 거의 이러한 고민으로 부터 자유롭지 못한 것이 대부분이고 흔하게 접할 수 있는 일이 되어 버렸다.

주변인들의 부모 케어

친한 친구 영수는 신입 사원 시절에 만난 입사 동기로 청주의 윤택한 교육가 집안에서 태어났다. 아버지는 중학교 교장 선생님을 지내셨고 어머니는 교감 선생님을 지내셨다. 영수는 유도 선수 출신답게 우락부락한 인상이지만 의외로 피아노를 잘 치고 노래도 가수 뺨칠 정도로 잘해 음악에 소질이 있는 친구다. 나와 노래방을 가면 박인수, 이동원이 불렀던 「향수」를 듀엣으로 구성지게 부르곤 했다. 어릴 적 피아노가 집에 있을 정도면 상당한 부잣집이었을 것이다. 어머니는 일제 강점기에 일본인에게 피아노를 배우셨다고 한다. 영수는 어머니에게 어릴 적부터 피아노를 배워 독주를 할 정도로 피아노를 잘 친다. 대학에 다니던 영수는 캠퍼스 커플로 연애를 하다가 임신이 되어 급하게 결혼을 해 '캠퍼스 부부'가 되었다. 아내는 학교를 그만두고 시집살이를 했다. 대학 졸업 무렵 아버지가 돌아가시고 영수는 전방 부대 소위로 근무를 시작했다. 내외는 최전방으로 이사를 했다. 제대 후 나와 같은 회사에 입사하면서 청주의 저택을 처분하고는 어머니를 모시고 강동구에 있는 아파트로 이사를 오게 되었다. 아내는 여섯 살 난 아들을 시어머니에게 맡기고 방문 교육 일을 했다.

어머니는 남편을 잃은 슬픔 때문인지 서울 생활이 낯설어서인지 우울증 증세를 보였고 점차 치매 증세를 보였다. 해가 갈수록 증세가 심해져 아내는 방문 교육을 그만두고 시어머니 뒷바라지를 했다. 하지만 어머니는 치매 증상이 점점 심해져 종종 자해를 하기도 하고 벽에 분뇨를 발라 놓는 등 증세가 날이 갈수록 심해졌다. 당시에는 변변한 요양 시설이 많지 않았고 자식들이 시퍼렇게 살아 있으면서 어머니를 요양 시설에 맡기는 것도 내키지 않아 한동안 불편한 동거를 하게 되었다. 가슴 아픈 일이지만 식구가 없을 때의 안전을 위해 어머니의 두 팔과 다리를 묶어 두고 나온 적도 있다고 했다. 1년을 그렇게 지내다가 영수는 동생들과 상의해 어머니를 요양원에 입원시켰다. 어머니는 그렇게 시작된 요양 생활을 무려 22년이나 하시다 돌아가셨다. 임종 5년 전부터는 전혀 사람을 알아보지도 못하셨고 목줄과 링거에 의지해 목숨만 이어 갔다. 입원할 때 여섯 살이던 손녀가 결혼할 때까지 퇴원하지 못하고 요양 시설을 떠돌다 돌아가셨다. 영수 어머니의 22년간의 생활을 과연 살아 계셨다고 할 수 있을까? 할 수 있다면 스스로 목숨을 끊고 싶은 적은 없었을까? 그 긴 시간을 무슨 생각을 하며 살아갔을까? 떨어져 지낸 자식들은 판결받지 않은 죄인의 심정으로 살아가지 않았을까? 내 어머니는 어땠을까? 온갖 생각을 하며 영수 어머니의 장례식장에 들어섰다. 상갓집 분위기는 슬픈 기색이 전혀 없었다. "긴병에 효자 없다."라는 말이 실감 났다.

나와 같은 업종에 종사하는 동배라는 후배가 있다. 젊어서 힘깨나 썼던 거구의 사나이로, 복싱으로 다져진 육중한 체격이다. 거리를 나서면 행인들이 피해 갈 정도로 위압감을 지녔지만 보기와 달리 착한 친구다. 동배는 탄광촌인 삼척에서 태어났다. 아버지는 삼척 탄광의 광부로 잔뼈가 굵은 분이라고 했다. 동배가 초등학생 시절 부모님은 안산으로 이주해 고물상을 운영했다. 동배는 고등학교 졸업 후 벽지 인쇄용 동판을 제작하는 중소기업에 취업해 생산, 영업, 배송 등을 총괄했다. 회사로부터 신임을 받아 부장으로 근무했다.

별달리 취미가 없던 동배는 주택복권을 사는 것이 취미였다. 운 좋게 1등에 당첨되어 16억이라는 거금을 손에 쥐었다. 동배는 신도시에 새로 입주하는 아파트를 사고 부모님에게는 고향인 동해에 마당 넓은 집을 사 드렸다. 부모님은 고물상을 접고 고향으로 가셨다. 마침 동배의 형이 동해에 살면서 해군 부사관으로 근무해 부모님은 아들만 넷인 손주들을 가까이에서 보게 되었다. 동배 아버지는 오랜 탄광생활로 생긴 직업병으로 고생하며 텃밭을 가꾸며 지냈다. 어머니는 요양사 자격을 취득해 아버지를 돌보며 요양사 일을 하며 생계를 이어 갔다.

곧이어 동배는 회사를 퇴직하고 단골로 드나들던 바bar를 인수해 여자 친구와 영업을 시작했다. 그 무렵 우리 업계에 종사하는 지인들과 바에 드나들며 동배를 알게 된 것이다. 잘되던 바는 개업한 지 1년이 안 돼 코로나가 터져 야간 영업을 못 하게 되어 적자를 이어 갔다. 2년간 운영을 하다가 직원에게 가게를 헐값에 넘기고 나와 같은 업종인 헌 옷 재활용 사업을 시작했다.

얼마 뒤 갑자기 아버지가 돌아가셨다는 연락을 받았다. 수년간 관절염으로 투병 생활을 하시던 아버지가 척추에 이상이 생겨 수술을 받았는데, 회복실에 돌아온 후 고열 증세를 보이다가 갑자기 돌아가셨다고 한다. 업계 동료들과 조문 차 동해 장례식장을 찾아갔다. 해군 제복을 입은 동배 형의 동료들로 북적였고 건장한 조카들이 수문을 지키듯 검은 양복을 입고 도열해 손님을 맞고 있었다. 오랫동안 투병 생활을 하다가 돌아가셔서인지 침울한 분위기는 아니었다. 하지만 유독 수척한 모습의 동배 어머니는 넋이 나간 사람처럼 말을 잊고 슬픔에 젖어 있었다.

장례를 치르고 동배는 안산으로 돌아왔다. 그러나 갑작스런 남편의 죽음으로 충격이 심했는지 홀로 지내시던 어머니는 우울증과 치매 증세를 보이기 시작했고, 그 증세가 점차 심해져 자해를 하기도 했다. 급기야 형제들은 어머니를 동해의 요양 병원에 모시고 주말마다 면회를 다녀야 했다. 형은 해군이어서 군함을 타고 나가면 두세 달은 집에 오지 못했다. 동배는 여자 친구와 함께 간간이 텅 비어 있는 시골집에 들러 정리를 했다. 하지만 열흘만 지나면 마당과 텃밭에 잡초가 무성하게 자라 흉가로 변할 지경이었다. 급기야 동배는 친구들을 불러 마당에 있는 농작물과 나무들을 모두 뽑아 버리고 제초제를 뿌려 잠재웠다. 주말마다 왕복 여덟 시간을 오가며 어머니와 시골집을 관리하다 지친 동배는 시골집을 인근 부동산 사무실에 매물로 내놓았다. 어머니는 집 가까이 있는 안산의 요양 병원으로 모셨다. 아들과 가까운 곳에 입원해서인지, 동배와 여자 친구의 잦은 문병 때문인지 어머니는 급속도로 회복이 되었다. 어머니는 여자 친구를 유난히 예뻐하며 당신이 죽기 전에 빨리 결혼하라고 했다.

죽기는커녕 어머니는 입원 5개월 만에 거의 온전한 상태로 다시 돌아왔다. 치매 환자인 어머니는 오히려 요양 병원 내에 계신 환자들의 뒷바라지를 하며 요양 보호사들의 일을 도우며 지낼 정도로 좋아지셨다. 주말에는 동배 내외의 면회로 공원 산책을 하기도 하고 외식을 하며 희망적인 생활을 할 수 있었다. 어머니는 빨리 퇴원해서 요양사 일을 하며 살고 싶다고 했다. 담당 의사는 섣불리 결정하지 말고 조금만 더 지켜보자고 했다.

지극정성 때문인지 요양원 입원 7개월 뒤 의사는 "이제는 정상 생활이 가능할 정도로 회복되셨으니 퇴원하셔도 되겠습니다. 한두 달 뒤 요양사 면접을 보러 오세요. 병원에 계신 환우들이 무척 환영하실 겁니다."라고 농담을 하며 건강 관리 유의 사항을 알려 주었다. 아버지의 갑작스러운 사망으로 일시적인 충격을 받아 우울증과 급성 치매가 발생했지만 가족의 관심과 사랑으로 치유가 된 것이다.

한 달 후 동배는 어머니가 거주하실 원룸을 계약하고 가구 등 살

157

림살이를 새로 사 입주를 시켰다. 동배는 반려견을 입양해 어머니의 친구를 만들어 주었고 어머니는 거의 매일 강아지와 산책을 하며 건강을 회복했다. 퇴원 석 달 후 어머니는 면접을 거쳐 가까운 동네에서 방문 요양사 일을 즐겁게 하고 계신다. 치매 환자가 1년이 안 되어 건강을 되찾고 치매 환자를 돌보는 요양사가 된 드문 경우다.

　내가 운영하고 있는 사업장에서 중책을 맡고 있는 전성만 이사의 경우는, 아버지가 먼저 돌아가신 후 어머니 홀로 강화의 집성촌에서 농가와 농토를 지키며 살아가고 있었다. 연로하신 아버지의 농토는 사촌들이 현대식 농기계로 농사를 지으며 수확의 일부를 어머니에게 드리는 형태로 이어 가고 있다. 부모님은 조상 대대로 물려받은 농토에 농사를 지으며 아들 셋, 딸 둘을 모두 대학에 보내 농사 이상으로 자식 농사도 잘 지었다. 인천에 집을 사 초등학교 고학년이 되면 인천으로 유학을 보내 형 누이들이 동생들을 돌보며 모두 대학을 졸업했다. 전 이사의 형은 인하대 기계공학과, 전 이사는 인하대 경영학과, 전 이사의 아들은 인하대 전자공학과를 졸업해 모두 인하대 동문이 되었다. 누이들은 모두 간호대를 나와 간호사를 했다. 형은 회사를 다니다 독립해 여주에 건축 자재 공장을 차려 안정적으로 운영해 나가고 있고 큰누이는 결혼 후 미국으로 이민 가 잘 살고 있다. 고향인 강화에서 어머니 혼자 오래된 한옥을 지키며 살고 있지만, 가까이 사는 일가친척들과 왕래하는 것 외에 소일거리가 없어 외로운 생활을 하고 있었다. 어쩌다 생신이나 명절 때 자식들과 손주들이 방문해 외로움을 달래지만 그때뿐. 전 이사는 종종 주말에 고향 집을 찾아 새는 지붕을 고치기도 하고 텃밭에 제초제를 뿌려 정리도 하며 어머니의 외로움을 달래기도 했다.

그러던 중 사촌에게서 어머니가 응급실에 실려 가셨다는 연락을 받고 병원을 찾으니 마루에서 내려오다가 고꾸라져 고관절에 금이 갔다고 한다. 담당 의사는 어머니가 워낙 고령이어서 수술을 해도 완쾌를 장담할 수 없다고 했다. 어머니는 5일 후 약 처방을 받고 퇴원해 집으로 돌아왔지만 아무도 돌볼 사람이 없었다. 이웃에 사는 사촌과 가까운 친척들이 드나들며 도움을 주었지만 매일 식사와 거동을 면밀히 살피기에는 무리였다. 장애 등급을 신청해 낮 시간에 도움을 주는 방문 요양사를 구했지만 요양사가 가고 나면 홀로 지내기는 무리였다. 거의 앉은뱅이로 기어다니며 가사 일을 하고 대소변을 가려야 했다. 주말에는 교대로 자식들이 방문해 돌봤다. 하지만 어머니도 지치고 자식들도 지쳐 더 이상 버티기 힘들어지자 어머니를 편안히 모신다는 명분으로 요양 병원에 모셨다. 입원 일주일 후 어머니는 형제들에게 뻔질나게 전화를 하기 시작했다. 정신이 말짱하고 깔끔한 성격의 어머니는 치매 환자들과 함께 지내는 것이 견딜 수 없었고 점점 우울해지는 것 같아 집으로 돌아가고 싶다고 했다. 입원 한 달 만에 어머니는 집으로 다시 돌아오셨고 동네의 아주머니에게 비용을 지불하며 심야 시간 외의 보살핌을 맡겼다.

보름 뒤 어머니는 갑자기 통증이 심해 이웃들의 도움으로 응급차를 타고 읍내 큰 병원에 입원하셨다. 며칠간의 검사 후 폐암 4기를 진단받았다. 가족들은 고령인 어머니의 수술 여부를 두고 고민하다 수술을 하기로 결정하고 일정을 잡았다. 수술을 하던 중 보니 암이 주변 부위에 너무 넓게 퍼져 손을 대기에 어려운 지경이었다고 한다. 가족들과 상의 후 응급 처치만 한 뒤 봉합을 하고 장기간 입원을 하셨다. 어머니에게는 수술이 잘되었다며 약을 꾸준히 잘 드시면 완쾌가 될 거라고 거짓으로 위로를 했다. 그러는 사이 30년째 미국에 살고 있는 누이 부부는 아이들을 동반해 7년 만에 휴가를 내고 방문했다. 보름간의 체류 기간을 어머니 병문안, 시댁 방문, 친구 모임 등으로 바쁜 일정을 보냈다. 가망 없는 어머니를 두 차례 병문안한 후 언제 다시 볼 수 있을지 기약 없이 다시 미국으로 돌아갔다. 어머니의 병세가 장기화되자 다시 요양 병원으로 거처를 옮기고 언제일지 모르는 다음 일정을 기다리고 있다.

아내의 친구인 희숙 씨의 부모님은 지금의 수색역 부근에 적지 않은 농토를 갖고는 시부모님을 모시고, 농사도 짓고 양돈도 하며 신혼살림을 시작하셨다고 한다. 지금은 도심 번화가가 되었지만 당시에는 농사를 지어 시부모, 4남매를 부양하는 일이 쉽지 않았다고 한다.

농토 부근이 번화해지면서 부동산 가격은 치솟았고 일부 농토를 처분해 점차 여유로운 생활을 할 수 있었다. 하지만 시부모님이 돌아가시고 아버지 형제들과의 재산 다툼이 빈번해졌다. 그 무렵 아버지는 새로운 여자가 생겨 자그마한 집을 사 딴 살림을 차렸고 아들을 하나 낳았다. 장녀인 희숙 씨는 상고를 나와 식품 회사에 입사해 근무하던 중 직장 상사의 소개로 남편을 만나 결혼했다. 남편은 홍성에서 고등학교를 나와 9급 공무원으로 총리실 예산처에 근무했다. 남편은 성실한 사람으로 직장 생활을 하면서 야간 대학을 졸업하고 시험을 거쳐 7급, 5급 공무원으로 승급을 하며 승승장구했다. 나이가 들면서도 노력을 아끼지 않아 홍성군 지명직 부군수를 지냈다.

농사를 짓는 어려운 살림에 각고의 노력으로 사회적 지위를 얻었지만 딴 살림을 사는 아버지는 늘 골칫거리였다. 아버지의 새 여자는 아들을 낳고 살면서 끊임없이 재산을 요구했고, 50대 중반에 병을 얻어 죽고 말았다. 이복동생은 독립했고, 아버지는 늦은 나이에 혼자가 되어 정부의 지원으로 연명하다가 병이 생기고 치매 증세가 보이자 스스로 살던 집을 정리하고 요양원에 자진 입소했다. 어차피 가족들과 왕래가 끊기고 다시 본처가 있는 집으로 들어가기도 불편해 요양원이 더 편하리라 생각한 모양이다. 돌아가실 때까지 나름 요양원에서 3년간 편하게 지내셨다고 한다. 상갓집에서 눈물을 흘리는 유족은 볼 수 없었지만 회한의 침통한 분위기가 맴돌았다.

어떤 사연이건 나이가 들어 혼자가 된다는 것은 어떤 기분일까. 내가 혼자가 된다면 외롭고 쓸쓸한 삶을 어떻게 견딜 수 있을지 생각만 해도 끔찍하고 두렵다. 홀로 저녁을 차려 먹고 잠에 들고 아침에

161

일어나면 침묵이 맴돌고 서늘한 분위기를 잘 견딜 수 있을지. 정해진 일이 있으면 그나마 견딜 수 있겠지만 더 나이가 들어 일도 하지 못할 지경이 되면 어떻게 견딜 수 있을지. 내가 좋아하는 산책을 하고 음악을 듣고 넷플릭스 영화를 보며 시간을 메워 갈 수는 있겠지만 나머지 시간은 무얼 하며 지낼지.

어릴 적 나의 외할머니는 외삼촌과 함께 용현동 산꼭대기에 흙벽돌로 지은 소박한 집에 살고 있었다. 외삼촌은 군 복무를 마치고 제대해 전자 제품 수리점을 했다. 수리점이라고 해야 작은 라디오, 시계를 주로 고치는 조그만 가게였다. 우리 형제들이 가면 삼촌은 군대에서 찍은 흑백 사진을 보여 주며 무용담을 들려주곤 했다. 철모를 쓰고 소총을 둘러멘 사진은 마치 전쟁터에서 막 돌아온 참전 용사 같았다. 삼촌은 어린 우리에게 여자 친구의 사진을 보여 주며 자랑도 늘어놓았다. 우리는 부모님의 심부름으로 가기도 하지만 부모님 없이 10리를 걸어 삼촌 가게에 자주 들렀다. 삼촌은 우리가 갈 때마다 어김없이 구리 동전을 내주었기 때문이다. 삼촌은 인물도 좋지만 우스갯소리를 잘해 어린 조카들에게나 여자들에게 인기가 많았다. 얼마 후 삼촌은 결혼을 해 외할머니와 같이 살았다. 친구들과 어울리기를 좋아해 일이 끝나면 자주 술을 마시며 어울렸다. 냉장고, 전축, TV, 세탁기, 전화기 등 첨단 제품이 쏟아져 나오면서 영세한 가전제품 수리점이 사양길에 접어들었다. 삼촌은 가게를 정리하고 아버지의 사업

일을 돕기도 했지만 아버지의 사업이 망하면서 건축 현장의 전기 공사 일을 시작했다. 전기 공사 일을 하면서 비교적 안정적인 수입으로 송도에 번듯한 아파트도 장만하고 행복한 생활을 이어 갔지만 70에 접어들어 알코올성 치매가 생겨 정상적인 생활을 할 수 없게 되었다. 젊을 적 나의 우상이었던 삼촌이 우리를 못 알아보고 횡한 눈빛의 초라한 모습으로 남아 있는 게 안타까웠다.

외숙모는 생계를 위해 집을 담보로 대출을 받아 동암역 인근에 프랜차이즈 주점을 오픈했다. 하지만 1년이 안 돼 폐업하고 빚만 남았다. 삼촌의 치매 증상은 날로 심해져 집에서 케어할 수 없는 지경에 이르렀고, 케어에 지친 가족들은 요양 시설에 삼촌을 모셨다. 3년 뒤 삼촌은 돌아가시고 외숙모는 송도의 아파트를 팔아 빚을 갚고 빌라로 이사를 했다. 영원할 것 같았던 나의 우상이 치매로 고생하다가 쓸쓸히 인생을 마치게 된 것이다. 또한 그것이 나의 일이 될 수도 있다는 생각을 하니 허망했다.

동생이 원장으로 근무하던 요양 병원의 주소를 찾기 위해 김포 소재 요양 병원을 인터넷으로 검색했다. 대형 요양 병원 홈페이지 상단에 여러 개 업체의 팝업 광고가 눈에 띄었다. 장례식장, 상조 회사, 근조 화환, 수의, 상복 대여 등의 팝업 광고가 올라왔다. 심지어 요양 병원이 장례식장을 겸하는 곳도 있었다. 요양 환자가 극적으로 회복해 퇴원하는 경우는 없는 것인가. 크루즈 여행, 전원주택 같은 노인을 위한 광고는 필요 없는 광고일까? 환자의 죽음을 기다리는 상품들을 판매하는 광고를 요양 중인 환자 가족들이 보면 어떤 생각이 들지 씁쓸한 생각이 들었다.

한 번 들어가면 죽기 전에는 나오기 어려운 요양 병원, 요양원. 가족들은 요양 시설에 연로하신 부모님을 유기한 후 처음에는 지극정성으로 방문하고 케어한다. 입원 초기에는 면회도 자주 가고 음식도 정성껏 준비하지만 시간이 흐르면서 점차 시들해지고 "집에 가고 싶어.", "보고 싶어.", "먹고 싶어." 하는 말들을, 이별을 준비하는 서글픈 표정을 애써 외면하고 만다. 차라리 부모가 증세가 더 심해져 모든 걸 망각하는 게 훨씬 편할 수도 있다고 생각하게 된다. 치매가 심해 자식을 못 알아보는 편이 더 마음이 편하게 느껴질 수 있게 되고 마는 것이다.

어머니의 치열한 삶

돌이켜 보면 어머니처럼 치열하게 살아온 분도 드물 것이다. 모든 어머니들이 그렇겠지만 평생 어머니 자신을 위해 살지 않고 가족을 위해서 자식을 위해서 희생하고 봉사하며 살아갔다. 한때라도 어머니 스스로를 위해 즐겼던 적이 있을까. 어머니 스스로를 위해 고급스러운 물건을 사 본 적이 있을까. 어머니에게 사치라고 하면 방문 판매원 아주머니에게서 산 동동 구리무, 루주, 벨벳 원피스가 고작일 것이다. 1931년 일제 치하에 태어나 궁핍한 삶을 살다가 어린 나이인 여덟 살에 아버지를 잃었다. 열세 살 꽃다운 나이에 궁핍한 식구들의 입을 줄인다고 수양딸로 가 팥쥐 엄마 같은 계모의 학대를 받아가며 거의 식모 같은 생활을 했다. 동네에서 어려서부터 명석하다는 소리를 들어 왔지만 형편상 학교라고는 문턱에도 가 보지 못했다. 스무 살에 6·25 전쟁을 겪고 스물네 살에 아버지를 만나 결혼해 우리를 낳고 잠시 행복한 꿈을 꾸었다. 하지만 그 세월이 그리 오래가지 못했고, 아버지의 거듭된 사업 실패로 온 가족의 생계를 책임지게 되었다. 돌아가시는 날까지 그 책임으로부터 자유로웠던 시절은 없었다.

그나마 어머니가 보람을 느꼈던 건 어려운 형편에 네 아들을 모두 대학에 보내 어엿한 사회인으로 만든 것이었다. 큰아들은 말 그대로 죽어라 공부만 하더니 서울대학교에 입학했고 어머니는 시장에서 장사를 하시며 누가 물어보지 않아도 눈시울을 적시며 "우리 큰아들이 서울대 약대에 합격했어요."라고 자랑을 늘어놓았다. 안면이 있는 사람이면 지나가는 사람을 붙들어 놓고 자랑을 일주일 이상 늘어놓았다. 둘째인 나는 지방 대학에 가 기숙사비, 교통비 등 학교생활에 돈이 많이 들게 만드는 불효를 했다. 어머니의 장사 일을 돕느라 공부할 시간이 없었다고 평계를 대 보지만 나는 중고등학교 시절 공부보다는 영화, 미술, 음악, 교회 생활에 빠져 좋은 대학을 가기에는 무리였다. 셋째는 우리의 저녁 식사 취사를 담당해 형제들의 배를 채워 주면서 열심히 공부를 해 의과대학에 합격했다. 어머니가 평생 고생한 보람을 느끼게 하는 효도를 한 것이다. 막내는 태어나자마자 시장에서 장사하시는 어머니의 포대기 속에서 자랐다. 걸음마를 시작하면서 시장 아주머니들의 돌봄 속에 커서 그런지 커서도 장사에 관심은 많았다. 하지만 공부에 집중하지는 못해 지방대학에 갔다.

형이 제약 회사에 근무하다가 결혼 후 유학을 가면서 둘째인 우리 내외가 부모님과 같이 살기 시작했다. 큰 평수의 아파트에 당첨되어 비교적 안정적인 생활을 할 수 있었다. 형제들은 어머니께 장사를 그만두시고 편안히 지내시길 권했다. 그럼에도 2년을 더 하시다가 그제야 힘에 부치시는지 25년 동안 하시던 장사를 정리하셨다. 뒤늦게 집에 눌러앉아 손주를 돌보며 모처럼 여유 있는 생활을 즐기게 되었다. 그것도 잠시, 수십 년간의 긴장된 하루하루에서 생활 방식이 바뀌어서인지 갑작스러운 뇌졸중으로 쓰러져 병원 생활을 하게 되셨다. 그리고는 돌아가실 때까지 병마와 싸우셔야 했다.

장모님과 형제들의 희생

2년째 요양원에 계신 장모님도 우리 어머니와 별반 다르지 않다. 평생을 자식들을 위해 살다가 요양원에 입원해 외로운 삶을 이어 가고 있다. 장인어른은 경기도 발안에서 가문의 전통을 중요시하는 곡부 공씨曲阜 孔氏 집안의 둘째로 태어났다. 젊은 시절 차량 정비를 배워 정비 공장에서 일을 하다가 하사관에 지원했다. 수송부에서 5년간 근무하면서 1급 정비사 자격을 취득했고, 제대 후 아현동 정비 공장에서 근무했다. 그 당시는 차량 정비를 하는 기술자가 많지 않아 후한 월급을 받고 일을 했다고 한다. 중매로 장모님과 결혼 후 아들 셋, 딸 둘을 낳았다. 막내로 태어난 딸이 나의 아내다. 결혼 후 행당동에 자그마한 집을 장만해 행복한 가정을 꾸리고 살았다. 장인어른은 막내인 아내가 여섯 살 되던 해에 정비소를 차려 사업을 시작했으나 1년도 안 돼 망했다. 다시 정비 공장에 취직해 일을 하다가 부산의 큰 정비 공장에서 스카우트 제의가 들어와 객지 생활을 시작하셨다.

장모님은 장인어른이 보내 주는 돈으로 알뜰히 생활을 이어 갔지만 얼마 안 돼 연락이 끊기고 생활비도 오지 않았다. 장인어른은 부산에서 새로운 여자를 만나 새살림을 차렸다. 막막해진 장모님은 여섯 식구의 생계를 위해 돈을 벌어야 했다. 행상을 하기도 하고 남의 집 일을 돕기도 하며 힘겨운 생활을 이어 갔다. 그러다 힘은 들지만 보수가 좋다는 말에 도로 공사 일을 시작하셨다. 지금이야 커다란 장비로 도로포장을 쉽게 하지만 당시에는 불도저나 포크레인으로 바닥을 평평하게 다지고 나면 인부들이 콜타르—모래, 자갈, 폐유 찌꺼기를 섞은 도로포장용 자재—를 채반에 받아 머리에 이고 날랐다. 그걸 바닥에 뿌리면 쇠스랑으로 평평하게 만든 뒤 롤러로 다지는, 전적으로 인력에 의존하는 작업이었다. 장모님은 주로 콜타르를 운반하는

167

일을 하셨는데 자갈과 모래가 섞여 있어 그 무게가 상당했다. 거기다 콜타르의 뜨거운 열을 감당해야 하는 그야말로 뼛골 빠지는 일이었다. 무더운 여름에는 머리와 얼굴이 다 익을 정도였다고 한다. 그 일을 가족들의 생계를 위해 10년 넘게 해 그 후유증으로 평생을 두통약을 먹으며 지내야만 했다. 여자의 몸으로 감내하기 힘든 일이었지만 그만한 보수를 받을 수 있는 일이 없었다고 한다.

장모님의 희생으로 근근이 생활을 이어 갔지만 여섯 식구의 입에 풀칠하기도 버거워지고 자식들을 학교에 보내는 것도 쉽지 않게 되었다. 자식들도 어린 나이에 생업에 뛰어들어야만 했다. 막내인 아내가 초등학교에 입학할 무렵 처남들과 처형은 어린 나이에 남의집살이를 시작했다. 장남인 큰처남은 공사 현장의 페인트칠 일을 따라다니며 일을 했다. 둘째인 처형은 청계천 봉제 공장에 취업해 밤낮없이 일을 해야 했다. 셋째와 넷째인 처남들은 종로 4가 예지상가의 금은 세공 공장에서 일했다. 막내인 아내는 너무 어려 학교를 다니며 형제들의 보살핌으로 고등학교까지 졸업을 할 수 있었다.

큰처남은 어린 나이 때부터 페인트칠 일을 쫓아다니며 몇 년간 일을 배웠다. 경험이 쌓이자 독립해 독자적인 사업을 시작하고 결혼도 했다. 넉넉하지는 않지만 단란한 가정을 꾸려 갔다. 처남댁은 살림에 보탬이 되고자 친구를 따라 보험 일을 했다. 시어머니와 종일 붙어 있는 걸 불편해하던 터라 돌파구가 필요했던 것 같다. 일이 일찍 끝나면 틈틈이 손아래 동서의 미용실에 들러 미용 일도 배웠다. 처남댁의 외출이 잦아지자 아이들은 장모님이 키우다시피 했다. 가까이 살며 미용실을 하는 둘째 처남댁도 두 딸을 아침부터 시댁에 맡기고 가 장모님은 팔자에도 없는 어린아이들 넷을 키우게 되었다. 아침부터 저녁까지 네 아이를 씻기고 먹이는 일만으로도 벅찼지만 아이들을 예뻐하며 키웠다.

장모님은 일요일 하루를 쉴 수 있었지만 적적해 교회에 나가기 시작했고 얼마 안 돼 열렬한 신자가 되었다. 남편 없이 자식들을 키우고 손자들까지 키우며 탄식만 늘었는지 말끝마다 "아이구, 주여! 아이구, 주여!"를 입버릇처럼 덧붙이셨다. 명절이 되면 여지없이 사촌들은 큰집부터 해서 집집마다 순회를 돌며 어른들께 명절 인사를 드리고, 마지막으로 장모님 댁으로 모인다. 사촌 처남들은 장모님의 용돈도 잊지 않는다. 술을 한잔씩 하고 고스톱 판을 벌여 와자지껄 밤을 새우기도 한다. 인심 좋은 장모님은 저녁 내 상을 차려 조카들의 여흥을 즐겁게 했다. 나는 고스톱 판에 끼어 번번이 잃기 십상이었지만 와자지껄하게 즐기는 사촌들의 분위기가 좋아 친가의 명절 행사가 끝나기 무섭게 아이들을 데리고 처갓집을 갔다. 사촌들이 뿔뿔이 흩어지고 나면 다시 처남들과 술자리를 하며 살아가는 이야기들을 한다. 처남들이 가고 나면 아이들과 좁은 방에서 묵은 이불을 덮고 잠이 든다. 아침을 먹고 나서려고 하면 장모님은 못내 아쉬워 하루를 더 보내고 가길 원하신다. 하지만 손자들을 목 놓아 기다리시는 친가 부모님이 있어 죄송한 마음으로 "자주 찾아뵐게요." 하며 작별을 한다.

처갓집의 둘째인 처형은 공장 일을 하다가 열아홉 어린 나이에 군 자교 부근에 농토가 많은 집으로 시집을 갔다. 그 덕에 비교적 여유 로운 생활을 할 수 있었다. 신랑—나한테는 동서가 되는—은 보안대 를 제대해 전매청에 근무했는데, 야물고 총명해 보이는 처형을 보고 첫눈에 반해 1년을 쫓아다녔다. 심지어는 처갓집에 드러누워 "결혼 을 안 해 주면 이 자리에서 죽어 버리겠다."라고 으름장을 놓아 처형 과 장모님의 승복을 받아 냈다. 똑소리 나는 처형도 어려운 형편을 벗어날 수 있는 기회임을 모르지 않았던 것 같다. 마누라가 예쁘면 처갓집에 절한다고, 동서는 성격이 급하고 다혈질이었지만 처갓집의 궂은일들을 마다하지 않고 잘 처리했다. 처남들의 취업을 알선해 안 정적인 생활을 하게 했고, 아내와 내가 결혼할 때도 만사 제쳐 놓고 식장이나 혼수를 알선해 주었다. 많이 배우지는 못했지만 부동산과 이재에 밝아 처남들이 이사할 때 시세를 알아보고 대출도 적극 도와 주었다. 처남들이 모두 서울 시내에 크고 작은 집을 장만할 수 있도 록 도움을 많이 준 것이다. 훗날 나는 동서의 아들들이 대학 입시로 고민할 때 입시에 대해 잘 모르는 동서를 대신해 정보를 제공하고 선 택을 해 대학에 입학하는 것을 돕는 것으로 평소의 고마운 마음을 표현했다.

동서의 아버지는 군자동 일대에 농토가 많은 부자였다. 하지만 동

드나드는 인생, 넘나드는 인생

네가 개발되어 땅값이 치솟아도 땅을 팔지 않고 똥지게를 지며 열심히 농사에만 열중하는 분이었다. 처형은 남편의 묵인하에 반찬이며 곡식 등을 친정으로 퍼 나르며 궁핍한 친정의 살림을 도왔다. 종종 어머니 용돈도 챙겨 드렸다.

동서는 부동산 중개 자격증과 사무실은 없었다. 하지만 군자동 토박이로 발이 넓어 동네의 선후배와 지인들의 매물과 매수 희망자들을 잘 알고 있었다. 그 덕에 중소 빌딩과 토지를 중개하고 중개 수수료를 부동산 사무실과 나누는 식의 일을 종종 하며 수입을 올렸다. 처형은 조용히 살림만 하는 성격이 아니어서 자양동 상가에서 금은방을 장기간 운영해 살림을 도왔다. 종로 예지상가에서 금은 세공 공장을 하는 처남을 주 거래처로 해 돌 반지나 패물, 시계를 주로 취급하며 20여 년간 운영을 했다. 하지만 대형 공장에서 세련된 디자인으로 가공을 시작하면서 백화점이나 귀금속 전문 상가를 이용하는 손님들의 비중이 커졌고 장사가 안 돼 가게를 접어야만 했다. 그 후로 을지로에 새로 오픈한 '쁘렝땅백화점' 지하상가에 금은방을 오픈해 장사를 이어 갔다. 그러나 3년 뒤 백화점의 실적이 부진해 문을 닫으면서 폐업했다. 이후 처형은 내가 하고 있던 프랜차이즈 가맹점으로 양재동에 참치집을 오픈해 식당 사업을 했다. 오픈 후 3년간 장사가 잘 되었지만 IMF 사태가 터지자 매출은 절반으로 떨어졌다. 직원을 줄이고 처형이 직접 찬을 만들고 설거지를 하며 버텼으나 운영은 점점 더 어려워졌다. 그 무렵 처형은 종종 어지러움 증세를 보였고 체중이 줄어들기 시작했다. 처음에는 식당 일로 과로한 탓으로 생각했다. 증세가 점점 안 좋아지자 건대 병원에 입원해 정밀 검사를 받았다. 그 결과 혈액암으로 판명되었다. 처형은 항암 치료를 받았다. 장시간 항암 치료를 하고 나오면 넋이 나간 사람처럼 기운도 없고 눈빛도 흐릿해져 있었다. 김장을 담글 때 배추에 소금을 뿌려 절이면 몇 시간 뒤에 숨이 죽고 축 처진 배추 같았다.

병원에서는 완치 가능성이 70퍼센트라며 항암 치료를 권했고 매번 동의서에 서명을 요구했다. 항암 치료를 네 번 한 후 처형은 보기 안쓰러울 정도로 쇠약해졌고 합병증으로 장폐색 증상이 나타났다. 주치의는 성공 여부는 장담할 수 없지만 수술을 해야 한다고 했다. 나는 의사에게 물었다.

"환자가 선생님 부인이라면 선생님은 어떤 선택을 하시겠어요?"

"내 와이프라면 지금의 상태로 볼 때 성공 여부에 상관없이 환자를 위해 수술을 하는 것이 후회 없을 거라고 생각합니다."

어떻게 해야 할지 고민하다가 동서와 조카들을 불러 의견을 물어보았다. 제일 중요한 당사자인 처형에게는 물어볼 수 없었다. 수술비는 의료 보험으로 처리해 900만 원 정도 든다고 했다. 가족들 역시 나와 마찬가지로 쉽게 결정을 하지 못했다. 오랜 회의 끝에 동서가 "한적한 강가에 경치 좋은 집을 빌려 편안히 지내게 하는 건 어떨까? 간병인도 붙이고 필요하면 통원 치료도 하면서."라고 말하더니, 다시 "그래도 의사 말대로 하는 데까지는 해 봐야겠지?" 했다. 고심 끝에

드나드는 인생, 넘나드는 인생

가족 중 둘째 조카가 수술 동의서에 사인을 했다.

수술 후 처형은 회복이 되는 듯하더니 일주일 후에 장폐색 증상이 생겼다. 처형은 또다시 대장 수술을 받았다. 수술 후 몸은 반쪽이 되었고 사람을 못 알아보았다. 겨우 목소리를 냈지만 알아듣기 힘든 음성이었다. 중환자실에서 3일 후 일반 병실로 내려왔지만 몇 시간이 안 되어 운명하고 말았다.

나를 포함한 가족들은 수술을 하지 않았다면 그나마 한두 해, 한두 달이라도 마지막 여생을 정리하면서 보낼 수도 있지 않았을까, 최선을 다한다는 명분으로 처형을 사지로 내몬 것은 아닐까 하는 생각에 죄인이 된 기분이었다. 처형은 모진 삶을 살다가 본인의 의사가 전혀 반영되지 않은 결정으로 인해 생을 마감할 준비조차 못 하고 그렇게 떠났다. 혈액암 증상을 처음 알았을 때 처형에게 의사를 물어봤다면. 소신 있고 명석한 판단을 잘하는 처형은 분명 항암 치료나 수술 없이 공기 좋은 곳을 택해 여생을 보내며 마지막을 준비했을 것이다. 보내는 사람들은 서서히 보낼 준비를 했지만 가는 사람은 본인의 의사와 상관없는 선택으로 전혀 준비 안 된 죽음을 맞이하고 말았다.

처형은 발 빠른 동서의 준비로 경기도 광주의 양지바른 산소에 천주교식 장례로 안장되었다. 미국에 살던 큰조카는 장례 마지막 날 처와 아들을 데리고 뒤늦게 참석했다. 처형의 장례를 치르면서 아내는 제일 의지했던 언니를 그리워하며 며칠 밤을 울며 지냈다. 아내는 연로하신 장모님께는 큰딸의 죽음을 알리지 않고 미국에 있는 조카의 집에 갔다고 거짓말을 했다. 다행인지 불행인지 장모님은 연로하셔서 그런지 점점 총기를 잃으셨고 몇 년 후에는 치매로 큰딸의 존재를 잊어버리고 말았다.

아내와 한창 연애를 하던 중 처가에 인사—면접이었는지도 모른다—를 드리러 갔다. 행당동 정류장에 내려 가구 골목—옻칠을 한 자개장이나 장식장, 밥상 등을 만드는 공장이 모여 있는 거리—을 지나 좁은 골목을 굽이굽이 몇 차례 돌아 도착한 아내의 집. 15평 남짓한 슬레이트 지붕 집으로 마당에 수도와 개수대가 있는 소박한 집이었다. 안방으로 안내되어 들어서니 아내의 큰어머니, 장모님, 둘째 큰어머니가 앉아 계셨다. 대번에 완고한 표정으로 앉아 계신 큰어머니가 대장임을 알아보았다. 여자 어르신 세 분만 있어 기가 죽었지만 큰절을 하고 말했다.

"희원 씨랑 사귀고 있는 이정언이라고 합니다. 희원 씨를 많이 좋아합니다. 허락해 주시면 열심히 잘 살아 보겠습니다."

예상대로 큰어머니께서 나이며 직장이며 집안 내력 등을 찬찬히 물어보셨다. 씩씩하고 적절한 답변으로 면접은 통과된 듯 생각이 들 때 상이 들어왔다. 나는 눈치 없이 맛있게 먹어 치웠다. 큰어머니가 말씀하셨다.

"음식을 잘 먹는 걸 보니 마누라 고생은 안 시키겠네."

아내가 나에 대해서 좋은 애기로 미리 로비를 해 두었던 모양이다.

최종 면접에 합격하고 신이 난 나는 돌아가는 길에 아내에게 "남자 어르신들은 왜 아무도 안 오셨어?" 하고 물었다.

"큰아버지는 병원에 입원해 계시고, 우리 아버지는 소식이 끊긴 지 오래고, 둘째 큰아버지는 오빠들 셋을 낳고 6·25 전쟁에 참전했다가 전사하셨어요. 둘째 큰어머니는 어린 아들 셋을 키우느라 안 해 본 일이 없었대요. 평생을 청상과부로 살면서 도둑질 빼곤 다 하셨을 거예요. 그래서 그런지 사촌 오빠들은 큰어머니에 대한 효심이 남달라요."

과부 아닌 과부로, 또는 청상과부로 평생 자식을 위해 헌신하며 사시는 장모님, 큰어머니들이 존경스러웠다.

아내와 내가 결혼 날짜를 정하고 바쁘게 준비하던 중 사촌들은 백방으로 수소문해 어렵게 장인의 연락처를 알아냈다. 그동안 식구들에게 말을 하지 않았지만, 발안에 사시는 처의 작은아버지는 장인어른과 연락을 주고받아 왔던 모양이다. 장인어른의 처지를 생각해 모른 척했던 듯하다. 사촌들은 집안의 막내인 아내의 결혼식장에 장인어른을 모시기 위해 백방으로 노력을 아끼지 않았다. 장인어른은 결혼식 당일 빌려 입은 듯한 허름한 양복을 입고 처의 작은아버지와 뒤늦게 나타나셨다. 16년 만에 처남들은 반가움과 서운함이 섞인 어색한 인사를 드렸다. 아내 역시 고마움과 야속한 마음이 섞인 어색한 표정으로 장인어른의 손을 잡고 결혼식장에 입장했다. 그런 마음을

175

아는지 모르는지 결혼 행진곡은 웅장하게 울렸다. 마지못해 혼주석에 나란히 앉은 장인어른과 장모님은 결혼식 내내 시선을 마주하지 않고 말 한마디 없이 단상만 바라보았다. 그런 사정을 모르는 하객들은 성원과 축하를 아끼지 않았고, 성대한 결혼식으로 아내와 나는 그런 시선으로부터 자유로울 수 있었다. 장인어른은 처의 작은아버지의 발안 집에서 하루를 더 묵고 홀로 쓸쓸히 방앗간을 하고 있는 통영으로 내려갔다.

이후로 처남들은 장인어른을 찾지 않았지만 이듬해에 동서와 나는 바람도 쐴 겸 선물을 사 들고 통영에 내려갔다. 장인어른은 통영 외진 바닷가에서 소박한 방앗간을 하고 있었다. 고추 방아를 찧다가 의외의 방문에 우리를 반가이 맞아 주었고 달달한 믹스커피를 타 주며 지난 일들을 얘기해 주었다.

장인어른은 정비 공장이 망하자 가족들에게 미안하기도 하고 쓸쓸한 마음에 친구를 찾아 부산으로 갔다. 마침 정비 기술자를 찾는 공장이 있어, 당분간만 지낼 요량으로 취직했다. 돈을 열심히 모아 집으로 돌아갈 작정이었다. 계획대로 돈이 모이지 않자 2년, 3년 체류 기간이 길어졌고 그러던 중 허리를 심하게 다쳐 일을 할 수 없게 되었다. 몸이 웬만큼 나아지자 돈을 잘 벌 수 있다고 해 원양 어선을 탔지만 외로움을 견디기 힘들어 오래 하지 못했다. 다시 구멍가게를 차려 장사를 시작했다.

그 무렵 부산 친구가 갑자기 사고로 죽자 통영으로 이사하면서 친

드나드는 인생, 넘나드는 인생

구가 홀로 키우던 어린 딸을 양녀로 입양했다. 외로움 견디기 힘들었지만 양녀는 장인어른에게 살아갈 희망을 주었다고 한다. 양녀는 가문의 돌림자를 따 '공서원'이라는 이름으로 개명을 했다고 한다. 아내와 이름이 비슷해 처제라는 느낌이 들었지만 아내가 좋아할 일은 아니었다. 어려운 환경이었지만 서원이는 공부를 잘해 부산대를 졸업하고 중학교 교사를 하고 있으며 곧 결혼을 할 거라고 했다. 장인어른이 저녁 무렵 서원이를 불러내어 같이 외식을 했다. 인상이 푸근한 서원이는 조리 있게 장인어른에게 키워 준 은혜에 대한 고마움을 표시했다. 멀리 찾아 준 우리에게도 진심 어린 고마운 마음을 전했다. 서원이는 줄곧 외로운 생활을 하다가 일가친척이 생겼다는 안도감으로 무척 기뻐하는 것 같았다. 어려운 환경에서 밝게 잘 자라 준 것이 다행이라고 생각하면서도 본처와 자식들을 버리고 먼 타지에서 행복을 누리며 살아온 장인어른이 야속했다. 서원이는 대학까지 보내면서, 본처의 자식들은 제대로 학교도 못 다니고 어린 나이부터 생업에 종사했던 일을 장인어른이 알고 있었을까 생각하니 울화가 치밀었다. 하지만 참아야만 했다. 6개월 뒤 서원이는 같은 학교의 교사와 결혼을 했다. 동서와 나는 청첩장을 받았지만 아내와 처남들의 눈치가 보이고 마음이 내키지 않아 참석하지 않았다.

2년 후 장인어른이 병원에 입원했는데 위독하다는 전갈을 받았다. 당장 내려가지는 못하고 돌아가신 후 동서와 나는 처남들의 눈치를 보다 부산에 있는 장례식장을 찾았다. 서원이와 사위가 상주가 되어

177

조촐한 장례를 치렀다. 장례식을 다녀온 후, 조문을 반대하던 아내는 서운함과 고마움이 섞인 감정으로 반겨 주었다.

　장례를 치르는 중 산소 문제로 어른들이 다투게 되었다. 처의 작은아버지는 장인어른이 연락을 끊고 객지 생활을 오래 했지만 그래도 몇 안 되는 핏줄이니 종친회에서 마련한 종가 산소로 모시자고 했다. 자식들은 부산 식구들이 알아서 처리하기를 원해 종중산에 모시는 것을 한사코 반대했다. 처자식을 내팽개치고 고생만 시켰던 아버지를 종중산에 모시면 그걸 누가 관리할 것이며, 산소를 갈 때마다 울화가 치밀 것이라고. 게다가 어머니가 돌아가시면 나란히 모시게 될 수밖에 없어 절대 안 된다고. 종중산은 경기도 발안에 작은 산을 사 맨 위로부터 항렬 순서대로 내려오면서 모시도록 깔끔히 단장되어 있었다. 제실에는 정성스럽게 만든 상여도 있었다. 의견이 분분했지만 처의 작은아버지의 고집으로 부산에서 화장을 한 후 종중산에 모시기로 했다. 큰처남만 혼자 부산에 내려가 유골을 인수해 올라왔다. 안장을 할 때 다른 식구들은 참석하지 않고, 상여도 없고, 조문객도 없었다. 처의 작은아버지와 큰처남이 인부 몇을 불러 간단한 안장을 했다. 장인어른은 그렇게 쓸쓸하고 허망한 인생의 종지부를 찍었다.

아내의 직장

아내는 상고 졸업반일 때 취직 자리를 알아보던 중 동서의 알선으로 라면을 만드는 식품 회사에 입사했다. 실력이나 미모로 얼마든지 대기업에 갈 수 있었겠지만, 조급한 마음을 가졌던 동서가 잘 알고 지내던 우리 회사의 대표 이사에게 부탁을 한 것이다. 동서와 대표 이사는 서로 윗집 아랫집에 살며 성당도 같이 다녀 부부끼리도 친하게 지내는 사이였다. 동서는 군자동 토박이로 발이 넓었다. 그는 대표 이사가 군자동의 상가 주택으로 이사 올 때 집을 사고파는 일, 1층 가게를 세놓는 일 등을 앞서서 도와 동네에 정착하는 데 많은 도움을 주었다. 서울대 상대를 나온 대표 이사와 초등학교를 겨우 졸업한 동서는 깊은 대화를 나눌 정도는 아니었지만 정으로 잘 통하는 사이였다. 처형을 따라 성당을 다니게 된 아내는 세례를 받을 때 대표 이사의 사모가 대모를 해 주었다고 한다. 어쨌든 아내는 동서의 부탁으로 입사했고 동서와 대표 이사는 내가 아내를 만날 수 있는 기회를 만들어 준 은인인 셈이었다.

대표 이사는 회사의 매출이 미미할 때 입사해 회장의 신임으로 40대 초반에 대표 이사가 되었다. 그 이후 암 수술로 고문으로 물러날 때까지 30년 넘게 대표 이사를 역임한 전설적인 분이었다. 그가 입사하던 때에 비해 매출이 열 배 이상 증가했고 지금은 매출이 3조에 가까운 굴지의 세계 제일의 라면 회사가 되었다.

결혼 후 초복을 맞아 처갓집에 가려고 가락시장에서 제일 큰 수박을 사 택시에서 내리는데 대표 이사를 우연히 만났다. 아직 초입 시절이었던 나는 하늘 같은 대표 이사를 보자 긴장되어 급하게 내리다 수박을 길바닥에 떨어트려 박살을 냈다. 대표 이사는 우연히 만난 게 본인 탓인 양 미안한 표정을 지으며 "천천히 해. 처갓집 가는 길인가? 난 아들하고 목욕탕 가는 길이네." 했다. 나는 "예, 대표님. 저는 처갓집 가는 길입니다." 하며 내렸다. 요금을 내고 아내가 뒤따라 내리면서 반가이 인사를 하자 대표 이사는 "정언 씨가 잘해 주지? 집에 한번 놀러 와." 하고 화답을 해 주었다. 나는 대표 이사님도 동네 목욕탕에 다니는구나 생각하며 빈손으로 처갓집으로 향했다.

스카우트

회사에 근무한 지 11년째 되던 해에 과장이었던 나는 한 단계 도약을 꿈꾸기 위해 타 회사 경력 간부 모집 공고를 보고 이직을 희망했다. 여러 회사를 탐문한 뒤, 공격적인 마케팅으로 성장세가 뚜렷하게 보이는 참치 회사에서 나를 부장으로 스카우트하고 싶다는 제의를 받고 꿈에 부풀어 있었다. 이직을 위해 사표를 내자 대표 이사는 나를 불러 만류했다. 회사에 다니면서 직급이나 보수도 중요하지만 회사 문화가 안 맞으면 직장 생활이 더 힘들 수 있다며 다시 한번 생각해 보라고 했다. 직장 상사가 아닌 인생 선배로서 해 준 조언이었지만 나는 그 말을 무시하고 꿈에 부풀어 새로운 회사로 옮겨 근무를 시작했다.

의욕적으로 시작했지만 회사의 체계가 안 잡혀 있었고, 충성을 중요한 미덕으로 삼는 곳이라 전 직원이 새벽부터 저녁 늦은 시간까지 근무를 해야 했다. 임원들은 대부분 원양 어선 선장 출신으로 회사에 대한 충성심이 지나칠 정도였다. 두뇌가 움직이는 것이 아니라 몸을 열심히 움직여야 인정받는 분위기였다. 높은 경쟁률을 뚫고 입사한 젊은 직원들과 간부들은 수시로 퇴직을 했고 그 빈자리는 수시로 신입, 경력 사원을 채용해 채워 나갔다. 야간 근무를 줄여 효율적으로 해 보자고 임원들에게 건의하면 "지금 이 시간에도 원양 어선은 태평양 한가운데서 밤낮 없이 조업을 하고 있다."라며 건의를 일축했다. 실제로 사무실 구석에서는 원양 어선들과 교신을 하는 텔렉스가 밤낮을 가리지 않고 연신 '지지직 지지직' 소리를 내며 용지를 뿜어내고 있었다.

몸에 안 맞는 옷을 입고 업무에 익숙해질 무렵 IMF 사태가 터지자 회사는 구조 조정을 시작했다. 내가 특판영업부장으로 있던 우리 부서로 외식사업부, 군납, 단체급식 등의 부서가 편입되어 갑자기 업무가 대폭 늘어났다. 부서 통폐합 후에는 인원을 감축시키고 외식사업부 직영 매장을 순차적으로 정리하라는 오더가 떨어졌다. 부서별 정리 대상 1, 2순위 명단을 받아 심사 후 정리를 해야 했다. 재취업이 어려운 상황에서 가장들을 거리로 내모는 것이 내키지 않았지만 어쩔 수 없이 해야만 했다. 외식사업부에서 운영하던 열두 개가 되는 직영 매장은 적자를 내는 점포를 우선으로 권리금조차 무시하고 정리해야 했다. 구조 조정이 끝나고 나면 내 자리는 남아 있을지 불안했다.

사업 시작

몸에 안 맞는 옷을 입고 근무하던 나는 관리본부장에게 남아 있는 외식사업부 직원들과 함께 나가서 외식사업부를 창업할 테니, 저렴한 가격에 남아 있는 매장 두 곳을 인도해 줄 것을 건의했다. 승인이 떨어졌다. 자금이 부족했지만 우리는 새로운 콘셉트의 브랜드를 만들어 양재점은 직영점으로, 강남점은 가맹점으로 해서 출항했다. IMF 사태로 전반적으로 외식 경기가 좋지 않았지만 새로운 콘셉트로 대중적인 가격의 우리 참치 메뉴는 반응이 폭발적이었다. 곧이어 역삼점, 선릉점, 공릉점 등 가맹점을 오픈했고 20호점이 오픈할 무렵 냉동 물류 센터를 지어 물류 사업을 병행했다. 연이어 회전 초밥 전문점, 일식 우동 돈가스 전문점 브랜드를 만들고 일본 유명 체인점과 기술 제휴를 해 사업 영역을 확장해 나갔다. 가맹 76호점을 오픈할 무렵 본격적으로 일본과 동남아에서 참치, 초밥 재료, 기타 수산물을 수입해 가맹점과 일식집에 공급하면서 수익 구조는 탄탄해졌다. 주 거래 은행 지점장이 사무실에 찾아왔다. 한국전력 뒤 삼성동에 4층 규모의 좋은 빌딩이 매물로 나와 있는데, 가격은 12억 원으로 시세보다 싸고 대출도 90퍼센트까지 가능하다며 빌딩 매입을 권했다. 1층은 식당, 2, 3층은 사무실로 쓰고 있고 4층은 건물주가 사무실로 쓰고 있는데 자금이 급해 급매물로 내놓았다고 했다. 1, 2, 3층 임대 보증금과 대출금으로만 빌딩을 살 수 있고 취득세, 등록세만 있으면 된다고 했다. 욕심이 났지만 겁이 나 사지 못했다. 5년 뒤 그 빌딩의 시세는 30억을 넘어섰다.

사업 시작 후 같이 근무하던 창업 멤버들 중 일부는 각자의 장점을 살려 참치 유통업, 수산물 유통업, 초밥집 등을 시작해 독립을 했다. 일부는 협력 업체로 회사와 거래하기도 했다. 승승장구하면서 영원할 것 같았던 사업이 10년 차 되던 해부터 점차 기울기 시작했다. 가맹점과 납품처의 미수금이 증가하기 시작했고 제대로 회수가 안 되자 자금난에 부딪히게 되었다. 구매 업체들의 독촉이 시작됐고, 집을 담보로 제공했지만 그것도 오래가지 못했다. 갚을 돈은 3억, 받을 돈은 8억이 되어 민사 소송을 통해 법적인 절차를 밟기도 했지만 회수되는 자금은 미미했다. 결국 집은 경매로 넘어가고 월세로 이사하면서 아버지의 전철을 내가 밟게 되었다.

기울어진 탑

8억 원 중 절반만 회수해도 재기를 할 수 있다는 희망을 갖고 법원을 수없이 드나들던 중 춘천 법원 집달관 사무실로부터 승소해 압류를 진행할 예정이니 참관을 하라는 우편물이 도착했다. 미수금이 3,000만 원에 달했던 춘천 거래처의 미수금을 압류를 통해 회수하면 숨통은 트이겠다는 한 가닥 희망을 갖고 집달관과 함께 채무자의 집을 방문했다. 4층 옥상에 간이로 지어진 옥탑방에 살림살이만 가득 차 있었다. 혼자 집을 지키고 있는 부인은 한 달 전에 유방암 수술을 받고 치료 중이라고 했다. 거래를 하면서 좋은 관계를 유지했던 사람이라 압류까지 하게 된 게 미안해 나는 몸 둘 바를 몰랐다. 남편이 동생의 빚보증을 잘못 서 아파트와 상가는 경매로 넘어갔고 친척분이 도와줘 이곳으로 이사를 하게 되었다고 했다. 집 안은 잘살던 집의 살림살이를 그대로 옮겨와 그랜드 피아노, 외제 가죽 소파, 양주 장식장, 골프 세트 등으로 가득했다.

집달관은 조용히 나를 불러 말했다.

"집행을 할까요? 이 일을 하면서 자주 겪는 곤란한 상황이네요. 재판까지 갈 때는 관계를 떠나 채권자는 한 푼이라도 더 건지려고 하고, 채무자는 최악인 상황에서 만나게 되죠. 지금 저 안에 있는 물건들은 새로 살 때는 무척 비싼 물건들이지만 경매를 하면 사려고 하는 사람이 별로 없어요. 굳이 집행을 하면 100만~200만 원 정도 건

질 수 있을까?"

번거로움을 피하고 싶다는 표정이었다. 아내에게 전화로 상황을 설명하니 "부인은 많이 좋아졌대?" 하며 그냥 돌아오라고 했다.

그 뒤로 민사 소송을 여러 차례 하고 나니 법무사 대행 수수료도 아까워 내가 직접 소장을 만들어 법원에 접수를 하고 재판에 참석을 했다. 더러는 중재 판사의 중재로 합의된 채권을 회수하기도 했지만 필요한 금액에는 턱없이 못 미쳤다. 스트레스 때문인지 머리는 점차 백발로 변해 갔고 치아도 흔들리기 시작했다. 하지만 치과에 갈 형편도 안 돼 술로 버티어 갔다.

하루는 퇴근길에 승용차의 기름이 떨어져 주유소에 들렀는데 주머니를 뒤져 보니 사용 중지된 신용카드와 단돈 5,000원밖에 없었다. 머뭇거리다가 주유소 아저씨에게 "5,000원만 넣어 주세요." 했더니 나이 지긋한 아저씨는 내 심정을 알겠다는 듯 상냥한 표정으로 주유를 해 주었다. 창피한 마음에 재빨리 출발해 한참을 가다가 갓길에 차를 세우고 '이렇게 살아야 하나. 계속 이렇게 버티는 것이 무슨 의미가 있을까.' 하는 생각을 했다. '내일부터는 공사판에라도 나가야지. 무슨 일이든 못 할까. 식구들을 위해 뭐라도 해야겠다.' 생각하며 집으로 돌아왔다.

동생 사업장 취업

사업 실패로 몸과 마음이 피폐해진 나는 돌파구가 절실했다. 이런 상황을 더 이상 지켜볼 수 없었던 아내가 형제들에게 연락을 했는지 막냇동생으로부터 전화가 왔다. 잘나가는 제지 회사를 그만두고 고물상을 차렸다고 했다. 나보다 더한 놈이 있네 생각했는데 2년 새 고물상을 네 개로 늘리며 사업을 확장해 나가고 있었다. 제지 회사에 다니면서 알고 지내던 인맥을 잘 활용해 성공적으로 해 나가는 것 같았다. 막냇동생은 재활용 헌 옷 수거 사업을 새로 시작했는데 일손이 부족하니 와서 도와달라고 했다. 생전 넥타이만 매고 다니던 내가 하기에는 구차스러운 일이라는 생각이 들었지만 무엇이라도 해야만 했던 나는 하겠다고 했다. 일주일 만에 사무실을 깨끗이 정리하고 출근을 했다. 고물상에 모아 놓은 헌 옷을 상차하고, 계근해 계산을 하고, 하치장에 부리기도 하고, 아파트 재활용장에 비치해 놓은 수거함에서 헌 옷을 수거하는 일이었다.

일손이 부족하니 도와달라는 말은 거짓이었다. 되지도 않는 일에 매달려 끌탕을 하고 있는 나를 답답한 마음으로 바라보던 아내가 일자리를 부탁한 듯했다. 동생은 다른 경력 직원보다 나에게 후한 급여를 주었고, 아파트에서 수거하는 일을 전담시켰다. 6·25 전쟁 휴전 후 넝마주이들이 했던 구차한 일─넝마는 낡고 해져 입지 못하게 된 옷이나 천을 이르는 순수 우리말이고, 넝마주이는 일제 강점기에 생긴 비천한 직업으로 우리나라 재활용 사업의 시초라고 볼 수 있다—이었다. 단지별 아파트를 돌며 하루에 50개 정도의 수거함 자물통을 열고 헌 옷을 끄집어내어 화물차에 상차하는 버거운 일이었다. 나는 어릴 적 마라톤과 유도로 다진 체력으로 컨디션에는 문제가 없었다. 그러나 하필이면 수거 지역이 내가 태어나 자란 인천이어서 수거를 하다가 아는 사람을 만나면 어떻게 하나 하는 걱정이 앞섰다. 다행히 아는 사람은 만나지 않았다. 동생은 헌 옷 수거 아파트 세대수를 점차 늘려 계약을 했다. 같이 근무하는 직원들은 낙하산을 타고 내려온 나를 경계했기에, 나는 모범이 될 정도로 열심히 해야 했다. 차량 체증이 심한 시간을 피해 새벽 4시에 출발해 온종일 힘겹게 일을 했다. 1년 뒤 일이 익숙해질 무렵 동생은 헌 옷 사업을 지인에게 매각했다. 다행히 동생은 재활용품 수거 계약을 한 아파트 1만 세대를 남기고 낡은 화물차를 무상으로 넘겨주면서 나에게 독립해서 사업을 해보라고 했다.

재활용 사업

나는 과천 외곽 문원동에 닭을 키우던 자그마한 축사를 싸게 임대
해 헌 옷 재활용 사업을 시작했다. 수거량이 많지 않아 판로가 막막
했다. 추석이 되어 처갓집에서 지내던 중, 둘째 처남이 청계천 동묘
중고 벼룩시장이 주말이면 사람이 넘쳐난다며, 헌 옷을 잘 골라 나가
면 장사가 잘될 것이니 잘 알아보라고 했다. 그날로 과천 창고에 들러
팔 만한 옷을 선별하고 바로 다음 날 벼룩시장으로 가 노점 장사를
시작했다. 추석 연휴라 그런지 팔 만한 자리도 많이 비어 있었고 어
설프게 장사를 시작한 것치고 첫날 매출도 만족스러웠다. 힘들게 하
루를 보낸 후 짐을 꾸려 집에 가는 길에 모처럼 아내는 뿌듯한 표정
을 지으며 "열심히 하면 괜찮을 것 같아요. 나도 열심히 도울 테니 수
거량을 좀 더 늘려 봐요." 했다. 우리는 추석 연휴 내내 벼룩시장에
나가 제법 많은 매출을 올렸고 금세 부자가 될 것 같은 기분이 들었

다. 당시 아내는 전 직장 선배 부인이 하고 있는 부동산 사무실에 나가고 있었다.

추석 연휴가 끝난 후 꿈에 부푼 나는 창고에서 팔 만한 옷과 가방, 신발을 선별하고 집에 가져와 아파트 거실에서 라벨 작업을 했다. 대부분 벼룩시장 상인들은 부르는 게 값이었다. 대부분 상인들은 가격을 높게 불렀다가 안 깎으면 그대로 팔고, 깎으면 반값에도 파는 고무줄 가격으로 장사를 하고 있었다. 아내와 나는 정찰제로 하는 게 손님들에게 신뢰감도 줄 수 있고 단골손님도 확보할 수 있으니 번거로워도 그렇게 하자고 했다. 선별된 옷과 가방, 신발의 브랜드명, 사이즈, 가격을 꽃 그림 라벨지에 출력한 후 부착했다. 손이 많이 가는 일이었지만 손님들은 물건 고르는 번거로움을 피할 수 있고, 입어 보고 살 필요가 없어 편리할 것이라고 생각해 그렇게 했다. 작업 후 거실은 옷 먼지로 가득했지만 창문을 열어 환기시키고 진공청소기로 밀면 그만이었다.

잔뜩 준비해 일요일 새벽에 장을 펼쳤는데 난관에 부딪히고 말았다. 노상이지만 원래 장사를 하던 사람들의 자리가 정해져 있었고, 추석 연휴에는 장사를 나오지 않았던 것뿐이었다. 수차례 이리저리 쫓겨 다니다 일찍 짐을 쌌다. 적당한 빈자리를 찾아보려고 시장을 한 바퀴 돌다가 반가운 사람을 만났다. 동생이 헌 옷 수집 사업을 할 때 자주 드나들던 헌 옷 구제 장사를 하고 있는 젊은 사장이었다. 우리의 사정을 듣고는 벼룩시장 사람들은 거의 한 번쯤 실패를 해 본 사

189

람들인 데다 자리에 생존을 걸고 있기 때문에 양보를 기대하기 어렵다고 했다. 본인이 벼룩시장 상조회 총무를 맡고 있다며 자리를 알아보겠다고 했다. 2주간 허탕을 친 끝에 연락이 왔다.

"사장님, 좋은 자리는 아닌데 마침 빈자리가 하나 나왔어요. 하시던 분이 연로하셔서 자식들이 장사 그만하라고 난리래요. 이번 주말에 한번 나와 보세요."

고마운 마음을 표시하고 일요일에 나가니 제법 괜찮은 자리로 안내되었다. 벼룩시장 장사를 본격적으로 시작했다. 어머니가 처음 양은 대야를 이고 시장에 나섰을 때 이리저리 쫓겨 다니다가 정착을 했던 생각이 나 비장한 마음으로 장사를 시작했다. 일주일에 한 번 일요일에만 여는 노점이었지만 라벨을 붙여 정찰제로 판매하는 것이 손님들에게 제법 먹혀 하루에 웬만한 월급쟁이의 한 달 치 월급만큼 벌수 있게 되었다. 제법 공부를 잘하는 딸과 아들을 다시 학원에 보낼수 있게 되었고 빚도 조금씩 갚아 나가게 되었다.

아내는 계속 부동산 사무실에 근무하고 나는 아파트 계약도 늘리고 영업을 열심히 했다. 고물상 헌 옷도 매입하면서 물량을 늘려 나갔다. 호사다마라고 이듬해 메르스라는 전염병이 유행해 전국으로 번지고 있었는데 특히 과천 일대에 환자가 많이 발생했다. 그러자 인근 주민들은 축사를 창고로 사용하고 있는 우리 창고를 지목했다. 헌옷이 들어오면서 전염 병균이 따라올 수도 있다며 시청에 민원을 수시로 넣었고, 급기야 시청과 보건소의 직원들이 실사를 나와 폐쇄를 명령해 이사를 가야 했다. 이왕 이사 가는 김에 넓은 곳을 찾았다. 동생이 하던 의왕시 근방을 집중적으로 알아보다가 사업을 확장 시킬 목적으로 인근 500평 규모의 나대지를 계약했다. 노지를 사용해 재활용 헌 옷을 수집하다가 눈비를 피하기 어려워 없는 돈에 비닐하우스 200평을 지어 사업을 확장해 나갔다. 수거 지역을 넓혀 서울 남부와 경기 남부 전 지역의 리스트를 뽑아 적극적인 영업을 했다. 초기에는 열심히 발품을 팔아 영업을 했지만 허탕을 치기 일쑤였다. 열 곳에 한 곳 정도 관심을 보였지만 그런 곳도 단번에 성사되지 않아 수없이 정성을 들여야 했다. 한번 거래가 시작되면 놓치지 않기 위해 '헌 옷을 뜨고 나면 남은 자리를 말끔히 청소한다. 당일 상차한 물건은 반드시 당일에 결제한다. 약속은 철저히 지킨다.'라는 단순한 콘셉트로 이어 갔다. 콘셉트가 통했는지 고정 거래처가 늘어 6개월 후 월 100톤 정도의 양을 확보할 수 있었고 차량과 직원도 늘렸다. 몇 년을 열심히 한 결과 월평균 300톤 정도의 물량을 확보해 안정된 사업을 할 수 있게 되었다.

일요일마다 동묘 벼룩시장에서 하는 노점 장사는 어느 정도 수입을 보장해 주었지만 그리 녹록지 않았다. 다 그렇지는 않지만 상인들이 대낮부터 술판을 벌여 술에 취하면 싸우기 일쑤였고, 남의 물건을 훔치기도 하고, 자리다툼도 빈번했다.

간간이 구청 단속반이 별안간 들이닥쳐 좌판 물건들을 닥치는 대로 거둬 가기도 했다. 아내는 심장이 약해 단속이 뜨면 겁부터 먹고

191

두려움에 떨었다. 아내에게 일요일마다 구차한 모습으로 노점에서 장사하게 하는 것이 늘 미안했다. 골목에 자리를 펴고 장사를 하다 보면 아는 사람을 종종 마주치는데 '어쩌다 저렇게까지 됐나.' 하는 표정으로 바라보는 시선이 참기 어려웠다. 남의 집 귀한 딸을 데려다 고생을 시키는 게 더 미안했다. 그럼에도 아내는 노점 장사를 계속하자고 했다. 하지만 나는 지인에게 자리를 내주고 과감히 정리를 했다. 내 사업장에서 열심히 해 더 벌면 되지 생각하니 마음이 편했다. 7년을 버틴 벼룩시장 장사는 재기의 발판을 마련해 줬고 아이들의 등록금, 학원비, 용돈 걱정을 덜어 주었다. 또한 우리 가족이 사는 집을 월세에서 전세로 바꾸어 준 고마운 시장이었다. 아이들이 학교 갔다 돌아오면 하루가 멀다 하고 날아오는 채권 추심 우편물, 야간 송달 우편물 빚 독촉 전화로부터 벗어나게 해 준 고마운 노점이었다.

딸과 아들

   어려운 와중에 고맙게도 아이들은 잘 자라 주었다. 딸은 명문 여대 영문과에 입학해 아르바이트를 하며 열심히 공부했다. 2년 만에 사법 시험을 통과해 변호사가 되었다. 본래 글 쓰는 일을 좋아해 작가나 기자를 꿈꿔 왔지만 없는 집에 신분이 확실히 보장되는 일자리를 위해 그런 선택을 한 것 같아 마음이 아팠다. 하지만 대견했다.

사법 연수원 입원식 날 우리는 꽃다발을 사 들고 아버지를 모시고 참석했다. 고급 승용차를 타고 오는 가족도 있었지만 시골에서 남루한 옷차림으로 올라온 가족도 모두 기쁜 얼굴로 상기된 얼굴이었다. 사법 시험 준비로 고생한 당사자들뿐 아니라 마음고생한 온 가족이 보상이라도 받는 듯 기뻐했다. 뉴스에서만 보았던 대법원장의 축사로 행사가 마무리되자 모두 사진 찍기 바빴다. 사진 찍기 좋아하시는 아버지는 아껴 두었던 니콘 카메라를 연신 눌러대며 "니 엄마가 살아 있어 이 광경을 보았으면 좋았을 텐데." 하셨다.

딸은 2년간의 힘든 사법 연수원 생활을 마치고 법무 법인에 입사했다. 지금은 사법 연수원에서 만난 연하의 동기와 결혼해 잘 살고 있다. 사위는 로펌의 변호사를 하다가 판사 시험에 합격해 울산 법원 판사로 근무하며 주말부부로 지내고 있다. 둘은 예쁜 손녀를 낳으면서 우리 내외와 살림을 합쳐 우리에게 손주 돌보는 큰 기쁨을 안겨 주었다.

갓 태어난 손녀를 예뻐하지 않을 할머니, 할아버지가 어디 있을까만은, 유독 아내는 손녀를 소중하고 예쁜 아이로 정성을 다해 키웠다. 우리 딸, 아들을 키울 때는 처음이라, 경험이 없어 서투르게 키웠지만 손녀에게는 온갖 정성을 쏟았다. 아내는 손녀가 태어나기 전부터 구청에서 운영하는 문화 교실에 '구연동화' 수강을 신청해 열심히 배웠다. 3개월 과정을 마치고 강사의 추천으로 어린이집, 요양원에 구연동화 출강을 다니기도 했다. 아내는 종일 손녀의 먹거리, 놀거리,

즐길 거리 등을 챙기고 목욕을 시켜 재우는 바쁜 일정을 보냈다. 아내의 정성 덕분에 손녀는 예쁘고 건강하게 잘 자라고 있다. 나 역시 손녀 바보가 되어 퇴근하자마자 손녀에게 책을 읽어 주기도 하고 놀이를 같이하며 즐거운 시간을 보내고 있다.

둘째인 아들은 부모가 맞벌이를 하는 동안 공부에 집중하지 못했다. 하지만 재수 끝에 용케 명문 대학에 합격, 졸업해서 큰 그룹의 식품 회사에 입사했다. 좋은 친구를 많이 두고 활달한 성격으로 회사 일을 잘해 인정받고 있다며 허풍을 떨지만 품성이나 성격으로 보아 실제로 그러리라 믿고 있다.

아들은 대학 입시를 앞두고 한양대 환경공학과, 경인교대, 아주대 금융공학과에 합격 가능권에 들어 고민했다. 아내는 등록금이 저렴한 경인교대를 권했고 나는 한양대를 권했지만, 아들은 아주대 금융공학과를 희망했다. 대학에 신설된 전략 학과로 4년 전액 장학금으로 다닐 수 있다고 했다. 없는 형편을 고려해 그러는 것이리라 생각하니 미안했지만 좋은 선택이라고 생각해 아들의 뜻에 따르기로 했다.

재학 중 군 복무를 마치고 무사히 졸업할 무렵 경기가 어려워 취업이 쉽지 않았다. 아들은 스펙을 쌓아야 한다며 영어 학원을 다니기도 하고 이벤트 회사의 인턴으로 들어가 지방 출장도 다니며 무던히 고생을 했다. 더러 동기들이 증권 회사나 외국 회사에 입사를 했지만 금융계 회사들이 거의 감원을 하고 있던 때라 바늘귀로 들어가야 하는 어려운 상황이었다. 이런 상황을 이용이라도 하는 듯 대기업들은 어려운 경쟁 속에 인턴사원을 뽑고 몇 개월의 인턴 생활이 끝나고 나면 다시 최종 합격자를 선발하는 잔인함을 보이고 있었다. 그 인턴사원 자리도 수십 대 1, 수백 대 1의 치열한 경쟁을 뚫어야 했다.

아들은 수차례 유망한 회사를 선별해 입사 지원을 했지만 서류 전형조차 통과하지 못해 애를 태웠다. 안타까운 마음에 내가 다니던 식품 회사의 임원으로 있는 후배에게 서류 전형만이라도 통과시켜 줄 것을 부탁해 보았다. 후배는 회사 내에서 제법 영향력이 있어 기대해 볼 만했다. 후배는 "형님, 걱정하지 마세요. 서류 전형까지는 제 선에서 할 수 있어요." 하기에 기대를 했지만 서류 전형에서 탈락하고 말았다.

"형님, 제가 신경을 썼는데 워낙 경쟁률이 세서 처리를 못 했어요. 예년에는 안 그랬는데 올해는 유독 지원자가 많아 280대 1의 경쟁이라 제 선에서 처리를 못했습니다. 죄송합니다."

이후로 여러 차례 응시해 서류 전형, 면접을 거쳤지만 최종 합격자 명단에는 이름을 올리지 못했다. 매번 결과에 실망하고 낙담하는 아들을 보기가 애처로웠다. 첫 관문인 서류 전형이라도 합격하려면 입사 지원서, 자기소개서 등 작성에 심혈을 기울여야만 했다. 하지만 아들은 말은 제법 잘하는 반면 글을 쓰는 데는 서툴러, 나와 글을 잘 쓰는 딸의 도움을 받아야 했다.

우리는 저녁마다 모여 머리를 짜내며 자기소개서를 작성했다. 아들이 살아오면서 잘했던 일, 기억에 남는 일 등 사연을 추가하기로 했다. 아들의 대학 시절 고물상 아르바이트를 했던 일, 기숙사 내 헌 전공 서적을 모아 판매했던 일 등의 내용을 추가 했다. 아들은 기숙사 생활을 했는데 학기가 끝나고 학생들이 고향으로 내려가면서 버리고 가는 전공 서적을 친구와 함께 기숙사에 모아 두었다가 새 학기가 되면 저렴한 가격에 학생들에게 되팔아 제법 수익을 많이 올렸다. 전공 서적은 웬만해서는 바뀌는 일이 없어 모아 둔 서적은 남는 재고 없이 모두 팔렸다. 네 학기 동안 헌 전공 서적 판매를 하던 중 경쟁자가 생겨 그만두었지만 아들의 비즈니스는 제법 성공적인 경험이었다. 평범하고 모범 답안 같은 자기소개서가 아닌 실전적 경험, 특장점을 지닌 자기소개서가 도움이 되리라 생각해 헌책 판매, 아르바이트 경험을 끼워 넣었다.

식구들의 전략이 통했는지 아들은 수없이 고배를 마신 끝에 H 백화점 그룹 계열사에 최종 합격을 했다. H사 면접관은 기숙사 내 헌 전공 서적 판매에 흥미를 보이며 상세히 물어보았다고 한다. 3개월의 인턴을 거쳐 정식 사원이 되고 열성적인 직원으로 근무를 하고 있다.

아들은 얼마 전 결혼해 예쁘고 깔끔한 성격의 며느리와 맞벌이를 하며 잘 살고 있다. 종종 퇴근길에 집에 들러 저녁을 먹고 아내와 정겨운 얘기를 나누곤 한다. 아들이 저녁 식사 후 집을 나서며 참기름, 핸드크림, 통조림, 과일 등을 보면 "엄마! 이거 하나 가져가도 돼?" 하며 살림을 축내곤 하지만 알뜰히 사는 아들 내외가 밉지

드나드는 인생, 넘나드는 인생

않다. 아들은 5년 내에 강남 아파트를 사는 게 목표라고 한다. 나는 아내에게 "꼭 시집간 딸 같아." 하면 아내는 고개를 끄덕인다. 아내는 딸 내외와 살림을 합치면서 손녀 육아를 전담하고 있다. 늦은 나이에 힘든 일이지만 아내는 기꺼이 즐기고 있다. 아들이 종종 "우리도 아기 낳으면 키워 줄 거지?" 하면 아내는 "가까운 데로 이사 오면 생각해 볼게." 하며 아들 내외를 가까이 두고 싶어 하는 마음을 숨기지 않는다.

아들은 직장 내에서 제법 성과를 올리기도 하고 상사들로부터 인정을 받아 열심히 근무하고 있다. 직장 생활을 하면서 모아 둔 자금과 대출받은 자금으로 '금융공학과' 전공을 살려 주식에 투자해 제법 큰돈을 모았다고 한다. 결혼할 때 큰 도움을 주지 못해 늘 미안해했던 터라 다행이라 생각했다.

아내는 5년 전에 친구들과 영등포의 용한 점집에서 본 아들의 사주 얘기를 한다. "점쟁이가 20년 넘게 점집을 하면서 손님 중에 장관을 했던 사람이 제일 좋은 사주였는데 우리 아들의 사주가 훨씬 좋다고 했어요. 40대 이후에는 승승장구한다고 했어요." 하며 호들갑을 떤다. "점쟁이는 무슨, 자기 팔자도 제대로 모르는 점쟁이가 한 말을 믿어?" 하면서 반박했지만 점쟁이의 말대로 잘 풀리기를 간절히 기대한다.

형제들

지금은 부모님이 모두 돌아가셔서 안 계시지만 우리 형제들은 그런대로 잘 살아가고 있다. 맏이인 형은 유명 제약 회사의 부사장을 지내다 바이오 회사를 창립해 운영해 나가고 있고, 여러 가지의 신약을 개발하여 주식 상장을 앞두고 있다. 둘째인 나는 헌 옷 재활용 사업을 19년째 하면서 그나마 안정되게 생활을 하고 있다. 셋째인 동생은 여전히 나무늘보처럼 느리지만 반듯하게 걸어가고 있다. 의사 생활을 하면서 신학 대학을 마치고 목사 겸 의사로 간간이 의료 선교를 한다며 외국을 들락거리더니 최근에는 나이가 들어서인지 요양 병원 원장으로 근무하면서 종교 관련 책자를 번역하며 지내고 있다.

제지 회사에 다녔던 막내는 아내와 두 딸을 캐나다에 유학을 보내고 10년째 기러기 아빠로 지내고 있다. 재활용 사업과 행사 장비 렌털 사업을 하며 홀로 운동도 열심히 하고 여행과 음악을 즐기면서 다육이를 자식처럼 정성스레 키우며 살고 있다. 아내는 혼자 사는 막내를 위해 종종 김치나 밑반찬을 만들어 찾아가곤 한다. 내가 외식 사업을 하며 미련을 버리지 못하고 집착하고 있을 때 '우리 가족을 수렁에서 건져 준 은인'이라며 보답을 하며 살아야 한다고 한다. 최근에 그런 감사의 마음으로 막내와 함께 한라산 정상을 다녀와 긴 밤을 술로 달래고 지난 일들을 정겹게 얘기하며 지내고 올라왔다.

드나드는 인생, 넘나드는 인생

부모님이 모두 돌아가시고 나도 모르게 형을 '형님'이라고 부르고 존대를 하게 되었다. 집안에 어른이 안 계시니 어른으로 모셔야 한다는 잠재의식이 생겼던 모양이다. 어린 시절부터 불같은 성격으로 나와 많이 싸우기도 했지만, 형님은 나이가 들어서인지 손주가 생기면서부터 순한 양이 되었다. 그런 형을 존경해 가며 살아가는 것이 온 집의 평화와 우애를 다지는 일이라 생각하게 되었다. 아버지는 전통적 유교 문화를 중시해 어려운 형편에도 격식을 갖춘 제사를 빠짐없이 지냈었다. 때가 되면 조상인 율곡 이이의 산소인 파주 '자운 서원'을 찾아 시제를 지내고 자식들은 물론 어린 손주들도 참석하기를 원했었다. 형은 아버지가 돌아가신 직후 유교식으로 부모님의 제사를 지냈지만 2년이 지나지 않아 기독교식 추도 예배로 하자고 했다. 아쉽지만 형 내외는 성공회, 셋째는 개신교여서 나 홀로 유교식 제사를 고집할 수 없었다. 그 이후로 의사 겸 목사인 셋째가 집전해 명절이나 추모일에 형님 집에 모이기도 하고, 부모님을 모신 파주 이북 5도민 통일동산 산소에서 기독교식 추도 예배로 치르고 있다.

얼마 전 형님이 이사를 한다고 해 방문했더니 형수님이 "이삿짐을 정리하다가 이 책들은 아주버님이 보관하셔야 할 것 같아서 따로 빼놓았어요. 족보와 조상 관련 책이에요." 했다. 제본이 잘된 두툼한 책들이었다. "아니, 이건 당연히 맏이인 형님이 갖고 계셔야죠. 제가 왜 갖고 가요?" 했더니 형님이 "정언아, 우리는 아들이 없으니 우리 가문의 장손이 있는 니네 집에 보관하는 게 맞지." 하신다. 이사를 하면서 묵은 짐을 정리하는 게 맞겠지만 족보 책이 묵은 짐은 아닐 테고 형님이 시퍼렇게 살아 계신데 내가 가져가는 게 맞나 생각해 보았다. 하지만 정성스레 포장해 놓은 책들을 다시 풀기도 번거로워 집으로 가져왔다. 집안의 장손이라는 것이 직책은 아니지만 그 무게를 감당 해야 하는 중요한 위치라는 것을 깨닫게 되었다.

명절이 되면 우리 형제들은 아들, 딸, 사위, 며느리, 손주들을 동반 해 거의 다 모인다. 족히 스무 명이 넘어 형님 집 가까운 식당을 일주 일 전에 예약해 식사를 하고, 형님의 집에 들러 추도 예배를 본다. 그 후 차담을 나누며 각자 준비한 선물을 교환한다. 각자의 살아가는 애 기와 근황을 전한 후 기념사진을 찍고 헤어진다. 솜씨 좋은 맏사위가 휴대폰으로 찍은 사진을 전송해 주면 잘 저장해 흐뭇한 기분으로 찾 아본다. 부모님은 안 계시지만 제법 잘 살아온 가족임을 느끼게 된 다. 부모님께 감사한 마음을 다시 한번 되새기게 된다. 어머니! 어머 니 고생 덕에 모두 잘 살고 있습니다. 평생 잊지 않겠습니다.

2부

어머니의 독백

회한

나는 길다면 길고 짧다면 짧은 인생을 살아오면서 고생도 많이 했지만 남부럽지 않은 행복한 삶을 살아왔다고 생각한다. 아들만 넷을 낳아 남처럼 예쁜 딸아이의 재롱을 보지는 못했지만 아들들이 엇나가지 않고 올바르게 자라 주었다. 모두 대학을 졸업하고 어엿한 직장인이 되고 좋은 색시들을 만나 잘 살아 주니 고마울 따름이다.

평생을 살며 아쉬운 것은 내 인생을 스스로 극복하거나 도전하지 못하고 어려운 환경에 적응만 하며 힘겹게 살아온 것이다. 돌아보면 매 순간 내 가족, 내 주변에 잘 맞추고 희생하는 것이 미덕이라고 생각하며 살아온 것이 후회된다. 왜 결혼 후 여유가 있을 때 멋진 구두에 화려한 옷을 차려입고 시내 거리를 활보할 생각을 못 했을까. 남들이 하는 영화나 연극, 음악회에 가 볼 생각을 왜 못 했을까. 친구들을 불러 맛있는 양식을 먹으며 향기로운 커피를 즐길 생각을 왜 못 했을까. 뒤늦게라도 글을 깨우쳐 신식 공부를 할 생각을 왜 못 했을까.

재주가 없는 건지, 오히려 다행인지 살면서 내리 아들만 넷을 낳았다. 온갖 풍파를 겪으면서 내가 제일 보람을 느끼는, 자랑할 만한 일은 어려운 형편에 모두 대학을 마치게 한 일이다. 내가 힘들게 겪은 보답이라고 생각해 기쁘기도 하고 자식들이 엇나가지 않고 잘 따라 준 것이 고마운 일이기도 하다.

누구를 닮았는지 공부를 잘하는 우리 자식들 입학식, 졸업식 때 장사를 접고 가 보고 싶은 마음이 간절했지만 행색이 남루한 모습 그대로 갈 수도 없고 격식에 맞춰 새 옷을 장만하는 것도 사치라고 생각해 마음만으로 축하해 줄 수밖에 없었다. 한 푼이라도 더 벌어 아이들 학비를 안 밀리게 하고 한 입이라도 더 먹이는 게 아이들을 위한 일이라고 생각했다. 장사를 하면서도 꽃다발 하나 없이 집으로 쓸쓸히 돌아올 아이들을 생각하면 마음이 아팠지만 그럴 수밖에 없었다. 다행히 아이들은 졸업장은 물론 개근상장, 우등상장을 들고 와 아무런 일도 없었던 듯 해맑게 칭찬을 기다렸다. 칭찬도 사치인 듯해서, 마음이 약해질까 봐 아꼈다. 자식들이 없는 형편에 공부를 잘해 무엇보다 좋았지만 너무 일찍 철이 드는 것 같아 마음이 무척 아팠다.

아들 4형제

첫째 아들은 잘생긴 신랑을 닮아서인지 태어났을 때부터 인물이 훤해 동네 아주머니들이 무척 부러워했다. 갓난아기 때부터 귀공자처럼 인물이 좋았다. 그 당시에는 드물었던 명문 유치원인 인천교대 부속 유치원에 입학시키려고 새벽부터 줄을 서서 접수를 하고 합격해 우리 내외는 정장을 차려입고 기념사진도 찍었다. 신랑의 사업 실패로 집안이 어려울 때도 큰 애는 줄곧 공부에만 전념해 명문 중고등학교를 거쳐 서울대에 입학해 내가 하고 싶었던 공부의 한을 풀어 주었다.

둘째 아들은 나를 제일 많이 닮은 아들이다. 눈이 작고 체격도 그리 크지 않지만 어려서부터 먹성이 좋았고 머리는 좋은 것 같았다. 공부를 곧잘 하더니 장사 일을 돕는다고 시장에 뻔질나게 드나들면서 성적이 점점 안 좋아져 시장엔 얼씬하지 말고 공부나 열심히 하라고 혼을 내도 비실비실 웃으면서 계속 나타나 나를 웃게 만들어 주어 고마웠지만 끝까지 말리지 못한 게 후회스럽다. 둘째는 명문대를 나오지는 못했지만 다정다감하고 성격이 좋아 친구도 많고 사회생활을 잘해 그나마 안심이 되었다. 깨물어 안 아픈 손가락이 있을까마는 둘째는 깨물면 유난히 더 아픈 손가락이었다.

셋째는 어릴 때부터 성격이 순하고 급한 게 없어 답답할 때도 있지만 생전 속을 썩인 적이 없다. 굼벵이가 조용히 기어다니면서 제 할 일을 다하고 성장하듯이 제 할 일은 잘 챙겨서 잘해 나갔다. 셋째는 형제들의 저녁 식사를 만들면서 꾸준히 공부해 의과대학에 합격해 내가 시장에서 또다시 자랑할 만한 일을 해 주었다. 시장 아주머니들이 부러워하면서 "둘째는 어느 대학 갔어?" 물어보아 난감했지만 "둘째는 교회에 미쳐 다니더니 장학생으로 신학 대학 갔어."라고 대답했다.

늦둥이 넷째는 시장 바닥에서 커서 그런지 형들만 못했다. 셋째를 낳고 8년 만에 낳은 막내아들은 나이 차이도 많아 제각각 할 일이 많은 형들은 막내를 돌보지 못했다. 나도 장사에 바빠 스스로 잘 커 주기만 바랐다. 아쉬움이 많았지만 막내는 졸업 연도에 다행히 취직을 위해 열심히 공부해 미국이 주관하는 '선물 중개사' 시험에 합격하고 대기업 제지 회사에 취업했다.

신랑의 사업 실패로 시장 바닥에서 장사를 하며 네 자식을 키우느라 죽을 둥 살 둥 살아왔지만 있는 집 자식 못지않게 잘 크고 어엿한 성인이 되어 사회인으로 잘 살고 있는 걸 보면 보람도 있고 고맙기도 하다. 힘들게 살아온 나에게는 자식들만이 희망이었다. 힘든 여정에 때로는 남몰래 많이 울기도 했고 가슴 아픈 일도 많았지만 후회 없는 삶을 살아왔다고 생각한다.

가난을 피하여

　나는 일제 강점기인 1931년 제물포—지금의 인천—변두리인 독쟁
이에서 태어났다. 아버지는 소작농의 아들로 태어나 어려서부터 지주
의 소작으로 연명했고, 어머니는 갯벌에 나가 낙지나 조개를 잡는 일
로 생업을 이어 나갔다. 없는 집들은 그나마 가까이 바다가 있어 낙
지나 조개를 잡아 연명할 수 있는 게 다행이었다. 시골 학교에 가 글
을 배우고 싶어도 어려운 집안 사정상 엄두도 못 내었다. 언니와 나
는 학교 근처도 가 보질 못했고 그나마 남동생은 초등학교 문턱을 넘
을 수 있었지만 졸업까지는 못하고 말았다.

　평생을 남의 논을 일구던 아버지는 품삯이 좋다는 얘기를 듣고 연
평도 조기잡이 배를 탔다. 덕분에 2년 후 산동네의 자그마한 흙벽돌
집을 장만했다. 그나마 형편이 나아질 무렵 아버지가 탄 어선이 풍랑
을 만나 배에 타고 있던 사람 전부가 물에 빠져 죽고 말았다. 시신도

드나드는 인생, 넘나드는 인생

수습하지 못한 채 장례를 치렀다.

얼마 후 어머니는 부잣집 수양딸 자리가 나왔다면서 내가 가면 나도 편하고 우리 식구들도 형편이 좋아질 거라고 했다. 잘만 하면 학교도 다닐 수 있을 거라고 했다. '열세 살 늦은 나이에 학교는 무슨?' 하는 생각이 들었지만 나는 학교에 가고 싶어 그렇게 하겠다고 했다. 평생 우리 집에 있으면 학교는커녕 가난을 벗어날 희망은 없었다. 일주일 후 흰 두루마기에 중절모를 쓴 멋쟁이 아저씨가 날 데리러 왔다. 나이는 많아 보였지만 인상이 푸근하고 목소리도 점잖은 신사였다. 그분이 수양아버지였다. 수양아버지는 어머니와 몇 마디 인사를 나누고 나를 데리고 숭의동 주택가로 갔다. 그 동네에는 기와집이 많았고 가까이 국민학교도 있었다. 집에 들어서니 깔끔한 한옥으로 방이 족히 예닐곱 개 정도 돼 보였고 넓은 마당에 우물과 지하수를 퍼올리는 펌프도 있었다. 마당 한쪽에는 꽃밭이 꽤 넓게 펼쳐져 있었고 조경이 잘된 나무도 많이 있었다. 우리가 도착하자 툇마루에 곱게 차려입은 아낙이 어린아이를 데리고 나와 맞아 주었다. 나는 문간방에 가져온 짐을 풀고 수양아버지의 부름으로 안방에 들어가 절을 하고 인사를 나누었다. 고운 아낙은 수양어머니였고 어린아이는 새로 들인 아낙이 데리고 들어온 아이였다. 수양아버지는 첫째 부인과 8년을 살면서 자식이 없었고 사별했다. 수양아버지는 홀아비로 2년을 지내다 아이 딸린 젊은 부인을 새로 들인 것이다. 새어머니는 살림을 전혀 할 줄 몰랐고 자신을 치장하는 데만 몰두했다. 넓은 집에 식구가 없어 쓸쓸하기도 하고 살림을 할 여자가 필요했던 차에 새어머니는 수양아버지에게 살림 잘하는 수양딸을 들이자 했다. 그 제안으로 여러 집을 물색하다가 나를 선택한 것이었다. 나는 목구멍에 풀칠할 걱정을 덜게 되어 안심했고 살림을 잘해 인정을 받으면 학교도 다닐 수 있겠다는 희망을 갖게 되었다. 달리 부엌살림을 할 사람이 없어 나는 있는 재료로 멋지게 저녁상을 차렸다. 상을 안방에 내려놓고 나오는데 아무런 말이 없었다. "수고했다."라든지 "앉아서 같이 먹자."라든지, 아무 말도 없었다. 첫날이라 그러려니 했지만 다음 날도 또 그다음 날도. 서운한 마음을 뒤로하고 부엌에서 밥을 먹었다. 수양딸로 온 게 맞나, 혹시 식모가 필요해 데려온 게 아닌가 하는 생각이 들었고, 그렇다면 품삯을 요구하는 게 맞다고 생각했지만 조금 더 지켜보기로 했다. 일주일쯤 지나 수양아버지가 불러 안방으로 들어가 보니 아버지께서 두루마기 옷깃에서 돈을 꺼내 주시며 "고생이 많지. 힘들어도 조금만 참고 지내 보자. 장터에 가서 맛있는 거 사 먹고 바람 좀 쐬다 오렴. 어머니는 친정 오라비네 다니러 갔다. 내일 돌아올 게다." 하셨다. 홀로 된 기분으로 말을 나눌 사람도 없어 외롭던 차에 따듯한 말 한마디에 울컥 눈물이 나오려는 걸 꾹 참고 "고맙습니다. 금방 다녀오겠습니다. 저녁 맛있게 차려 드릴 테니 기다리세요." 하고 꾸벅 절을 하고 나왔다. 많지는 않았지만 내 돈을 들고 장터에 나오니 먹고 싶은 것도 많고 사고 싶은 것도 많았다. 찹쌀떡을 세 개 사하나를 먹었다. 꿀맛이었다. 하나를 더 먹고 싶었지만 기다리고 계실 아버지를 위해 꾹 참았다. 나비 모양의 예쁜 머리핀을 하나 사고 한참 구경을 하다가 집으로 돌아왔다. 아버지의 저녁을 차려 드리고 나오는데 "옥분아, 같이 앉아 먹자. 혼자 먹는 게 안쓰러웠지만 오늘만이라도 같이 앉아 먹자." 하셨다. 나는 재빨리 부엌에 가서 수저와 젓가락, 밥 한 공기를 들고 안방으로 들어갔다. 밥을 먹으며 아버지는 지난 일들을 얘기해 주었다.

수양아버지

수양아버지의 아버지는 염전을 크게 해 돈을 많이 벌었고 그 돈으로 양조장을 차려 집안이 번성했다. 하지만 얼마 안 돼 염전을 일본인에게 헐값에 팔라는 압박을 받아 강제로 빼앗기다시피 했다. 또 양조장마저 빼앗겨 재산이 얼마 안 남게 되었다. 1년 후 아버지의 아버지는 화병으로 돌아가셨고, 아버지는 얼마 남지 않은 농토를 소작 주어 생활을 하고 있었다. 잘사는 집 딸과 결혼해 행복하게 살았지만 부인이 병약해 자식을 낳지 못하고 병사하고 말았다. 일가친척이 없던 아버지는 외로운 생활을 이어 가다가 양곡 상인의 중매로 딸아이가 딸린 미모의 과부와 살림을 합치게 되었다. 하지만 처남들의 행실이 탐탁지 않아 살아 보고 호적에 올리기로 했다고 한다. 내가 수양딸로 들어오기 전 스무 살이 넘은 수양딸이 있었는데, 새 부인의 시기와 의심이 심해 견디다 못해 도망쳤다고 한다. 아버지는 "너도 당분간 이 집에 살면서 고생이 되겠지만 잘 버텨 줬으면 한다. 나도 다 생각하는 게 있으니 그때까지만 잘 지내 다오." 하셨다. 그 뒤로 나는 힘들지만 굳세게 버티며 지냈다.

다음 날 친정에 갔던 새어머니는 딸을 데리고 나타났고, 점차 트집을 잡는 일이 잦아졌다. 음식이 짜다, 맵다, 빨래를 개어 들여놓으면 얼룩이 졌다, 주름이 안 펴졌다, 냄새가 난다 하며 트집을 잡고 빨래를 집어 던지고 고함을 치기도 했다.

나는 아버지의 말씀을 새기며 굳세게 버텨 냈다. 새어머니의 친정 오빠들은 아버지가 집을 비우면 수시로 드나들며 곡식이나 생선을 퍼 날랐다. 심지어는 새어머니에게 돈을 달라며 다투기도 했다. 새어머니의 오빠들이 드나들면서 아버지와 새어머니는 싸움이 잦아졌고 그러고 나면 아버지는 며칠씩 집에 들어오지 않았다. 아버지가 집을 비우면 새어머니의 구박은 더 심해졌고 폭력을 쓰기도 했다.

새어머니는 갈등이 깊어지면서 아편에 손을 대기 시작했고 급기야 폐병에 걸려 3년 만에 어린 딸을 두고 죽고 말았다. 죽고 나서 아버지는 새어머니가 서울의 유명한 기생이었으며 임신이 되자 기생 생활을 그만두고 돈 많은 집을 물색하다가 아버지의 집으로 들어오게 된 것을 알게 되었다. 새어머니의 오빠들은 위자료를 달라고 생떼를 써 논 20마지기를 주고 연고가 없는 어린 딸을 데리고 가게 했다. 새어머니와 나는 좋은 관계가 아니었어도 어린 의붓동생은 나를 잘 따라 애지중지하며 정이 많이 들었지만, 그렇게 헤어지게 되었다.

그즈음 아버지는 바싹 늙어 버렸고 기운 없는 노인이 되어 갔다. 가세가 점점 기울어 넉넉한 살림은 아니었지만 아버지와 함께 단둘이 살면서 행복한 시절을 보냈다. 그러던 중 내가 열다섯이 되던 해에 해방이 되었다. 해방이 되었어도 살기는 어려웠다. 그러나 친어머니와 언니, 남동생이 살고 있는 친가에 자유롭게 드나들 수 있게 되었다. 친가의 형편도 별반 나아지지 않아 친가에 갈 때면 어머니가 즐기시는 궐련—종이에 말아 피는 지금의 담배—과 보리라도 한 됫박 들고 가야 했다.

궁핍한 생활에 홀로 된 아버지를 모시기 위해 삯바느질 일을 하게 되었다. 점차 소문이 나 부잣집 부인들의 한복, 마고자, 두루마기를 짓는 일로 바빠져 두 식구 먹고살기는 넉넉해졌지만 편찮아진 아버지의 약값으로 많은 지출을 해야 했다.

6·25 전쟁

광복의 기쁨도 잠시 6·25 전쟁이 터졌다. 전쟁 중에는 피난도 못 가고 전세戰勢에 따라 국군과 인민군에게 번갈아 비위를 맞추며 살아야 했다. 그나마 다행인 것은 인민군이 점령했을 때 재산이 많은 지주들이 모두 잡혀가 재산을 빼앗기고 고초를 겪고 처형당하는 일이 많았다. 지주였던 아버지는 남은 땅이 별로 많지 않아 지주들에 대한 고초를 피할 수 있었다. 인천 상륙 작전 때는 한밤에 함포의 폭격으로 인민군 사령부가 주둔하고 있던 월미도 산꼭대기가 뻘건 불꽃으로 번져 시내를 환하게 해 화산이 폭발하는 것 같았다. 밤새 폭발 소리는 그치지 않았고 그 소리는 천둥소리의 열 배는 되는 것 같았다. 날이 밝자 인민군은 북으로 밀려가고 미군과 국군이 들어섰다. 수복이 되자 언니와 나는 미국기와 태극기를 들고 환영 행사에 참여했다. 미군이 나눠 주는 구호물자를 타기 위해 포화 속에 목숨을 걸기도 했다. 일제 강점기에 태어난 나에게는 해방과 전쟁 등 큰 사건들이 먹고사는 문제나 궁핍한 생활을 벗어나고 싶은 욕망보다 크지 않았다. 먹고사는 일과 가난을 벗어나고 싶은 마음이 매 순간, 매일 일어나는 일상이었으니까.

결혼

6·25 전쟁이 끝나고 스물세 살 되던 해에 아버지는 숭의동의 먼 일가친척 아주머니를 통해 혼사 자리를 주선하셨다.

"오늘은 귀한 손님이 오니 깨끗한 옷을 차려입고 이쁘게 단장하고 있거라."

나는 단정한 옷으로 갈아입고 아끼던 '동동 구리무'를 발라 치장하고 있으니 친척 아주머니가 멀끔한 총각을 데리고 왔다. 키가 크고 늘씬하고 머리에 포마드를 발라 단정하게 빗어 넘긴 얼굴은, 우리 동네에서 처음 보는 잘생긴 총각이었다. 홀로 황해도에서 월남해 군 생활을 하다가 미군 부대 군무원으로 일하고 있다고 했다. 잘생긴 총각도 내가 싫지 않은 눈치였고 친척 아주머니는 일사천리로 혼사를 서둘렀다. 신랑은 북한에서 넘어오기 전 결혼을 했었고 자식은 없었다고 고백했다. 인민군에 차출될 상황에서 고민 끝에 홀로 월남하게 되었다고 했다. 인천에 정착해 살던 중 육촌 동생들을 우연히 만나 남한에 혈육이 둘 있다고 했다. 잘생긴 얼굴과 온화한 성품에 반해 있던 터라 개의치 않고 청혼을 수락했다.

결혼 전 아버지는 우리와 같이 살기를 내심 원하시는 것 같았지만 숭의동 독합다리에 부엌 딸린 단칸방을 얻어 주었다. 우리는 결혼식은 하지 못하고 혼인 신고만 하고 살림을 시작했다. 신랑과의 꿈 같은 신혼 생활을 하다가 이듬해 첫아들을 낳았는데 신랑을 닮아서인지 인물이 훤해 품에서 놓고 싶지 않을 정도였다. 외롭게 살아오던 신랑도 퇴근하자마자 아들을 둘러업고 덩실덩실 춤을 추며 동네를 돌아다녔다.

신랑의 근면함과 안정된 직장 생활로 우리는 제법 많은 저축을 하게 되었다. 둘째가 태어나던 해, 결혼 3년 만에 우리는 숭의동에 마당 넓고 오래된 한옥집을 장만했다. 신랑은 인부를 불러 틈틈이 비틀어진 문짝과 마루도 갈고 기와도 고치고 칠도 하며 수리해 번듯한 집을 만들어 주었다. 마당에는 우물과 펌프가 있었지만 나를 위해 비싼 돈을 들여 동네에서는 처음으로 수도를 설치해 주었다. 나는 먹는 물, 밥물 외에는 우물물을 사용했다. 동네 아주머니들에게도 우물과 펌프를 사용하도록 했지만 수돗물은 사용하지 못하게 했다.

셋째가 태어나던 해에 신랑은 모아 놓은 돈으로 차를 사 부업으로 시발택시 사업을 하겠다고 했다. 나는 명석한 신랑이 알아서 잘 판단했겠지 생각하고 동의했다. 새 차가 들어오던 날 번쩍번쩍한 새 차의 위용에 홀딱 빠졌고 돼지머리와 떡을 해 무사 안녕을 비는 고사를 지냈다. 나는 사고 나지 말고 돈 많이 벌게 해 달라고 돼지머리 앞에 간절히 빌었다. 기사가 마당에 차를 세워 두고 퇴근하면 물을 떠 정성스레 차를 닦았다. 어린 둘째 아들은 동네 또래들을 불러 자랑하며 세차하는 일을 도왔다. 신랑의 봉급 외에 시발택시는 수입에 큰 도움을 주어 우리 내외를 기쁘게 해 주었다. 1년이 안 돼 신랑은 시발택시를 한 대 더 사면서 마당 한편에 흙벽돌과 슬레이트로 차고를 짓고 간단한 정비도 하게 했다. 얼마간 벼락부자가 되는 꿈을 꾸었지만 새로 들어온 기사가 인사 사고를 내 피해자가 사망하는 일이 벌어졌다. 시발택시 두 대를 모두 팔아 배상을 해야만 했다. 기사도 구속되어 가족에게도 보상을 해야만 했다. 요즘같이 차량 보험이 있었다면 시발택시 사업을 지속할 수 있었겠지만 그러지 못했다. 텅 빈 차고를 보며 욕심이 과해 너무 빨리 달려온 것을 후회했다. 아쉬움이 많이 남는 일이었다. 차고는 보온과 보냉이 잘돼 김장이나 장을 보관하고 연탄 창고로 사용했다.

그 무렵 신랑은 미군 부대에 근무하면서 성실함을 인정받아 하역선 선장이 되었고 아이들도 별 탈 없이 잘 자라 주어 그나마 크나큰 위안이 되었다. 재물을 늘려 가는 것도 중요하지만 아이들을 잘 키워 출세하게 하는 것이 무엇보다 중요하다고 생각해 아이들 교육에 전념했다. 신랑과 내가 못 배운 한을 아이들을 통해 풀어 보고 싶은 심정이었다. 당시 인천에는 유치원이 많지 않아 아이들을 유치원에 보내는 사람이 드물었다. 고위 관료나 재벌급 부자, 외국 선교사 자녀 등 극소수 집안의 아이들만 유치원에 다닐 수 있었다. 인천에는 인천교대 부설 유치원과 성당에서 운영하는 박문 고등학교 부설 유치원이 유일했다. 입학 시즌이 되자 집에서 가까운 인천교육대학 부설 유치원에 큰아이를 입학시키기 위해 알아보니 경쟁이 엄청났다. 신랑은 새벽부터 줄을 서서 지원서를 접수했고 서류 전형과 면접을 거쳐 합격을 했다. 자식이 서울대에 합격이라도 한 듯 기뻤다. 2년 뒤 둘째는 유치원 면접에서 탈락해 이듬해에 국민학교에 입학했다. 두 아이의 초등학교 입학 뒤 아이들을 위한다는 명분으로 촌지를 아끼지 않았다. 담임 선생님께 부탁을 해 그룹 과외도 시켰다. 과외를 할 때 아이들을 통해 담임 선생님 댁에 간식을 보내는 것도 잊지 않았다. 덕분에 두 아들은 매번 1, 2등의 성적표를 받아왔고 우리 내외는 우리의 한을 풀어 주는 아들들과 담임 선생님께 절을 하고 싶을 정도로 기뻤다.

남편의 사업

큰아이가 4학년에 올라갈 무렵 신랑은 난데없이 탄탄한 직장을 그만두고 사업을 하겠다고 했다. 잔잔하던 물가에 돌을 던져 파문이 일듯 심란했지만 남편의 뜻에 마지못해 동의했고 남편은 퇴직하고 일사천리로 일본에 수출하는 인삼 엑기스—지금의 정관장 인삼 엑기스와 유사한 제품—공장을 차렸다. 인삼을 엑기스만 남을 때까지 푹 달여 작은 병에 담고 금색 라벨로 치장을 해 상자에 담는 공정이었다. 나는 일손이 바쁠 때 라벨을 붙이고 상자에 담아 포장하는 일을 도왔고 일하시는 직원들의 식사와 새참을 담당했다. 몸에 좋다는 인삼 엑기스를 작은 숟가락으로 퍼먹기도 하고 따스한 물에 타 먹기도 하는 간편한 제품이었다. 반응이 좋을 것이라고 생각했고, 잘만 하면 국내에 판매해도 잘 팔릴 것이라고 생각했다.

수출 계약이 체결되자 선적을 위해 납기를 맞추느라고 일손은 바빠졌다. 인삼 엑기스는 생산이 완료되어 넉넉했지만 소분해 용기에 담는 일, 라벨 작업, 포장 작업 등 거쳐야 할 공정이 많아 가용한 인력을 총동원해야 했다. 언니, 동생, 동네 아주머니들을 총동원해 밤 늦게까지 작업을 해야 했다.

한 달간 준비한 1차 수출 물량이 선적되고 며칠 뒤 남편은 달러 뭉치를 들고 왔다. 생전 처음 보는 달러에는 곱슬머리 서양 할아버지 그림이 있었다. 신기하게 보고 있자 남편은 미국의 옛날 대통령이라고

드나드는 인생, 넘나드는 인생

했다. 금고가 없어 장롱 아래 서랍에 꽁꽁 잘 숨겨 두었다. 몇 차례 선적을 더 하면서 달러는 우리나라 돈과 번갈아 들락날락했고 점차 줄어들었다. 일본의 수입 업체가 제품을 깔아 가는 중이어서 물량은 바닥났지만 자금 회수가 아직 안 되고 있다고 했다. 강화도에서 구입하는 인삼 업체들은 현금 입금이 안 되면 더 이상 납품을 못 하겠다고 했다. 사방팔방으로 돈을 빌리러 다니고 여의치 않자 급기야 남편은 집을 담보로 은행 빚을 지게 되었다. 빚으로 인삼을 구입해 생산을 이어 갔지만 일본에서 들어오는 돈은 턱없이 부족했다.

1년을 버티다 공장은 문을 닫게 되었다. 일본 업체는 직접 인삼을 수입해 자체 생산을 시작했다. 간간이 들어오는 수출 잔금은 푼돈에 불과했고 남편은 남은 돈을 다 끌어모아 석고 공장을 다시 시작하며 재기를 노렸다. 그마저도 1년을 못 버티고 문을 닫고 말았다. 은행 빚을 갚기 위해 남편은 분주히 움직였지만 도움을 줄 만한 사람은 없었다. 남편은 실낱같은 희망을 안고 서울에 사는 친구들을 만나러 다녔지만 별 소용이 없었다. 궁여지책으로 패물을 모두 내다 팔고 문간방을 전세 주어 급한 불을 껐지만 은행 빚은 많이 남아 있었다.

문간방에 세 들어온 서울댁은 나와 동갑으로 형실이라는 예쁘고 통통한 딸아이와 함께 이사를 왔다. 서울 북창동에서 조그마한 술집을 운영하며 살던 중 한 남자와 정이 들어 살림을 합쳤지만, 알고 보니 부인이 있는 남자였다고 한다. 둘 사이에 아이가 생겨 술집은 정리하고 남자가 보태 주는 용돈으로 생활을 하고 있고 전세금도 남자가

217

해 주었고 한다. 아는 사람들 눈을 피해 딸과 함께 잘 살아 보려고 인천으로 내려오게 되었다고 했다. 처음에는 행실이 올바르지 않을 것으로 생각해 멀리했지만 세상 이치에 밝고 치장을 멋지게 잘하는 것이 내심 부러워 친하게 지내게 되었다. 형실이 엄마가 이사 오고 나서 아모레 아주머니(화장품 방문 판매원), 보따리 양키 장사(미군 PX에서 나오는 커피, 통조림, 치즈, 양주, 양담배 등을 잘사는 동네에 집집마다 방문해 판매하는 불법유통 상인), 보따리 옷 장사가 뻔질나게 드나들었다. 나도 생전 처음 보는 물건들 구경에 혼이 빠질 지경이었다. 서울댁과 친하게 되면서 내 돈 주고 사 본 적이 없는 일제日製 '동동 구리무'나 루주도 사게 되었고 미용실에 가 평생 쪽진 머리로만 살다가 파마도 하게 되었다. 파마를 해 보니 멋지기도 하고 손질도 무척 편했다. 그 이후로 죽을 때까지 평생 파마머리로 살았다.

형실이 엄마는 열심히만 살면 언젠가는 성공할 수 있다고만 생각하며 살아온 내게 지혜롭게 살 수 있는 다른 길이 얼마든지 있다는 것을 깨우쳐 주었다. 그 무렵 막내인 넷째 아들이 태어났고 은행 빚 독촉이 점점 심해져 왔다. 남편만 믿고 기다리다가는 아이들 학비며 먹고사는 게 어려울 것이라고 생각해 장사를 하기로 마음먹었다. 형실이 엄마는 인천에서 기왕에 장사를 하려면 고급 시장인 신포시장으로 가라고 했다. 양키 물건도 잘 팔리고 고급 과일도 잘 팔리는 신포시장이 자리 잡기는 그만일 거라고 했다. 형실이 엄마와는 우리 집이 경매로 넘어가면서 각각 이사를 해 잠시 멀어졌지만 형실네가 신포시장이 가까운 신흥동으로 이사 가면서 다시 자주 만나게 되었다. 형실이네 집은 오래된 일본식 가옥으로 거실에는 다다미가 깔려 있었고 벽은 대나무와 철사를 엮어 붙이고 횟가루를 반죽해 바른 집이었는데 커다란 창문으로 햇볕이 잘 들어 한겨울에도 따뜻했다.

신포시장 노점상

    난생처음 장사를 해 보려고 신포시장을 한 바퀴 돌아보며 쉴 새 없이 바삐 움직이는 상인들을 보고 용기를 얻었다. 생전 처음 시장 바닥에서 장사를 시작하는 것이 두려웠지만 수양딸로 처음 갔을 때 새어머니의 구박을 받으며 지냈던 일을 생각하며 마음을 다잡았다. 다음 날 두 주먹을 움켜쥐고 막내를 포대기에 둘러업고 나섰다. 배다리 중앙시장에서 큰 양은 대야를 사고 깡시장에 들러 최고로 좋아 보이는 참외 50개를 사 양은 대야에 담았다. 포대기를 고쳐 매고 대야를 이고 동인천역을 지나 경동 고개를 넘는데 땀이 비 오듯 하고 막내를 업은 포대기는 자꾸 흘러내려 쉬어 가고 싶었지만 위아래, 앞뒤 어느 한 곳이라도 손을 쓸 수가 없어 이를 악물고 걸어 신포시장에 도착했다.

    마음씨 좋아 보이는 가게 주인을 탐색하며 가다가 시장 중간에 신

드나드는 인생, 넘나드는 인생

발 가게 앞에 넓은 공간이 눈에 들어왔다. 마당을 쓸고 있는 인심 좋아 보이는 가게 주인도 보였다. 내가 양은 대야를 내려놓고 한숨 쉬려고 하는데 아저씨는 대야를 잡아 내려 주면서 "아기도 어린데 고생하시네요. 잠깐 땀을 식혀서 가세요." 했다. 포대기를 풀어 막내도 쉬게 하고 땀을 닦고 눈치를 보며 눌러앉을 기색이 보이자 아저씨는 냉수를 한 컵 건네며 "물 한잔 드시고 쉬었다 다른 자리를 알아보세요. 이 자리는 우리 가게 가판대를 놓는 자리예요. 가판대에서 파는 게 가게 안에서 파는 것보다 훨씬 많아서 자리를 내드릴 수가 없네요. 마침 가판대를 놓으려고 청소를 하던 중이었어요. 죄송합니다." 했다. 막내가 마침 배가 고파서인지 울기 시작했고 나는 돌려 앉아 가슴을 살짝 드러내 놓고 젖을 먹였다.

아저씨는 어린아이를 데리고 나와 장사를 하려는 게 필시 무슨 사연이 있으려니 하고 말벗이 되어 주었다. 마침 부인이 나와서 마치 오랫동안 만나 온 사람들처럼 셋이 이야기를 나누게 되었다. 나는 남편이 사업을 하다가 폭삭 망하게 되어 석 달 된 막내를 업고 오늘 처음 시장에 나왔다고 읍소를 했고 애들 학교 얘기를 하게 되었다. 아저씨의 하나뿐인 아들은 가까운 송도중학교 1학년에 다닌다고 했다. 내둘째 아들도 같은 학교 1학년이라고 하자 신발 가게 주인 내외는 반가운 표정을 지으며 반색했다. 아저씨는 아들이 어릴 때 소아마비를 심하게 앓아 한쪽 다리가 거의 마비되어 지팡이를 짚고 다닌다고 했다. 중학교 배정을 받을 때 문교부에 탄원을 넣어 가까운 송도중학교에 입학시킬 수 있었다고 했다. 나는 어려운 때도 많았고 좋은 때도 있었지만 식구들 모두 큰 탈 없이 건강하게 잘 지내니 그래도 행복하다고 생각했다.

그날 이후 나는 시장에서 이리 쫓기고 저리 쫓기고 떠돌며 참외 노점상을 이어 갔다. 그러던 어느 날 송도중학교에 다니는 둘째 아들이 책가방 두 개를 둘러메고 지팡이를 짚고 쩔뚝쩔뚝 뒤처져 걸어오는 아이와 함께 찾아왔다. "우리 반 친구 태식이에요. 얘네 부모님은 저 아래에서 신발 가게를 하세요. 오늘은 시장 오는 길에 만나 같이 왔어요." 했다. 태식이라는 아이는 의외로 밝은 얼굴로 "안녕하세요. 정언이와 같은 반 친구 김태식이라고 합니다. 정언이한테 어머니 말씀 많이 들었어요." 하며 반갑게 인사했다. 아프지만 밝게 잘 자란 아이가 대견하다고 생각하며 기분이 좋았다. 둘째는 "엄마! 태식이 데려다주고 금방 올게요." 하며 자기 책가방은 내려놓고 태식이의 가방을 둘러메며 나섰다.

일주일 뒤 둘째가 실내화를 사 달라고 시장에 찾아와 아들을 앞세워 신발 가게로 갔다. 아뿔싸. 아들의 친구는 일주일 전 자리는 내주지 않았지만 냉수를 내주며 따뜻한 얘기를 나누었던 부부의 아들이었다. 부부는 미안함을 감추지 못하고 내게 철 지난 털신을 선물해 주었다. 며칠 뒤 태식이 어머니가 찾아와 "애 아빠가 가게 한쪽 모퉁이를 비워 놓았으니 내일부터 여기저기 왔다 갔다 하지 마시고 와서 장사하시랍니다. 10년 넘게 매일 쓸며 정성을 들인 자리지만 먹고사는 게 아이들 우정보다 중요하지 않을 거라고 했어요." 했다. 태식이 부모에게 고마웠고 비즈니스를 잘해 준 둘째도 고마웠다.

주택 차압

어렵게 안정적인 노점 자리가 생기고 힘겹게 장사를 하며 버텼지만 은행 빚에 시달리던 우리 집은 몇 달이 안 돼 차압당했다. 우리는 공동묘지 옆에 있는 산 9번지의 단칸방으로 이사를 해야 했다. 여섯 식구가 누우면 한둘은 겹쳐 자야 하는 좁은 방이었다. 그래서인지 남편은 지방에 간다고 며칠씩 집을 비우기 시작했다. 한동안 돌아오지 않을 때도 있었다. 뭐 하고 돌아다니다 왔냐고 물으면 이것저것 알아보다 왔다고 할 뿐 자세한 얘기는 하지 않았다.

산 9번지로 이사한 후 중학교 3학년이던 큰아들은 말이 없어졌고, 새벽부터 밤늦은 시간까지 집을 비웠다. 걱정을 많이 했지만 교실과 도서관에만 처박혀 공부만 하고 있었다. 눈치 빠른 둘째는 틈틈이 시장에 들러 배달 등 장사 일을 도와주었고, 연탄을 사 나르는 역할을 했다. 느긋한 성격의 셋째는 집안 식구들의 저녁 식사를 담당했다. 재료만 있으면 수제비든 국수든 잘 끓였고 보리밥도 잘 지었다. 막내는 형들이 모두 학교 가고 나면 나를 따라 시장에 나와 같이 지내기도 하고 집에서 혼자 지내기도 했다. 어느 자식이나 마음이 아프지만 특히 막내는 태어나서부터 치열한 시장에서 온갖 것을 다 보며 자랐고, 네다섯 살 무렵에는 홀로 집에서 지내게 한 게 두고두고 가슴이 저렸다. 다행히 네 아들 모두 크게 삐뚤어지지 않고 큰 병치레도 않고 잘 자라 준 것은 하나님의 축복이라고 생각한다.

어린 시절 함께 자란 친언니는 살기도 어려운데 항상 내 주변을 맴돌며 살아왔다. 수양딸로 가 새어머니의 구박을 받아 우울할 때면 여지없이 나타나 위로를 해 주었다. 남편의 사업이 망해 먹을거리조차 없을 때 외상으로 용현동에서 몰래 쌀을 배달시켜 주었다. 이른 새벽 바닷가에 나가 조개를 한 자루 캐다가 몰래 문 앞에 두고 사라지곤 했다. 언니의 자식들은 어려워 공부를 못 시키면서 우리 큰아들이 대학에 입학하면 봉투에 돈을 넣어 건네곤 했다. 다행히도 언니의 둘째 아들은 공부를 잘했지만 돈이 없어 철도고등학교에 입학시켰다. 항공대를 나와 대기업에 입사해 언니의 한을 풀어 주었다.

돌아보면 내가 결혼해 잘 살 때나 혼자만 더 잘 살려고 노력하면서 언니의 가족을 보살피지 못하고 눈곱만큼도 도움이 되지 못한 게 죄스럽다. 먹는 입 하나 줄여 보자고 나를 양녀로 보낸 것이 미안했었을까? 아끼던 동생이 외롭게 지내는 게 안타까웠을까? 그냥 하늘에서 천사를 대신해 내려보낸 걸까? 내가 여유로울 때 쌀 한 말 보내지 못한 게 아쉽고, 둘째 조카 대학 보낼 때 등록을 조금도 보태 주지 못한 게 미안하고, 셋째 시집갈 때 넉넉히 못 해 준 게 아쉬웠다.

언니의 늦둥이 막내 조카가 겨우 성년이 되어 사고로 저세상으로 떠났을 때 내내 같이 있어 주지 못한 게 죄스럽다. 내가 예순에 접어들어 뇌졸중으로 침대에만 있을 때 그나마 언니보다 먼저 병원 신세를 지게 된 것이 그나마 죗값을 치르는 것 같아 다행스러웠다. 예순넷의 나이에 건강한 언니를 두고 먼저 떠나는 게 다행이었다.

시장 장사를 하며 3년째 되던 해에 작은 가게를 얻게 되었다. 여전히 어린 막내가 걱정이 되었지만 다행히 동네의 교회에 어린 아이들을 돌봐 주는 시설이 생겨 맡기게 되었다. 그리고 나니 시장 바닥에서 종일 지내다 늦은 밤에야 들어가는 것보다는 훨씬 좋을 거라고 생각했다. 틈틈이 형들과 같이 지내게 되어 안심이 되었다. 가게를 얻고 매출이 늘어 수입도 눈에 띄게 늘었지만 지출은 더 빨리 늘었다. 아이들이 크니 등록금, 책값, 교통비, 용돈 등이 감당하기 힘들 정도였다. 나는 새벽에 일어나 자식들 아침을 챙기고 도시락을 여섯 개씩 싸야 했다. 큰아들 아침, 점심, 저녁, 둘째와 셋째 점심 하나씩, 내 도시락 하나. 한참 클 나이의 남자아이들이라 먹어대는 게 겁이 날 지경이었다. 80킬로그램 쌀 한 가마로 한 달을 버티기 힘들 정도였다. 가게에서 팔다 남은 상처 난 귤을 한 상자 들고 가면 아침이면 흔적도 없이 사라졌다. 큰아들은 공부하느라 체력이 달리는지 얼굴이 노랗게 될 때까지 책을 보며 귤을 흡입했다.

첫째 아들

큰아들은 제물포고등학교에 입학한 뒤 여전히 공부만 해 대견하기도 했지만 건강을 해칠까 걱정이 되었다. 체력을 너무 소모해서인지 골골하면서도 공부의 끈을 놓지 않았다. 너무 걱정이 되어 동생들 몰래 보약을 지어 주기도 했다. 혈변이 자주 나와 병원을 찾으니 고등학생들에게는 드문 일이지만 의자에 너무 오래 앉아 있어 치질이 생겼단다. 당장 수술을 해야 한다고 했다. 일주일 넘게 고생해 회복이 되자 다시 도서관에서 밤늦게 서야 나오는 올빼미가 되어 버렸다. 큰아들은 고생한 덕에 서울대학교 약학대학에 합격해 고생한 보람을 눈물겨운 기쁨으로 보답해 주었다. 나는 합격 소식을 듣고 시장 뒷골목에 들어가 눈물을 퍼부으며 펑펑 울었다. 눈시울이 벌게 나오면 동료 상인이나 손님이 "왜 그래? 무슨 일 있어?" 물었다. 그러면 나는 기다렸다는 듯 "우리 큰아들이 서울대에 합격했대요. 해 준 것도 없는데 합격했대요." 하며 아무리 해도 지나치지 않을 자랑을 늘어놓았다. 진정이 되고 나면 누가 물어보지도 않는데 불러 세워 다시 자랑을 늘어놓았다. 동숭동 서울대학교 입학식에 참석하기 위해 오랜만에 털이 뽀송한 외투를 사고 미용실에도 가 치장을 하는 사치를 부리기도 했다. 입학식이 끝나고 사진사도 불러 기념사진도 찍었다. 예쁜 고급 액자에 넣어 벽에 걸고 두고두고 자랑할 생각으로. 여유가 생긴 큰아들은 가끔 나를 보러 시장에 들렀는데 한 달이 지나자 오른쪽 어깨에 장군의 별처럼 빛나는 금장 로고가 새겨진 서울대 교복을 안 입고 평상복으로 나타났다. 저녁에 집에 들어가 어렵게 부탁을 했다. 시장에 올 땐 당분간 교복을 입고 와 달라고. 자랑이 아직 끝나지 않았으니까. 아들은 내 마음을 아는지 그러겠다고 했다. 어쩐지 오래간만에 어린 시절의 아들을 되찾은 듯해 안아 주었다.

　큰아들은 등록금이 싼 국립 대학에 들어갔지만 여전히 집안 형편은 나아지지 않았다. 2학년이 되면서 서울의 입주 과외 아르바이트를 하게 되었다. 좁은 집 단칸방이 답답하기도 하고 동생들 학비도 걱정되어 그랬으리라. 얼마 되지 않아 여대에 다니는 과외 집 큰딸과 몰래 연애를 했는데 나중에 그 사실을 알고 그 집에서는 가난한 집안이라는 이유로 반대를 해 헤어지는 아픔을 겪어야 했다. 다시 집으로 돌아온 아들은 두문불출하며 괴로운 시간을 보냈다. 곁에서 지켜보기 안타까웠지만 도움을 줄 수 없어 괴로웠다. 탈출구가 필요했는지 아들은 3학년이 되자 학생 운동 서클에 가입해 열렬히 쫓아다녔다. 종종 옷에서 최루탄 냄새가 진동했고 가방에는 전단—그때는 '삐라'라고 불렀다—이 들어 있었다. 전단에는 "유신 철폐, 독재 타도"라는 큰 글씨가 쓰여 있었지만 작은 글씨는 무슨 내용인지 이해할 수 없었다. 잠시 그러다 말겠지 생각했다. 하지만 가을에 접어들 무렵 경찰서에서 연락이 왔다. 아들이 데모를 하다가 긴급 조치 위반으로 구치소에 수감되었다고 했다. 잘나가던 아들의 인생에 종지부를 찍게 될까 가슴을 쓸어내리며 걱정했다. 다행히 일주일 만에 풀려났다. 초췌한 모습으로 나타난 아들은 갑자기 벙어리가 된 듯 아무 말 없이 지냈다. 답답했지만 나도 말을 건넬 수 없었다.

무사히 4학년을 마치고 대학원을 거쳐 졸업을 했다. 입학식은 동숭동에서 했지만 학교가 신림동으로 이전해 졸업식은 신림동에서 했다. 허허벌판 운동장에서 졸업식을 하는데 함박눈이 내리고 바람이 불어 몹시 추웠다. 하지만 장한 아들을 생각하니 마음은 뿌듯했다. 연단에서는 박정희 대통령을 대신해 거구의 최규하 국무총리가 걸쭉한 목소리로 축사를 했다. 행사가 끝난 뒤 아들은 추위를 피할 겸 약대 건물을 구경시켜 주겠다고 했다. 난생처음 대학교 강의실에 들어갈 수 있었다. 건물 이곳저곳을 구경한 뒤 우리는 아들이 주로 지냈던 연구실에 들어가 후배들이 타 준 따뜻한 커피를 마시며 담소를 나누었다. 역시 사람은 배우고 볼 일이라는 생각이 들었고 내가 힘들게 버텨 온 것이 자랑스럽고 뿌듯해 눈물이 나는 걸 억지로 참아야 했다.

둘째 아들

둘째는 열정이 넘쳐 교회에 미쳐서 다니는 게 걱정되었다. 바쁠 때 간간이 시장에 들러 장사 일을 도와주기도 하고 따뜻한 말 한마디를 불쑥 던져 나를 뭉클하게 하지만 잘하던 공부는 뒷전이고 자기가 좋아하는 것만 하는 게 걱정이었다. 영화감독이 적성에 맞는다며 영화 구경을 자주 하고 학교를 파하고 나면 친한 친구들이 많은 교회에서 살다시피 했다. 형제들이 열심히 공부할 때 크리스마스카드를 그려 역전에 나가 팔겠다고 하고 종종 서울에 미술 전람회에 가게 용돈을 달라고도 한다. 공부 시간을 빼앗기는 것 같아 안 된다고 하면 지난 주 알바비로 치고 달라고 한다.

고집도 세고 애교도 많아 안 주고는 못 버티고 만다. 영화 촬영 기사를 한다고 했다가, 미술가가 된다고도 했다가, 교회 목사가 잘 맞을 것 같다고도 하니 종잡을 수 없었다. 결국 공부에 집중하지 못하고 갈팡질팡하다가 대학 입시 철이 되자 교회에서 장학금 대 준다고 신학 대학을 가겠다고 했다. 예비고사 점수도 넉넉하지 않은 터이고 잘하면 적성에도 맞을 것 같아 그러라고 했다. 둘째는 대학 기숙사 생활을 했는데 어쩌다 집에 오면 얼굴이 새까맣게 그을려 있었다. 뭘 하느라 얼굴이 그 지경이냐 물어보면 교내 마라톤 대회가 있어 연습을 한 달간 했고 동메달을 땄다고 했다. "이놈아. 공부나 열심히 좀 하지." 하고 나무라면 천연덕스럽게 "엄마! 몇천 명 중에 3등 하는 게 그렇게 쉬운 줄 알아? 그만큼 건강하다는 증거야. 다음 주 축제 때는 과별 야구 시합이 있는데 내가 대표 투수로 뛸 거야. 공을 던질 때마다 팍팍 찌르는 그 기분 엄마는 모르지?" 하며 국가 대표 선수라도 된 양 떠들어댔다. 그런 철없는 아들이 이쁘다. 어려울 때 내 마음을 제일 알아주고 응석을 부려 주는 그런 아들이 친구처럼 고마웠다.

그러던 둘째는 3학년이 되면서 ROTC에 응시해 제대 후 장교로 복무하겠다고 했다. 예술과 운동이 전공이고 공부는 취미인 듯 대학 생활을 하는 아들이 야속했지만 그렇게 좋아하는 것을 하며 사는 것도 괜찮은 인생이라고 생각하고 그러라고 했다. 둘째는 졸업하고 장교로 제대하고 라면을 만드는 회사에 취직해 그런대로 잘 살아가고 있어 마음이 놓인다.

셋째 아들

셋째는 여전히 있는 듯 없는 듯 느리고 조용하게 살아갔다. 어릴 적에도 그랬고 성인 되고 나서도 그랬다. 우리가 지구가 돌고 있는 걸 느끼지 못하는 동안에도 지구는 돌고 있듯이. 셋째는 없는 듯하다가 밥상을 차려 놓으면 밥상 앞에 앉아 있었다. 첫째와 둘째의 경우, 내가 시장이나 언니 집에 가느라 함께 길을 나섰다가 아이들이 길을 잃어 온 사방을 다 찾다가 파출소도 가고 애간장을 태우는 일이 있었다. 이산가족이 될 뻔한 적도 있었다. 하지만 셋째는 한 번도 그런 적이 없었다. 잘못한 일이 있어 야단을 쳐도 "히⋯⋯." 하며 웃고 있어 야단치는 사람이 맥이 빠지고 마는 나무늘보 같은 아들이었다. 키우면서 혹시 모자란 게 아닌가 의심도 해 보았지만 제가 할 일은 남모르게 해 놓고 학교 공부도 잘하는 희한한 아들이다. 키우면서 걱정

드나드는 인생, 넘나드는 인생

을 많이 했지만 걱정할 필요가 전혀 없는 아들이다. 늘 세상에 악惡
은 전혀 존재하지 않는다고 말하는 것처럼 인상 한 번 쓰는 일고 없
고 절대 누구와 싸우는 걸 본 일이 없다. '느리게 꾸준히'가 인생의 철
학이 아닐까 생각된다. 그러다 보니 가끔 답답하기도 하고 속 한번 썩
여도 괜찮은데 생각하지만 절대로 속을 썩인 적이 없는 아들이다.

대학 가는 것도 느리게 해야 했는지 나무늘보 아들은 재수를 해
중앙대학교 의과대학에 합격했다. 급하게 수술을 해야 하는 환자가
나타나면 수술을 잘해 낼 수 있을까 하는 걱정이 앞서지만 누구보다
잘해 낼 거라고 믿는다.

막내 아들

막내인 넷째는 한참 집안의 가세가 기울 무렵 임신이 되었다. 중절
수술을 고민하던 차에 병원에서 딸이라고 하기에 소박한 희망을 갖
고 낳게 되었다. 넷째를 낳을 무렵 은행 빚에 수없이 시달리고 있었
고 남편조차 시원한 해결책을 내놓지 못해 무척 힘든 시기였다. 집에
서 혼자 넷째를 낳아 뒤처리를 해야 했다. 산파를 부를 형편이 아니
었고 언니와도 소원한 관계로 지낼 때였다. 형편이 좋을 때 언니를 돕
지 못한 게 미안했고 그럼에도 없는 형편에 계속 우리를 도와 면목이
없었다. 그런 언니에게 도움을 받는 게 죽기보다 싫어 다시는 오지

말라고 소리쳤었다.

아기를 혼자서 낳는 일이 두렵고 무서웠지만 세 번이나 낳아본 경험이 있어 산파가 했던 일들을 복기해 준비를 했다. 아기가 뱃속에서 나올 조짐을 보이자 다시 언니 생각에 눈물이 났다. 급하게 부르고 싶었지만 그럴 수 없었다. 양수가 터지자 혼자 들통에 물을 가득 부어 끓였다. 준비해 둔 가위를 뜨거운 물에 소독하고 기다리다가 아기가 나오자 머리를 당겨 힘껏 뽑아냈다. 탯줄을 소독해 둔 가위로 자르고 실로 묶었다. 아기는 세상에 나온 게 두려운지 '응애응애' 힘차게 울었다. 뜨거운 물을 섞어 적당한 온도의 목욕물을 만들어 깨끗이 씻기고 준비해 둔 포대기로 싸 눕혔다. 의사의 말과 달리 아들이었다. 아기는 계속 울었지만 자궁에 남아 있는 태반이 다 떨어져 나올 때까지 기다려 뒤처리를 했다.

아기는 건강해 보였고 나는 기쁨 반 슬픔 반 눈물 속에 젖을 물렸다. 배가 찬 아기는 이내 편안히 잠들었고 그제야 나는 정신을 차리고 아기의 평안한 얼굴을 볼 수 있었다. 아기는 건강해 보였고 얼굴은 잘생긴 신랑을 많이 닮은 것 같았다. 중절 수술을 하러 병원에 갔던 일이 미안했고 어려운 형편에 아기를 키우려니 앞날이 걱정되기도 했다.

두어 시간 잠을 자고 나니 아이들이 학교에 갔다 돌아왔다. 열 살 된 둘째는 내 옆에 나란히 누워 있는 갓난아기를 보고 놀랐다. 황당해하는 표정으로 "누구네 아기야?" 하길래 나는 웃으면서 "저기 다리 밑에서 주워 왔어. 니 동생이다." 했다. 배가 많이 부르지도 않았었고 임신한 사실을 모르고 지내던 열 살이나 위인 둘째는 하늘에서 뚝 아기가 떨어진 것이라고 생각하는 것 같았다.

막내를 낳고 이틀 뒤 어떻게 연락을 받았는지 언니가 미역과 소고기를 사 들고 찾아왔다. 간절히 보고 싶던 차에 언니가 찾아오자 눈물이 왈칵 쏟아졌다.

"언니 고마워. 저번에 박절하게 모진 말로 쫓아내고 후회 많이 했어. 어려운 언니에게 계속 도움만 받는 게 너무 속상해서 그랬어. 자꾸 나한테 화가 나더라고."

"괜찮아. 가면서 서운했지만 자존심이 센 니가 얼마나 속상했으면 그랬을까 생각하니 이해가 되더라구. 그건 그렇고 아기는 별 탈 없어?"

"응 건강해 보여. 젖도 잘 먹고. 겁도 없이 혼자 애를 낳으면서 언니 생각이 제일 많이 나더라."

언니는 나를 철없는 아이 달래듯 안고 쓰다듬어 주었다. 엄마 품에 안긴 것처럼 포근했고 아기는 그런 내 마음을 아는지 배냇짓을 했다.

언니가 두고 간 돈으로 쌀과 연탄을 샀지만 며칠 안 돼 바닥이 났고 남편은 무얼 하고 다니는지 소식도 없이 보름 넘게 집에 오지 않았다. 아이들은 등록금이 밀려 학교에서 재촉을 받고 있었고 당장 내일 먹을 쌀과 연탄이 걱정이었다. 야속한 남편을 마냥 기다릴 수 없어 무어라도 해야 했다. 마침 문간방에 세 들어 살던 형실이 엄마가 찾아와 심정을 토로했더니 아기는 자기가 돌봐 줄 테니 신포시장에 나가 노점이라도 해 보라고 했다. 형실 엄마가 장사 밑천을 하라며 쌈 짓돈을 쥐어 주었다.

다음 날 신포시장을 한 바퀴 돌아보니 손님들로 북적북적했고 상인들도 눈코 뜰 새 없이 바쁘게 움직이고 있었다. 마실 다니길 좋아하는 형실이 엄마에게 갓난아이를 맡기는 건 염치가 없는 일일 것 같아 포대기에 막내를 둘러업고 나섰다. 큰 양은 대야를 사고 배다리 깡시장에 들러 참외를 대야에 가득 찰 만큼 사고 신포시장의 장사를 시작했다. 자리가 없어 이리저리 쫓겨 다니다가 일주일 만에 겨우 자리를 잡게 되었고 내 가게를 얻기까지 3년이 걸렸다. 포대기에 매달려 자라던 막내는 시장 통로에서 걸음마를 배우게 되었고 동료 상인들이 돌보아 줘 붙임성 있게 잘 자랐다. 어린 막내는 시장에서 크면서 싸움 구경도 하게 되었고 치열하게 흥정하는 광경을 보며 자랐다. 점심은 국수나 떡, 도시락으로 함께 때우며 지내야 했다. 맹모삼천지교孟母三遷之教가 무색한 부모를 만나 고생시키는 것이 늘 안쓰러웠지만 품성 바르게 잘 자라 주었다. 시장통에서 자라서인지 성인이 되어 일찍 사업을 시작했는데 감각 있게 사업을 잘 꾸려 나가고 있다.

남편의 귀가

사업 실패로 출타가 잦았던 남편은 기세가 꺾여 집에서 보내는 시간이 많아졌다. 아이들의 뒷바라지를 하기 시작했다. 사업을 하다가 막노동을 하기는 싫었고 자본 없이 사업을 구상하느라 다방면으로 알아보아도 신통치 않자 포기를 한 듯했다. 축 처진 남편이 안쓰러웠지만 곁에 있는 게 좋았다. 생전 안 하던 저녁밥도 하고, 아이들을 위해 간식을 만들기도 하고, 세탁기도 돌려 아이들의 일을 줄여 주었고, 더러는 시장에 들러 장사 일을 도와주기도 했다. 부인 혼자 고생을 시킨 게 부끄러운지 처음에는 10분도 안 돼 줄행랑을 치더니 시간이 지나자 시장 아주머니, 아저씨들과 얘기도 나누고 친하게 지냈다. 큰 도움이 되지는 않았지만 나에게도 근사한 남편이 있다는 것을 보여 준 것만으로도 고마웠다. 시장에서는 내가 과부일지도 모른다고 수군거리는 것을 여러 번 들었기 때문이다. 남편은 점차 자주 드나들며 배달을 하거나 나를 대신해 과일 도매상에 들러 매입하는 일을 도와주었다.

첫째, 둘째, 셋째가 모두 대학에 다닐 때 등록금을 대는 게 버거웠지만 장사도 잘돼 시장에서 가까운 경동[4]에 한옥을 구입해 이사했다. 낡은 한옥이었지만 아이들은 무척 좋아했다. 돌이켜 보면 나도 고생이 많았지만 아이들도 궁핍한 생활에 고생이 말이 아니었기에 기뻐하는 아이들을 보며 눈시울이 뜨거워졌다. 이사를 하면서 꼭 갖고

----

4) 인천의 중심 번화가로 서울의 명동과 비슷한 동네. 주변에 일제 강점기에 개관한 애관극장과 답동성당, 신포시장, 자유공원 등 인천의 관광명소가 밀집되어 있다.

싶었던 자개장과 화장대, 문갑을 많은 돈을 주고 샀다. 찌든 살림살이도 모두 버리고 유리그릇과 신형 밥솥도 장만했다. 남편에게는 좋아하는 음악을 위해 에로이카 전축을 선물했다. 시장 친구들을 불러 집들이도 했다.

집을 마련하고 생활이 안정되자 남편은 조그마한 사업을 하고 싶다고 했다. 건강식품 붐이 불고 있고 국민 소득 수준도 상승해 건강식품 중에 알로에 사업이 전망이 좋을 거라고 했다. 사업 실패 후 활기가 없는 남편이 안되기도 했고 소자본으로 할 수 있다고 하기에 동의했다. 남편은 학익동 변두리에 작은 비닐하우스를 임대해 분양받은 알로에를 키우기 시작했다. 열심히 공부해 가며 정성껏 키운 결과 수확이 괜찮았다. 이듬해에 넓은 하우스를 새로 얻어 알로에 키우는 일에 매달렸다. 알로에 홍보대사로 임명을 받은 사람처럼 알로에의 효능을 적극 홍보했다. 가족들은 상처가 나면 의약의 도움 없이 무조건 알로에즙을 발라야 했고 알로에즙을 매일 먹어야 했다. 오랜만에 얼굴을 검게 그을리며 열정적으로 일을 하는 건강한 모습으로 돌아온 것이 좋아 보였다. 아이들과도 대화가 늘었고 가장으로서의 면모를 갖추어 가는 것이 무엇보다 흐뭇했다.

2년 후 남편은 알로에를 분양하는 것에 만족하지 않고 식품연구소를 뻔질나게 드나들면서 캡슐로 된 제품을 만들고 시판을 했다. 브랜드가 잘 알려지지 않아 주로 건강식품 도매상에 낮은 가격에 납품을 했지만 인지도가 낮아 잘 팔리지는 않았다. 남편은 멕시코에서 알로에 모종을 직접 수입해 분양도 하고 분말로 나오는 제품을 새롭게 개발하며 사업을 확장했다. 1차 수입 물량이 성공리에 소진되자 벌어 놓은 돈을 모두 투자해 양을 늘려 2차 수입을 했다. 이게 발목을 잡고 말았다. 선박을 타고 오는 과정에 컨테이너 안에서 고열로 모두 말라비틀어졌다. 특수 비료를 주고 온갖 정성을 들여 살려 보려고 애를 썼지만 모두 말라 죽고 말아 크나큰 손실을 보고 말았다. 온갖 정성을 들여 재기를 해 보려고 애를 쓰던 남편은 알로에 사업을 접고 예전의 모습으로 돌아갔다. 남편이 알로에 사업을 하면서 은근히 팔자 필 기대도 했었지만 우리의 형편에 맞지 않는 희망이었다. 과일 장사는 큰 돈벌이는 되지 않지만 크게 망할 일도 없어 우리에게 잘 맞는 하늘이 내려 준 천직이라는 생각을 하게 되었다.

며느리 들이기

그 무렵 큰아들은 서울대 약대를 졸업하고 대학원을 마친 뒤 군 생활을 마치고 제약 회사 연구소에 취직했다. 둘째도 연이어 신학 대학을 졸업하고 군 생활을 마친 후 라면을 만드는 식품 회사에 취직을 했다. 셋째는 의대를 졸업하고 군의관으로 근무했고 늦둥이 막내는 대학 초년생이었다. 10년 넘게 시장판에서 장사를 하면서 힘든 일도 많았지만 별 탈 없이 잘 자라 주고 어엿하게 사회인으로 자리매김을 해 준 게 눈물겹게 고마웠다. 대가를 바라는 것도 아니지만 욕심이 생겼다. 기왕이면 고생하며 아들들이 잘사는 집의 성격 좋은 여자를 만나 잘 살았으면 하는 욕심. 온갖 고생을 하며 자식들을 키워 온 내게 그럴 자격이 있다고 생각했다.

시장 동료나 손님들로부터 중매 자리가 많이 들어왔지만 내키는 자리가 없어 미루던 차에 큰아들이 회사에서 사귀는 아가씨가 있다며 인사를 오겠다고 했다. 고등학교를 졸업했지만 지혜롭고 예쁜 아가씨라고 하며 사진을 보여 주었다. 아들은 주말에 아가씨를 데리고 와 인사를 시켰다. 아가씨는 꽃과 서양과자를 들고 왔다. 까무잡잡했지만 한눈에 이목구비가 뚜렷하고 예쁜 인상으로 조신해 보여 아들이 빠질 수밖에 없었겠구나 생각했다. 묻지도 않는데 아들이 5남매의 둘째 딸로 아버지의 사업 실패로 대학을 갈 형편이 아니었다고 설명했다. 아가씨를 배웅하고 돌아온 아들에게 "인상은 좋아 보인다만 엄마는 힘들게 공부해 여기까지 온 네가 아깝다는 생각이 드는구나. 시간을 두고 천천히 결정해도 늦지 않을 게다." 했더니 "학벌이 뭐가 중요해요. 그렇게 중요하면 이제라도 대학 가면 되지. 정숙 씨는 공부를 잘했는데 형편이 안 돼 대학을 못 간 거예요." 하며 아가씨의 편을 들었다. 내 자식들은 형편이 좋아서 대학을 다녔나? 못 배운 내가 자식 넷 대학을 보내기 위해 죽을힘을 다해 고생을 해 왔건만 내 마음을 추호도 알아주지 못하는 것 같아 아들이 야속했다.

몇 개월 뒤 내 생일 날 아가씨는 아들과 함께 축하하러 찾아왔다.

드나드는 인생, 넘나드는 인생

나는 아가씨에게 "어려운 환경에 고생이 많았지. 아들과 함께 힘을 합쳐 잘 살아. 대학은 내가 보내 줄 테니 열심히 해서 꼭 졸업하거라." 했다. 결혼 후 큰며느리는 두 딸을 낳고서야 대학을 다녀 졸업했고 두 손녀들의 뒷바라지를 잘해 모두 명문 대학에 입학시켰다.

무슨 인연인지 둘째 아들도 회사에서 상고를 졸업한 아가씨와 사귀다가 인사를 시킨다고 데리고 왔다. 아들보다 키가 크고 늘씬한 아가씨를 데리고 왔다. 키 큰 여자를 부러워했던 터라 호감이 갔지만 대학 나온 며느리를 간절히 기대했던 나는 실망이 컸다. 조곤조곤 고운 목소리로 대답하는 게 좋았지만 또 지고 들어가는 시합 같아서 아들에게 한 번에 확답을 주지 않았다. 보름 뒤 아들은 회사 친구들이 놀러 올 거라며 간단한 음식을 준비해 달라고 했다. 보름 뒤 아들은 고만고만한 또래의 남자 둘, 여자 둘을 데리고 들이닥쳤다. 아들과 사귄다는 아가씨도 함께 왔다. 무슨 작당을 모의하고들 왔는지 연신 아가씨에 대한 칭찬을 아끼지 않았다. 음식을 차리며 나는 얼이 빠지는 듯했다. 아들이나 아가씨나 참 좋은 친구들을 두었다는 생각이 들었고 모두 가고 난 뒤에 항복을 하듯 "아가씨하고 잘 사귀어 봐. 싹싹한 게 마음에 든다." 하고 말했다. 둘째 며느리는 아들과 결혼하고 5년 뒤 아파트에 당첨돼 우리 내외와 살림을 합치면서 12년을 서로 의지하며 같이 살았다. 매일 예쁜 손자, 손녀를 볼 수 있게 하는 행복을 가져다주었다.

셋째 아들은 의대 공부를 하면서 바쁜 와중에도 산동네에 있는 개척 교회를 열심히 다녔다. 나무늘보 셋째는 교회에 다니면서 서울교대에 다니는 후배와 연애를 했다. 사랑의 확신이 없었는지 만나다 헤어지고 헤어졌다 다시 만나고 하더니 아들이 전공의를 마치고 수원 공군 비행장에 군의관으로 근무하면서 불같이 뜨거워졌던 것 같다. 아들은 군 복무를 하면서 외로웠고 초등학교 교사 근무를 하던 아가씨도 나무늘보같이 느린 아들이 싫지 않았던 모양이다. 제대 후 둘은 곡절이 많았지만 결혼해 아들, 딸을 키우며 잘 살고 있다. 셋째는 의료 봉사를 한다고 동남아 등지를 옮겨 다니며 수년간 생활을 하기도 했다. 남편은 '쓸데없는 일'을 한다며 핀잔을 주곤 했지만 어려운 사람을 돕는 것을 기특해했다.

막내는 대학 졸업 후 제지 회사에 입사했고 형들과 약속이라도 한 듯 사내 결혼을 했다. 네 아들들은 모두 나의 기대에 찬 중매 알선을 무시하고 사내 결혼, 교내 결혼으로 가정을 이루어 잘 살고 있다.

막내는 갓난아이 때부터 시장 바닥에서 키워 늘 미안하고 걱정이 되었지만 집안 형편을 이해하고 나를 이해해 주고 잘 커 준 게 항상 고마웠다. 막내는 제지 회사 입사 후 과장이 되면서 중국 지사로 발령이 나 2년간 근무 후 퇴사해 재활용 사업을 시작했다. 걱정과 달리 사업을 확장하며 성공적으로 운영하고 있다. 큰딸이 열두 살이 되던 해에 두 딸과 며느리를 캐나다로 유학을 보내 기러기 아빠로 지내고 있다.

건강 이상, 이별

숨 가쁘게 살아오던 나는 병원 신세를 질 틈이 없었다. 몸이 아프면 파스를 붙이며 견디고, 피로한 기색이 있으면 손님이 주는 박카스로 때우면서 건강한 체질이라고 생각해 왔다. 쉰다섯 살이 되던 해에 종종 빈혈이 생기고 하혈이 잦아져 산부인과를 찾아 검사를 하게 되었다. 산부인과 의사는 검사를 마치자 자궁에 큰 혹이 보이니 큰 병원에 가서 정밀 검사를 받아 보라고 했다. 혹시 암이 아닐까 걱정이 태산이었다. 힘들게 살아오다가 자식들이 다 커 자리를 잡아 살고 있는 이때 암이면 이대로 인생이 끝나는 게 너무 억울할 것 같은 생각에 잠을 이룰 수가 없었다. 며칠 후 숭의동 적십자병원을 찾아 조직 검사를 받았다. 검사 결과는 일주일 후에 나온다고 했다. 장사를 하면서 별별 생각이 다 들어 옷가지며 살림살이를 정돈하고 언니와 동생에게 표시 나지 않게 전화로 인사도 나누었다. 일주일 뒤 병원을 찾으니 다행히 암은 아니고 커다란 혹이 자리 잡고 있다며 수술 날짜를 잡아 주었다. 무사히 수술을 마치고 의사는 떼어 낸 부위를 보여 주었는데 그 크기가 잘 익은 사과만 했다. 수술을 마치고 5일을 더 있다가 퇴원했다. 병원에서 지내면서 혈압이 높은 것을 알게 되었고 그 후로 약을 계속 먹게 되었다. 입원해 있던 6일간이 내가 살아오던 중 제일 편안한 시간이었다. 통증이 있었지만 편히 누워 종일 지내고 밥도 챙겨 주어 그보다 편할 수가 없었다.

이듬해 추운 겨울 새벽에 시장을 나가면 심장이 두근대는 증상이 나타나기 시작했다. 혈압약 처방을 받으면서 병원에서는 별다른 얘기가 없었던 터라 추위 때문이려니 하고 대수롭지 않게 넘겼다. 하지만 점차 그 빈도가 높아졌다. 다음 처방을 위해 의사에게 얘기를 했더니 부정맥이 의심된다며 큰 병원에 가서 정밀 검사를 받아 보라고 했다. 의사인 셋째의 수소문으로 심장 전문 병원인 부천세종병원에 예약해 검사를 받아 보니 심장 기능이 약해져 심장에 무리가 온다며 서둘러 심장 보조기를 삽입하는 수술을 해야 한다고 했다. 일주일 후 입원해 심장 보조기를 삽입했다. 의외로 간단한 수술이었다. 수술 후 두근거림은 없어졌고 피로감도 훨씬 줄어들어 편하게 다닐 수 있게 되었다. 이렇게 사람이 병원의 도움으로 수명이 또 늘어나는구나 생각했다. 옛날 같으면 벌써 죽었을지도 모를 고비를 두 번이나 넘겼다고 생각하니 하늘이 고마웠다.

퇴원 후 장사를 그만두고 친구 집에도 놀러 가고 언니, 동생 집에도 다니고 여행도 다니며 여유 있게 살고 싶었지만 아직 대학에 다니는 막내 뒷바라지도 끝나지 않았고, 며느리 눈치를 보며 보내 주는 자식들의 일정치 않은 용돈으로 생활하는 것도 마음이 편치 않았다. 하지만 누추한 가게에 정장 차림의 며느리와 함께 자꾸 찾아오는 자식들이 불편했다. 자식들은 올 때마다 생활비를 십시일반 보탤 테니 장사를 그만두라고 했다. 1년을 고민하다가 25년간 해 온 장사를 접고 집에 들어앉았다. 그러나 놀던 사람이 논다고, 일주일이 지나자 딱히 갈 곳도 마땅치 않고 할 일도 없었다. 20년간 새벽부터 밤늦게까지 억척스럽게 살아온 시장 생활이 그리웠다.

큰아들은 약사증 대여로 골머리를 썩이며 고생하더니 온 식구를 데리고 박사 학위를 딴다고 미국 뉴욕주립대학으로 유학을 떠났다. 공부는 언제까지 해야 끝이 나는 건가 생각하며 걱정을 했다. 다행히 학비와 생활비는 회사에서 부담해 준다고 했다.

큰아들 가족이 미국으로 떠난 뒤 둘째가 부평에 45평 아파트가 당첨되어 입주를 한다며 살림을 합치자고 했다. 넓은 평수의 아파트다 보니 아들 내외가 집값을 부담하기 어려울 것이라 생각해 두 집 살림을 합치는 것이 좋으리라 생각했다. 며느리에게 부담을 주는 게 싫었지만 나이 들어 깨끗한 새집에 살고 싶은 마음도 있고 예쁜 손주들과 함께 지낼 수 있겠다 싶어 동의했다. 시장 친구들이 하나둘 오래된 집을 정리하고 새 아파트로 이사해 집들이를 할 때마다 내심 부러

위했던 터라 고민하지 않고 합류하게 되었다.

손주의 유모차를 끌고 산책을 하기도 하고 장을 보기도 하며 모처럼 여유로운 생활을 이어 갔지만 새 아파트에 입주하면서 많은 금액의 대출을 받은 아들 내외에게 경제적으로 도움을 주지 못하고 식솔로 함께 사는 것이 불편했다. 자식들이 용돈으로 조금씩 갹출해 도움을 주었지만 경조사비나 병원비, 생활비 등 돈 들어갈 데는 끝이 없었다. 자식들은 생일이나 명절 때 봉투에 담아 용돈을 내밀지만, 받을 때마다 부담스럽고 미안했다. 다들 대기업에 다니며 안정적인 생활을 하고 있었지만 주택 대출 자금 상환이나 아이들 교육비, 자동차 할부금 등 지출이 많아 빠듯한 생활을 하고 있었다. 그러면서도 간혹 아이들을 데리고 일본이나 제주도 여행을 갔다 온 얘기를 하거나 처갓집 식구들과 휴가를 다녀온 얘기를 할 때면 마음속으로 서운한 생각이 들었다. 비행기 한 번 못 타 본 부모 앞에서 그런 얘기를 자랑스럽게 하는 걸 보면 없는 사람 취급받는 것 같아 서운했지만 참을 수밖에 없었다.

자식들은 우리 부부에게 용돈을 줄 때 꼭 며느리를 통해 건네주었다. 불규칙한 용돈을 받을 때마다 며느리에게 미안한 마음을 가질 수밖에 없었다. 나름 빠듯한 살림에 일부를 쪼개 건네줄 텐데 자식들에게 민폐를 끼치는 것 같아 늘 받는 손이 부끄러워진다. 평생 자식을 위해 투자를 해 왔으니 자식을 통해 수익금을 분배받으면 마음이 훨씬 편할 텐데, 평생 도움을 주지 못했던 며느리에게 수익금을 받

드나드는 인생, 넘나드는 인생

으니 구걸을 받는 기분이 들기 마련이었다.

교회에 다니는 신앙심이 깊은 사람들은 수입의 10분의 1을 헌금하는 십일조를 한다고 한다. 자식들이 부모에게 불규칙적으로 하는 감사 헌금 말고 십일조를 하면 좋겠다는 생각이 들었다. 일정한 수입이 있어야 쪼개서 지출을 하고 여유가 되면 손주들이 좋아하는 간식도 사 줄 수 있는데 그러지 못하는 것이 답답할 뿐이었다.

새 아파트에 입주한 지 두 달이 되자 둘째 며느리는 인근 아파트 상가에 조그마한 가게를 얻어 인삼, 꿀, 영지버섯, 녹차, 선식 등 건강식품을 파는 장사를 시작했다. 종일 시부모와 붙어 있어야 하고 은행 대출도 갚아야 하는 형편에 뭐라도 해야겠다는 생각이었으리라. 조그만 가게여서 큰 수입은 없었지만 안정적인 수입이 보장되었고 명절때는 선물 세트 판매로 눈코 뜰 새 없이 바쁘게 돌아갔다. 아들은 지인들로부터 단체 선물 세트 주문을 받아 퇴근 후 배달을 하느라 바쁘게 돌아다녔다. 대출을 갚느라 눈코 뜰 새 없이 다니는 아들이 애처로웠다.

둘째 가족과 새 아파트에 함께 지낸 지 4년째 되던 해 둘째는 잘 다니던 라면 회사를 그만두고 참치 회사로 직장을 옮기게 되었다. 과장이던 시절 참치 회사에서 부장을 시켜 준다고 옮기게 되었다고 한다. 연봉에 욕심이 났던 모양이다. 부평에서 양재동까지 먼 거리를 매일 출퇴근 해야 했다. 회사를 옮긴 뒤 새벽에 출근해 밤 9시에야 집에 돌아왔다. 접대가 많아 술을 먹는 횟수가 잦아졌고 일주일에 두 번은 자정이 지나야 집에 돌아왔다. 그러다 건강을 해칠까 걱정이 되었다. 며느리의 한숨도 늘어갔다. 월급 좀 더 받겠다고 먼 거리의 회사로 옮기는 걸 말리지 못한 게 후회스러웠지만 돌이킬 수 없는 길에 들어서 있었다.

아들이 회사를 옮긴 후 2년째 되던 해 아들에게 분가해 서울로 이사하는 게 좋을 것 같으니 집을 알아보라고 제안을 했다. 아들 내외는 한동안 고민을 하다가 서울 고덕동에 13평의 작은 아파트를 알아보았는데 재건축 단지라 평수는 작아도 앞으로 집값이 많이 오를 것 같아 이사를 하겠다고 했다. 마침 전 직장 선배 부인이 부동산 사무실을 하고 있었는데 재건축 단지라서 일손이 부족해 며느리가 와서 도와주면 하는 제의가 들어왔다. 잘되었다고 생각해 나는 흔쾌히 동의했다. 부평 아파트를 팔아 근처에 우리 내외가 살 26평 아파트를 사고 아들은 역시 대출을 많이 안고 고덕동 13평 아파트를 구입했다. 손주들과 헤어지는 것이 못내 아쉬웠지만 그렇게 분가를 하게 되었다.

아들 내외는 먼저 이사를 하고 손주들은 학기 중이라 겨울 방학 때까지 우리 내외와 같이 지내게 되었다. 아들 내외가 종종 들르기는 했지만 어린 손주들은 매일 울며 엄마, 아빠를 찾았다. 손주들과 힘든 시간을 보내다 겨울 방학이 되자 아이들은 아들이 데리고 갔지만 넓은 새 아파트에 살던 손주들이 낡고 좁은 아파트에 적응하는 것이 무척 힘들었던 모양이다. 우리 내외가 찾아가 보니 좁기도 했지만 너

드나드는 인생, 넘나드는 인생

무 낡아 바람만 불면 나무 창틀이나 샷시가 '드드드' 소리를 내기 일쑤였고 화장실 변기나 타일은 군데군데 깨지고 오래 묵은 때로 범벅이었다. 둘째 손주가 일주일 동안 변을 보지 못했다는 소리를 듣고 마음이 아팠지만 늘 '투자 가치'를 얘기하던 아들의 선택을 믿을 수밖에 없었다. 나는 이익 배당이 없는 네 아들에게 한없이 투자를 해 왔지만 없는 형편에 잘 자라 어엿한 사회인으로 자리 잡고, 결혼하고, 손주들을 선물해 준 자식들이 자랑스럽고 고마워 남부러울 것 없는 최고의 투자자였다고 생각했다.

둘째 아들과 분가 후 자식들과 손주들이 그리울 때가 많았지만 잊을 만하면 한 번씩 번갈아, 어느 때는 한꺼번에 들이닥치면 감당키 어려울 정도로 기쁨을 만끽하게 되었다. 더러는 서운할 때가 있지만 각자 살아갈 일이 바쁘고 더러는 처갓집 일도 있겠지 생각하며 지내기로 마음을 먹으니 그런대로 살 만했다.

뇌졸중

오랫동안 시장 장사를 하며 쉼 없이 달려오면서 시장 야유회 외에는 별다른 여행이나 일탈이 없었다. 자식들이 모두 출가하고 둘째네와 분가한 후 아파트 단지를 산책하거나 시장 친구들 모임에 참석하는 외에는 별다른 일정이 없었다. 집 안에서 드라마를 보거나 그것도 지겨우면 별 필요 없는 대청소를 하면서 살림살이를 정리하는 것으로 무료한 시간을 보내곤 했다. 남편은 아파트 단지 내 배드민턴 동호회 회장을 맡아 분주하게 지내고 있었다.

점심을 먹고 드라마를 보고 있는데 옆집 젊은 새댁이 찐 옥수수를 소쿠리에 담아 "친정 오빠가 시골에서 보내 주었는데 출출할 때 드시라고 가져왔어요."라며 내려놓았다. 감사한 마음에 믹스커피를 타 대접했다. 자연스레 우리 자식들 얘기를 하게 되었고 아들 자랑도 늘어놓았다. 새댁은 제천이 고향인데 좋아하던 고향 오빠가 대우자동차에 입사해 결혼을 하면서 가까운 이 아파트에 이사온 지 반년이 지났다고 한다. 하지만 친구도 없고 딱히 갈 데도 없어 마땅한 곳이 있으면 취업을 할 계획이라고 했다. 복도식 아파트라 오며 가며 눈인사를 나눈 적이 있지만 막상 이렇게 음식을 들고 찾아 주니 고맙기 그지없었다. 내게 없는 딸 같은 생각이 들어 반가운 마음에 한참 대화를 나누게 되었다. 소작농의 6남매 중 막내로 태어나 먹고사는 게 어려웠다고 했다. 친정 어머니는 작년에 뇌졸중으로 쓰러져 투병 생활을 하다가 돌아가셨지만 아직도 돌아가신 게 실감이 안 난다고 했다.

한창 대화를 하던 중 갑자기 새댁의 목소리가 잘 들리지 않았고 머리가 어지러워졌다. 새댁이 "어머니! 외우고 계신 가족 전화번호 있어요? 어머니 상태가 아무래도 안 좋아 보여요." 하길래 "왜? 저기 소파 탁자 위에 전화번호부 있어." 했더니 새댁은 119로 먼저 전화를 했다. "여기 할머니가 뇌졸중 증세 같아요. 빨리 와주세요." 아파트명,

동 호수를 알리고 다시 큰아들에게 전화를 했다. 나는 또렷하지는 않지만 새댁의 목소리를 들을 수 있었고 웬 호들갑인가 생각했다. 곧이어 앰뷸런스가 도착했고 간단한 검사 후 요란한 사이렌 소리와 함께 구급차를 타고 구월동에 있는 길병원 응급실에 도착했다.

응급실은 말 그대로 응급실이었다. 머리가 터진 환자, 농약을 먹은 환자, 술 취해 인사불성인 환자 등 시장통보다 번잡하고 정신이 없었다. 수속을 마치고 10분 뒤 의사가 나타나 혈압을 재고, 눈을 까뒤집어 보고, 몇 가지 질문을 했다. 다른 환자보다 급하지 않다고 생각했는지 주사를 놔 주고 링거를 꽂아 주고, 일반 병실로 옮기게 했다. 그때까지도 머리가 아프긴 했지만 웬 호들갑인가 생각했다. 새댁에게 "동네 가까운 병원에 가도 될걸 그랬나 봐." 했더니 "뭔 소리래요. 우리 엄마가 뇌졸중 처음 올 때 증상이랑 똑같아요. 어머니는 아까 옥수수를 드시는데 한쪽 입이 처지고 알갱이를 자꾸 흘리시더라구요. 입 한쪽으로 침도 흘리셨구요. 우리 엄마가 처음에 딱 그랬어요. 가볍게 생각하시면 안 돼요. 시간을 다투는 병이에요." 하고는 "급한데 의사는 왜 안 오는 거야?" 했다.

곧이어 어떻게 연락이 되었는지 둘째 아들이 도착했다. 아들은 새댁에 감사 인사를 건네고 경과를 설명 들은 뒤 응급실로 내려갔다. 곧이어 의사인 셋째와 약사인 첫째 내외가 도착했다. 간단한 경과 설명을 듣고 셋째도 응급실로 달려갔다. 병원 도착 후 한 시간쯤 되었을까. 아들들과 대화를 나누던 중 머리가 혼미해지기 시작했고 목소

249

리가 밖으로 나오지 않고 '어, 어…….' 소리만 났다. 서서히 팔다리에 힘이 빠지는 게 느껴졌다. 순간 이렇게 갑자기 가는구나 싶은 생각이 들었다. 가족들과의 이별 준비를, 굴곡진 인생의 마무리를, 어여쁜 손주들의 사랑을 하나도 매듭짓지 못했는데 이렇게 허망하게 가는구나 싶은 생각이 들었다.

몇 시간이 지났는지 깨어나 보니 겨우 정신이 들었다. 말은 겨우 어눌하게 할 수 있었고 겨우 소통할 정도는 되었다. 한쪽 팔과 다리는 힘겹게 움직일 수 있었지만 반대쪽은 내 마음대로 움직일 수 없었다. 일주일간 입원 뒤 집으로 돌아왔지만 모든 게 낯설었다. 모든 사물이 멀리 떨어져 있는 것 같이 보였고 몸의 균형을 잡을 수 없어 답답했다. 고급 세단을 타고 경치 좋은 아스팔트 길을 달리다가 화물차를 타고 비포장길을 달리는 듯 모든 사물이 계속 흔들리는 것처럼 보였다. 계속 처방한 약을 먹었지만 머리는 둔기에 맞은 듯 개운하지 않았다. 모든 사물을 선명하게 볼 수 없었다. 주로 침대에 눕거나 소파에서 생활하게 되었다. 지팡이를 짚고 화장실에 가려면 몸이 흔들려 넘어질까 두려워 겁이 났다. 답답한 생활을 일주일간 지낸 후 나름 익숙해졌는지 지팡이에 의지해 화장실을 가거나 이 방 저 방을 드나들 정도가 되었다.

자식들 내외는 뻔질나게 드나들며 팔다리를 주무르기도 하고 생전 안 하던 수다로 말을 걸어왔지만 그럴수록 머리만 혼란스러웠다. 둘째 아들은 아파트 벽과 화장실에 병원처럼 잡고 이동할 수 있는 보조

드나드는 인생, 넘나드는 인생

지지대를 설치하려고 분주히 알아보았지만 비용 때문인지 끝내 설치를 하지 않아 서운했다. 병원에서 죽만 먹다가 며느리들이 챙겨 온 음식이 처음에는 맛이 있었지만 그나마 후각과 미각이 떨어져서인지 입맛에 맞지 않았다. 두어 번 둘째 며느리가 목욕을 시켜 주어 개운했지만 계속 그러기는 마음이 편치 않았다. 변기에 앉은 채로 샤워기로 머리도 감고 샤워를 하니 할 만했지만 몸이 자꾸 흔들려 넘어질까 불안했다.

자식들 내외는 뻔질나게 드나들며 보살펴 주었지만 3주가 지나자 차츰 뜸하게 드나들었다. 남편도 거의 바깥 출입을 안 하더니 한 달이 지나자 외출이 잦아져 나 혼자 있는 시간이 많아졌다. 주로 소파에 앉아 TV 연속극을 보며 시간을 보냈지만 답답함을 달래기는 역부족이었다. 그 와중에 고맙게도 아직 건강한 언니와 시장 친구들이 음식을 싸 들고 와 먹여 주고 옛날이야기나 근황을 애기하며 두어 시간 같이 있다가 가는 것이 고마웠다. 늘 무표정하고 멍한 표정으로 지내다가 아들 내외가 손주들을 데리고 와 예쁜 손주들이 재롱을 피우면 무엇보다 즐거웠다. 손주들과 자주 같이 있고 싶지만 나 좋자고 늘 바쁜 자식에게 자주 데리고 오라고 할 수는 없었다.

생일이나 어버이날에는 아들들 내외와 손주들이 모두 찾아와 좁은 아파트가 답답할 지경이었지만 몸이 가볍고 훨씬 좋아지는 느낌이 들었다. 모두 가고 나면 허전한 마음은 여전했다.

그렇게 4개월을 지낸 뒤 혼자 소파에 앉아 있는데 다시 몸이 이상

한 걸 느끼게 되었다. 얼굴 근육이 마비되는 느낌이 오고 머리가 아프기 시작했다. 소파에 놓인 전화기로 남편에게 급하게 떨리는 목소리로 전화를 했다. 곧이어 남편이 달려왔고 119구급대를 불러 급하게 병원에 도달했다. 한 번 치른 병력 기록이 있어서인지 응급실에 도착하자마자 신속히 간단한 검사 후 약물 투여를 받고 어느 정도 회복이 되자 일반 병실로 돌아왔다. 회복이 되었다고는 하지만 몸 상태는 전보다 안 좋아졌다. 양쪽 팔다리는 움찔거릴 뿐 힘을 주어 움직일 수가 없었다. 한쪽 팔은 겨우 떨며 움직일 수 있어 다행이었지만 그나마 무척 힘들었다. 머리는 어지러웠고 말도 어눌하고 느리게 겨우 대답 정도만 할 수 있었다. 시속 80킬로미터로 달리던 차가 시속 5킬로미터 이상 달릴 수 없는 고물차가 되어 버렸다. 더 이상 희망은 보이지 않았고 죽음을 코앞에 둔 기분이 들어 서글펐지만 한편으로는 체념을 하고 나니 마음이 홀가분해졌다.

퇴원 후 집으로 돌아왔으나 전보다 상태가 많이 안 좋아져 혼자서는 화장실을 가거나 씻는 일, 먹는 일을 할 수 없게 되어 모든 일을 남편의 도움을 받아야만 했다. 남편은 젊은 시절 고생시켰던 일을 보상이라도 하는 양 수십 년간 피우던 담배도 끊고 지극정성으로 돌보아 주었지만 그것도 그리 오래가지 못했다. 아파트 단지의 배드민턴 장년부 회장을 맡아 뻔질나게 드나들며 친구들과 시간을 보냈다. 어떤 때는 식사를 혼자 하지 못하는 걸 알면서도 식사 시간이 한참 지나서야 나타나곤 했다. 처음에는 화장실에 갈 때 휠체어를 조심스럽게 끌고 변기에 앉혀주고, 씻겨 주기도 하더니 병 수발에 지쳤는지 점차 거칠게 다루었다.

종종 급하면 남편을 전화로 불러 도움을 받아 왔지만 전화를 거는 것이 점차 부담이 되어 스스로 해결하기도 했다. 온전치 못한 몸으로 화장실까지 이동하는 일, 앉고 일어서는 일은 무척 힘들고 고통스러운 일이었다. 집에 온 지 한 달쯤 지났을 때 혼자 화장실에 가서 변기에 앉다가 중심을 잃고 쓰러지고 말았다. 건강한 사람에게는 쓰러지는 일이 다시 일어서면 되는 일이겠지만 사지를 제대로 못 쓰는 환자에게는 건물이 무너지듯 온몸이 무너지는 일이었다. 온 힘을 다해 변기와 휠체어 사이로 기어 나와 문턱을 넘고 전화가 있는 소파에 도달하는 데 족히 15분은 걸린 듯하다. 전화를 걸고 한참이 지나 남편이 나타나 나를 업어 침대에 눕혔다. 창백해진 모습을 보고 겁이 났는지 아들들에게 급히 전화를 걸었다. 잠시 후 가까운 병원에 근무하는 셋째가 나타나 청진기를 대고 살피기도 하고 세세하게 뼈의 상태를 체크하더니 "뼈에는 이상이 없는 것 같아요. 많이 놀라셨을 텐데 누워서 안정을 취하시고 물을 충분히 드세요." 한다. 그러고는 형제들에게 급히 전화를 한다. 저녁 무렵 아들들 내외가 차례로 도착해 인사를 건넨 뒤 한참 대책을 의논했다. 그렇지 않아도 나이가 든 남편에게 간병을 전담시킨 것이 무리였다며 시설 좋은 요양 병원을 알아보겠다고 했다.

일주일 뒤 나는 수유리에 있는 국립재활원에 입원하게 되었다. 규모가 웬만한 종합병원보다 컸고 시설도 잘되어 있어 안심이 되었다. 운동장, 실내 체육관, 실내 수영장도 있어 마음만 먹으면 얼마든지 운동을 할 수 있는 시설을 갖추고 있었다. 나 같은 뇌졸중 환자뿐 아니라 교통사고 환자, 산업 재해 환자도 있었고 어린 환자, 청소년 환자도 있었다. 모두 지팡이를 짚고라도 걸어서 나가길 희망하는 환자들이었다.

셋째 아들은 "이 병원은 다른 요양 병원보다 시설이 좋고 어머니가 마음만 먹으면 재활 치료도 가능해요. 힘드시겠지만 여기서 시키는 대로 열심히 운동하시면 걸어서 나갈 수도 있어요. 치과, 내과, 정형외과, 신경과 의사들이 있어 언제든지 치료도 가능하고 재활 훈련도 시켜서 마음만 먹으면 몸 상태도 조금씩 나아질 수 있어요. 힘드셔도 열심히 해 보세요. 국립이라 입원비도 저렴하니 부담 없이 계시면서 희망을 가져 보세요." 라며 안심을 시켰다. 지내 보니 셋째 말대로 시설도 좋았고 식사도 맛이 있었고, 무엇보다도 아침 기상 시간에 산 너머로 밝은 해가 떠오르는 걸 병실의 큰 창문을 통해 볼 수 있는 게 좋았다. 일출 햇살은 나에게 "힘을 내! 빨리 회복해 집으로 돌아가야지."라고 말하는 것 같았다.

매일 오전 9시 반이면 담당 의사가 회진을 돌며 몸의 상태를 점검하며 용기를 불어넣어 주었고, 목요일마다 치과의 검진을 받고 간단한 처치도 해 주었다. 이틀에 한 번 목욕을 시키면서 간단한 마사지도 해 주어 왕비 대접을 받는 기분이 들기도 했다. 일주일의 시간표를 짜 하루에 두 번씩 재활 훈련을 했다. 평행봉에 팔을 걸고 매달려 조금씩 이동하는 훈련, 실내 수영장에 튜브를 끼고 서서 발로 움직이며 이동하는 훈련, 몸의 균형을 맞추는 훈련, 바퀴 세 개 달린 지지대에 의지해 이동하는 훈련 등을 반복적으로 시켰다. 때로는 너무 힘이 들어 포기하고 싶을 때도 있었지만 조금이라도 나아서 돌아가고 싶은 마음에 포기할 수 없었다. 더러 10대로 보이는 학생이 옆에서 땀으로 흠뻑 젖을 정도로 재활 훈련을 열심히 하는 걸 보면서 용기 내 참을 수 있었다.

재활 훈련이 끝나면 퍼즐 놀이, 모형 맞추기, 선 긋기, 색칠하기 등 인지 능력을 키우는 훈련을 했다. 이 훈련은 몸이 제대로 말을 듣지 않았지만 재미있게 즐기며 할 수 있었다.

입원 후 두 달이 되었을 때 재활 치료사는 세 바퀴 지지대를 짚고 걸어 보자고 했다. 힘겨운 재활 훈련 덕분에 나아지기는 했지만 몸의 중심이 안 잡히고 온몸이 부들부들 떨려 도저히 걸을 용기가 나지 않았지만 재활 치료사의 도움으로 발을 뗄 수 있었다. 일주일 연습 후 도움 없이 열 걸음 정도를 걸을 수 있었다. 주말에 식구들이 면회 왔을 때 걸어 보니 모두 환호하며 깜짝 놀랐다.

국립재활원에 입원한 뒤 조금이라도 몸과 마음이 건강해질 수 있겠다는 희망이 생겼지만 여전히 가족과 친구들을 가까이 볼 수 없어

255

외로운 마음을 견디기 어려웠다. 더러 주말에 아들들 내외와 손주들이 찾아와 북적였지만 시간이 지나면서 그나마 점차 뜸해졌고 떠나고 나면 더욱더 허전했다.

입원 후 석 달이 다 될 무렵 병원 측에서는 입원 대기 인원이 많아 석 달이 지나면 일단 퇴원했다가 대기 후 재입원을 해야 한다고 했다. 조금씩, 아주 조금씩 몸이 나아지는 것 같아 희망을 갖고 진땀을 흘려 왔건만. 꿈이 사라지는 것 같은 야속함을 뒤로 하고 입원 석 달 만에 집으로 돌아와야만 했다.

45평의 넓은 아파트는 둘째가 서울로 분가하면서 26평 아파트로 좁아져 있었다. 낡은 살림살이로 가득 차 있어 답답했다. 며칠이 지나자 좁은 아파트가 오히려 나에게는 편하게 느껴졌다. 침대, 소파, 화장실, 식탁을 힘겹게 움직이며 오가는 동선이 짧아져 편해졌다. 짧은 거리였지만 여전히 화장실 문턱은 높아 혼자 볼일을 보려면 힘겨운 사투를 벌여야만 했다. 화장실 가는 일이 힘들어 볼일을 참아 가며 지내기도 했다. 남편은 여전히 노인정 일로 바쁘게 드나들며 간단한 식사를 준비해 주었지만 이내 지쳤는지 겨우 끼니만 때울 수 있는 정도의 음식을 차려 주었다. 몸이 정상이 아닌데도 왜 그렇게 먹고 싶은 게 많은지, 더러 주말에 며느리들이 들러 차려 주는 별식이 기다려졌다. 운 좋게 손주들을 데리고 오면 정신이 없었지만 아직 살아 있는 게 축복이라는 생각을 하기도 했다.

드나드는 인생, 넘나드는 인생

꾸준히 처방받은 약을 먹으며 지냈지만 좋아질 기미는 보이지 않았고 두 달이 지나 다시 뇌졸중 증상이 나타나 병원에 입원하게 되었다. 증상이 많이 악화되어 보행기마저 끌 수 없었고 스스로 이동하지 못할 지경이 되었다. 자식들의 수소문으로 시설이 좋다는 경기도립인 여주의 요양 병원으로 옮겨졌다. 현대식 건물로 시설이 좋았고 정갈한 식사도 맘에 들었지만 스스로 움직일 수 없는 나에게는 별 도움이 되지 않았다. 넓은 병실 하나에 여섯 명의 환자가 있었고 전담 요양사 두 명이 교대로 돌보아 주었다. 아침에 잠에서 깨어나면 햇볕이 잘 드는 차창 사이로 잘 가꾸어진 나무와 잔디가 나를 반겨 주었고 새들이 재잘재잘 노래를 불러 주었다. 하지만 그것도 스스로 거동할 수 없는 나에게는 큰 도움이 되지 못했다. 좁은 병실에 종일 무료하게 누워서 지내는 환자들을 더 슬프게 하는 것은 같이 지내던 환자 중 한 명이 사망해 침대와 짐을 정리하고 흰 천에 덮여 나가는 것을 수시로 봐야 하는 일이다. 남은 환자들 모두 '내 순서는 언제일까?' 하는 심정으로 정리 현장을 슬프게 바라본다. 며칠이 지나면 새로운 환자가 그 자리를 채우고 한동안 가족들의 면회로 시끌벅적해진다.

입원 초기에는 주말마다 자식들이 면회를 와 손발을 주물러 주기도 하고 손주들이 재롱을 피워 잠시 웃음을 되찾기도 했다. 휠체어에 태워 산책을 하며 신선한 바깥 공기로 숨을 쉬는 것이 위안이 되었다. 얼마 되지 않아 스스로 식사를 하지 못할 정도로 상태는 안 좋아졌고 급기야 누운 상태로 코에 튜브를 연결해 통해 식사를 해야만 했다. 거의 누워서 지내다 보니 등 쪽에 욕창이 생기기 시작했고 견디기 어려운 지경이 되고 말았다. 더러 면회 온 가족이나 간병인이 자세를 고쳐 주며 환부를 보살펴 주었지만 상태는 점점 나빠졌다.

시간이 지나면서 점차 면회는 뜸해졌고 병세는 악화되어 가래가 심하게 끓게 되었다. 간병인은 '흡인성 폐렴'이라고 했다. 심한 가래로 숨을 쉬는 것조차 힘들게 되자 간호사는 목에 구멍을 내고 튜브를 꽂아 정기적으로 가래를 뽑아내는 '석션'을 했다. 하루에 대여섯 번씩 석션을 해야만 했다. 석션을 할 때마다 금세 숨이 넘어갈 것 같은 고통을 견뎌야만 했다.

살날이 얼마 남지 않았음을 직감하게 되었고 마지막으로 뭐라도 하고 싶었지만 스스로 할 수 있는 게 아무것도 없었다. 점차 기억이 흐릿해지면서 영혼이 몸에서 빠져나가는 듯했다. 시간이 흐르면서 점차 고통조차 느껴지지 않았다. 둘째가 면회 와서 팔다리를 주무르며 "엄마! 저예요. 정언이요. 내 목소리 들려요? 들리면 눈을 껌뻑해 보세요." 하면 목소리는 겨우 들렸지만 아무런 반응을 할 수 없었다. 옆에 있던 간병인이 늘 있는 일이라는 듯 "어머니가 반응은 못 하셔도 다 들려요. 돌아가시기 전까지 하고 싶은 얘기 다 하세요." 하며 호들갑을 떤다. '그래. 다 들린다. 제발 입 좀 닥쳐.' 하고 싶지만 머리로만 말한다.

시간이 지나면서 그나마 간병인의 수다도 점점 안 들리고 기억도 점점 가물가물해진다. 내 영혼은 어디로 사라져 버리는 걸까? 내 영

드나드는 인생, 넘나드는 인생

혼이 10분의 1만 남아 있는 것 같았다. 숨은 쉬고 있지만 영혼이 송두리째 빠져나가고 있는 것 같았다. 내 영혼은 어디에 머물지. 영원히 사라져 버리는 건 아닐지. 바늘구멍만큼 남은 내 영혼은 마지막으로 기도한다. 자식들 모두 잘 자라 줘서 고맙다고. 내가 떠난 뒤에도 가족들 모두 평안하고 행복하기를…….

3부

다시
나의 독백

4년간 병상에서 병마와 치열하게 싸우시던 어머니는 그렇게 우리의 곁을 떠나셨다. 어머니는 아들들이 모두 성장해 직장에 자리를 잡고 생활하는 중에도 늘 시장에 계셨다. 시장 한복판에서 아들들의 교육을, 직장 생활을, 결혼사를, 주택 문제를 늘 고심하셨다. 다 큰 아들들을 늘 걱정하셨다. 손자를 낳으면 손자 걱정을 하셨다. 큰 평수의 아파트에 당첨돼 우리 내외와 살림을 합치고도 늘 시장 한복판에서 자식 걱정을 하셨다. 그러던 어머니가 자식들의 만류로 장사를 그만두고 2년도 안 돼 뇌졸중이 왔고, 그 뒤로 자식들은 뒤늦게 어머니 걱정을 하게 되었다. 뒤늦게, 너무 뒤늦게 어머니 걱정을 하게 되었다. 조금 회복이 되는 듯하다가 2차, 3차 뇌졸중이 오고 병원을 수없이 드나들다 결국은 요양 병원에서 애달픈 생을 마감했다.

남은 우리에게 걱정할 시간을, 보답할 시간을 더 주었으면 더 잘할 수 있었을까 하는 아쉬움이 크지만, 그래도 여전히 어머니의 크신 은혜를 갚지 못했을 것이다. 우리는 조금이라도 보답하는 마음으로 성공회 본당에서 성대한 장례 미사를 치르고, 양지바른 좋은 산소에 모

드나드는 인생, 넘나드는 인생

셨다. 하지만 자식들 스스로의 위안을 위해 그랬던 것이라는 생각이 들어 죄스럽기 그지없다. 삼성병원 장례식장 특실을 빌려 장례를 치르면서 조화가 너무 많이 들어와 리본만 떼어 붙이고 꽃은 되돌려 보내야 했고, 조문객이 너무 많아 오일장을 치러야 했다. 관 속에 조용히 누워 계신 어머니가 다시 깨어나 이 광경을 보시면 '고생한 보람이 있구나.' 하실 수도 있었겠지만, 이 역시 자식들에게만 위안이 되는 일이었다. 어머니는 그렇게 보답 없는 삶을 평생 힘겹게 살다가 조용히 가셨다.

어머니의 화려하지만 슬픈 장례를 치르고 얼마간의 시간이 흐른 뒤 나는 종종 '어머니가 살아 계실 때 나는 효자였나?' 하는 질문을 스스로에게 던지곤 한다. 어머니 장사 일도 많이 도왔고 동생들도 잘 돌봤고 다정한 아들이었으니 효자였다고 자평하기도 했다. 그러다가도 어머니가 바라는 대로 공부를 열심히 하지 않은 일, 어머니에게 책을 산다고 받은 돈—책을 산다고 하면 언제든지 돈을 잘 주셨으니까—을 삥땅을 쳐 극장을 뻔질나게 들었던 일, 한창 공부를 열심히 해야 할 고등학교 때 교회에 미쳐 다니던 일 등 작지 않은 불효를 수없이 했으니 막심한 불효자였다는 생각이 든다. 지금도 어머니가 돌아가신 지 수십 년이 지났지만 저세상에서 만나면 용서를 빌고 싶은 마음에 지울 수 없는 큰 짐을 지며 살고 있다.

자식들 모두 성장해 번듯한 회사에 취직하고 제법 안정된 생활을 꾸려 나갈 무렵, 부모님은 인천 신포시장에서 장사를 그만두셨다. 살던 집을 팔고 안양 병목안으로 집을 줄여 이사를 하셨다. 아들들 장가보내느라 지출이 컸기 때문이라고 추측은 하지만 내가 보탤 형편이 아니니 마음만 아플 뿐이었다. 병목안은 안양 시내 외곽에 있어 공기가 맑고 산이 가까이 있어 그 무렵 등산을 좋아하시던 아버지에게는 안성맞춤이었다. 이사한 지 한 달도 안 돼 어머니는 안양 중앙시장에서 다시 장사를 하시겠다고 나가셨다. 집에 있기 따분해서 재미 삼아 한다고 했지만 수중에 돈이 없어서 그러신 게다. 장가갈 자식이 아직 남아 있으니 걱정이었던 모양이다. 자식을 그만큼 키웠으면 충분한데 나만 해도 결혼할 때 어머니에게 손을 벌렸으니 지금 생각해 보면 모두 어머니께는 큰 죄인이다.

　안양 중앙시장 통로는 정비가 잘되어 있어 노점을 쉽게 할 수 없었지만 어머니는 몇 차례 쫓겨 다니다 안양 1번가 연흥극장 앞에 노점을 차려 과일 장사를 다시 시작하셨다. 재미 삼아 하신다고 했지만 어머니는 한 달도 안돼 좌판을 크게 벌이셨고, 직원을 두어야 할 만큼 장사는 바쁘게 돌아갔다. 한 푼이라도 물건을 싸게 떼 오려고 가락시장, 서부역 중림시장, 청량리 청과 시장으로 새벽부터 분주하게 움직이셨다. 자식들은 이제 장사를 그만하고 쉬시라고 만류를 하면서도 어머니 장사가 잘되는 것을 흐뭇해했다. 그간에 어머니의 악착 같은 뒷바라지 덕에 우리 형제들은 모두 대학을 졸업하고 번듯한 회사에 취업해 근무하고 있었다. 형은 유명 제약 회사 연구원으로, 나는 식품 회사직원으로, 동생은 군의관으로 일하는 중이었다. 늦둥이 막내는 대학 초년생이었다. 그 고생을 해 가면서 여전히 막내의 대학 생활 뒷바라지는 물론 웬만큼 사회에 자리 잡은 자식들에게 도움이 되고자 그렇게 고생을 마다하지 않으셨다.

장사는 제법 잘돼 열정적으로 장사를 하시던 중 노점을 일제히 없앤다는 소문이 돌기 시작했다. 얼마 안 돼 시청에서 본격적으로 노점상 단속을 시작했다. '86 아시안 게임, 88 올림픽'을 앞두고 외국인들에게 깔끔한 길거리를 보여야 한다는 명목으로 전국의 노점상 철거를 시작했다. 초기에는 시청 차량으로 겁을 주는 정도였는데 점차 정도가 심해지더니 급기야는 용역 깡패들을 동원해 무자비하게 물건을 빼앗고 폭력을 쓰기도 해 많은 사람들이 다치기도 했다.

온 가족의 생계를 노점에 의지하는 노점상들의 감정은 극에 달했고 점차 단체 행동으로 바뀌었다. 전국노점상연합회가 생기고 지역마다 지회가 생겨 조직화되었다. 생계가 달린 상인들은 당하고만 있을 수 없어 적극 가담하게 되었다. 안양 중앙시장도 예외 없이 용역 깡패를 동원해 기물을 때려 부수기도 하고 판매 상품을 강제로 트럭에 실어 가기도 했다. 단속은 점점 무자비해졌고 이 과정에 상인들이 다치기도 했다. 상인들 대부분은 나이가 많고 장애인들도 있어 대항할 힘이 없어 속수무책 당할 수밖에 없었다. 상인들은 분노했고 생계를 위해 저항할 수단을 찾던 중 노점상연합회에 가입해 단체 행동에 가담

3부 다시 나의 독백

하게 되었다. 시위를 거듭해도 정부의 반응이 없자 전국노점상연합회는 명동성당에서 총궐기 대회를 열었다.

수차례 시위에 참석했던 어머니는 몹시 지쳐 있었고 피곤해 보였다. 회사 출근길에 어머니에게 "엄마는 나이도 있고 혈압도 높으시니까 데모에서 빠지세요. 다른 분들이 대신 잘할 거예요." 하며 만류했더니 "연합회 사람들이 집회에 참석하지 않으면 자리를 뺏어서 다른 사람한테 준대. 얼굴만 비치고 올게. 너나 조심해서 잘 다녀와." 하신다. 연로하신 어머니는 시장 동료분들과 며칠째 전철을 타고 명동성당 집회에 참석하셨다. 그렇지 않아도 뙤약볕에서 장사하시느라 검게 그을린 얼굴은 더 까맣게 변했고 집에 오실 땐 힘들어하는 기색이 역력했다.

시위가 며칠째 계속되던 어느 날. 나는 회사 동기 영훈이와 함께 거래처인 명동의 백화점에 들러 상담을 마치고, 에스컬레이터 옆에서 할인 행사를 하는 넥타이 두 개를 산 후 대리점이 있는 방산시장으로 향했다. 백화점을 나서는데 갑자기 소나기가 억수같이 내리기 시작했다. 우리는 우산이 없어 을지로 지하상가를 통해 다음 목적지인 방산시장으로 걸어서 이동하기로 했다. 지하상가에 진열된 물건들을 보면서 영훈이와 가던 도중 저 앞에서 시장 아주머니들과 함께 걸어오는 어머니 일행을 보고 깜짝 놀랐다. 명동성당에서 시위를 하던 중 갑자기 비가 많이 내려 해산을 한 모양이었다. 어머니는 우산이 제역할을 못 했는지 머리부터 발끝까지 흠뻑 젖어 있었다. 물속에서 막

드나드는 인생, 넘나드는 인생

빠져나온 사람 같았다. 입술은 파랗고 속옷이 비칠 정도로 흠뻑 젖어 추위로 떨고 계셨다.

나는 동기에게 "우리 어머니셔. 어머니, 애는 우리 회사 입사 동기 김영훈이라고 해요."라고 인사를 시켰어야 했다. 그런데 나는 초췌한 어머니의 모습 때문에 머뭇거리고 말았다. 어머니도 이런 눈치를 채셨는지 손에 든 우산을 슬며시 나에게 건네주며 "비 많이 오는데 이거 쓰고 가." 하시며 머뭇머뭇하셨다. 어머니도 깔끔한 양복을 입은, 큰 회사에 다니는 아들을 자랑하고 싶어서 동료 아주머니들에게 "농심에 다니는 우리 둘째 아들야." 하고 말씀하고 싶어 하셨던 것 같다. 어머니는 머뭇거리다 이내 동료분들과 바삐 지하철역을 향해 가셨다. 초췌한 모습으로. 나 때문에 더 초라해진 모습으로 멀어져 갔다. 회사 동기가 "누구신데?" 물어 나는 "우리 동네 사시는 아주머니야."라고, 해서는 안 되는 거짓말을 하고 말았다. 멀리 사라져 가는 어머니를 몇 번이고 뒤돌아봤지만 후회하기에는 늦었다. 많이 늦어 버렸다.

나는 지금도 그때의 일을 평생 못 잊고 되뇌곤 한다. 나의 자랑스러운 어머니인데. 신사임당상을 받아도 아까운 분인데, 세상에서 제일 존경하는 분인데, 왜 그랬을까. 나의 새로 산 양복과 넥타이, 반짝이는 구두가 어머니보다 중요했을까? 친구에게 소개하기 부끄러운 분인가? 회사에 소문나는 것이 두려웠을까? 나는 그날의 기억을 평생 후회하며 살고 있다. 상을 치를 때 그때 일이 자꾸 생각나 더 서럽게 목 놓아 울었던 것 같다. 어머니 저를 용서하세요. 아니, 용서하지 마세요. 평생 참회하면서 살게요.

어머니와 천국에서 을지로에서와 같은 조우를 할 수 있을까? 만나면 은혜에 보답할 수 있을까? 얼마나 보답해야 이승에서 받은 사랑을 다 갚을 수 있을까? 이승에서 어머니께 지은 죄를 용서받을 수 있을까? 천국에서는 우연히라도 어머니를 꼭 한 번이라도 뵙고, 자랑스러운 우리 어머니를 기쁘게 해드리고 싶다. 그날의 불효를 용서받고 싶다.

전설의 가수 에릭 클랩튼Eric Clapton이 네 살 난 아들이 아빠를 기다리다 4층 건물에서 떨어져 죽자 그를 추모하기 위해 작곡해 부른 〈Tears in Heaven〉의 가사를 음미해 본다.

Would you know my name if I saw you in heaven
너는 내 이름을 알 수 있을까, 만약 너를 천국에서 만난다면
(…)
I'll find my way, through night and day
나는 밤낮으로 나의 길을 찾아갈게
Cause I know I just can't stay, here in heaven
나는 천국에 머무를 수 없으니까

나는 어머니의 인생에 드나들며 평생 은혜를 갚지 못하고 불효하며 살아왔다. 하지만 어머니는 내 인생을 넘나들며 헌신과 희생으로 일관하셨다. 내가 천국에 가면 어머니를 만날 수 있을까? 어머니는

드나드는 인생, 넘나드는 인생

나를 알아보실까? 어머니는 나를 용서하고 여전히 사랑해 주실까?

하지만 나는 어머니를 영원히 만날 수 없을 것이다. 평생 불효하며 죄를 많이 진 내가 천국에는 갈 수 없으니까. 남은 인생이라도 어머니를 기리며 잘 살아 천국의 문이라도 두드릴 수 있는 기회가 오기를 바랄 뿐이다.